미안해 솔직하지 못한 내가

미안해
솔직하지 못한 내가

내러티브온 4 소설

김소이
박민경
예소연
공현진
서고운

전지영
김채원
성수나
김노랑
타라재이

안온

차례

미안해 솔직하지 못한 내가*

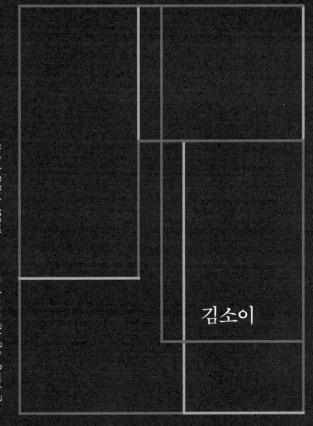

* 달의 요정 세일러문 OST 《ムーンライト伝説》의 번안곡에서.

김소이

— 대표님이랑 상의한 거야. 그동안 수고했어.

나는 비스듬히 눈을 뜨고 캐리어를 쥐고 있는 플루토를 보았다. 플루토는 허리를 꼿꼿이 편 채 눈을 내리깔고 있었다. 방음이 되는 사무실은 좁았다. 아이들이 유리창 너머로 플루토를 흘겨보았다. 나는 블라인드를 내렸다. 그리고 플루토가 눈물을 흘리기를 기다렸다. 어서 울어. 나는 플루토의 속눈썹을 집요하게 훑었다. 억울하다고, 실장님이랑 얘기하게 해달라고, 애원하리라 생각했지만 플루토는 장식품처럼 멈춰 있었다. 나는 손바닥에 맺힌 땀을 바지에 닦았다. 그 애가 여느 아이들처럼 적당히 울다가 비척거리며 멀어지기를, 혹은 화를 내다가 침을 뱉고 사라지기를 바랐다. 나는 플루토의 손을 잡고 말했다. 내가 연계해줄게. 너 정도면 다른 소속사에서 바로 데뷔시켜줄 거야. 그때 실장이 문을 열고 들어왔다. 야. 실장은 문을 닫지 않은 채 플루토의 어깨를 두드렸다. 네가 잘못한 게 아니라 회사에서 원하는 스타일이 아니라서 그래. 이번에 정해진 콘셉트가 완전 내추럴이잖아. 너는 좀 뭐랄까, 손을 탄 느낌? 실장의 말이 끝나자 플루토는 느리게 고개를 들었다. 그리고 나를 바라보며 천천히 입술을 벌렸다.

— 언니, 딸이 몇 살이랬죠?

나는 플루토의 뚜렷한 안광을 지켜보다가 답했다. 너보다 여섯 살 어려. 플루토는 질문을 한 적 없는 사람처럼 캐리어를 챙겼다. 캐리어의 바퀴가 뻑뻑하게 굴러갔다. 장기 연습생이 이래서 안 돼. 연차 쌓인다고 보장되는 일도 아닌데. 플루토가 나가던 중에 실장이 내게 타박했다. 매일같이 노래를 부르고 춤을 추던 플루토는 그렇게 스물다섯 살이 됐다.

*

8년 전이었나. 딸이 학원에 다니면서 남는 시간이 생긴 덕에 일을 구할 수 있었다. 주로 학교 주변을 돌면서 눈에 띄는 아이에게 명함을 건네는 일을 맡았는데, 때로는 소속사에서 끊어주는 표를 들고 아이돌 콘서트를 돌기도 했다. 그곳에서 몇 시간씩 줄을 서는 사람들은 주로 여자애들이었다. 밥알처럼 빼곡하게 뭉쳐 있는 그 애들을 자세히 보면, 데이트를 온 것처럼 꾸민 모습이란 걸 알 수 있었다. 데이트를 즐기러 가지고 있는 모든 걸 걸치고 온 밥알들이라니 왠지 불쾌한 기분이 들었다. 가수 ○○ 알죠, 거기 소속사예요. 캐스팅을 할 때면 나는 대표이자 유명 가수인 ○○을 팔아댔는데, 내가 깨달은 건 아이들은 그런 겉치레가 무색해질 만큼 연예계를 갈망한다는 것이었다. 저 아이돌 되는 거예요? 기대가 담긴 질문을 받을 때면 나는 아무것도 모르면서 그럴 것이라 확언했다. 그건 마치 누군가에게 기회를 주는 일처럼 느껴졌고 때로는 내 어린 시절을 만회할 권력 같았다.

학교를 돌 때면 나는 학창 시절을 떠올렸다. 덥수룩한 앞머리를 넘기며 칠판을 더듬거리던 날, 텅 빈 교실에 남아 만화책을 보던 날, 홀로 등하굣길을 거닐던 날. 그런 장면은 모두 나를 닮아 있었다. 돼지 같은 년아. 내게 거칠게 구는 남자아이들을 마주할 때면 나는 반발심이 아닌 열등감에 고꾸라졌다. 가는 발목과 긴 머리칼을 가진, 꾸미는 만큼 성과를 얻을 수 있는 매끈한 피부를 가진 아이들을 선망하지 않을 수 없었다. 아이들은 순수한 만큼 가학적이다. 그 시절 나의 세상은 그런 아이들을 중심으로 공전했다.

서울에 있는 고등학교를 어느 정도 돌았을 때, 나는 대구로 내려가는 기차표를 끊었다. 딸이 싱가포르로 수학여행을 간 시점이었다. 미디어에서 대구 출신의 여자 연예인들을 두고 미인의 도시라고 떠드는 장면을 상기하며 나는 걸었다. 그곳은 유명한 배우를 많이 배출해낸 여고인 동시에 동네에서 자란 아이들이 들어가는 보통의 인문계 고등학교이기도 했다. 종이 울리는 소리가 들리고 나는 정문에서 팔짱을 낀 채 쏟아지는 아이들을 집요하게 훑었다. 평범한 아이들 사이로 긴 생머리를 늘어뜨린 여자아이가 나오고 있었다. 줄이지 않은 치마와 염색하지 않은 머리칼, 그 여자아이를 둘러싸고 나란히 걸어 나오는 아이들. 하복을 입고 떠드는 무리 속에서 홀로 춘추복을 입고 이어폰을 끼고 있었다. 플루토는 그런 아이였다.

플루토는 받은 명함을 햇빛에 비춰 보더니 내게 돌려주었다. 전단지를 받은 것처럼, 괜찮다거나 미안하다는 말조차 없었다. 아니지, 미안할 일이 아니지. 근데 어린 게 이렇게 싸가지가 없어도 되나. 그 애를 둘러싼 아이들이 플루토를 따라 떠나며 내게 말했다. 얘 그런 거 안 해요, 공부를 잘해서. 그 말은 선택권이 많다는 말처럼 느껴졌다. 내가 주는 명함 따위는 그 선택권 속에 포함되지 않는다고도 들렸다. 나는 플루토의 팔을 잡았다. 플루토가 미간을 찌푸린 채 팔을 뿌리쳤다. 플루토의 이어폰 한쪽이 떨어졌다. 소리를 얼마나 키웠는지 아이돌 노래가 어렴풋이 들려왔다. 나는 플루토의 가방 주머니에 명함을 욱여넣으며 말했다. 꼭 다시 한번 생각해봐, 응? 플루토는 그런 나를 경멸 어린 시선으로 쳐다보더니, 떨어진 이어폰을 귀에 끼우고 사라졌다. 플루토에게 전화가 오는 일은 없었다. 구겨진 명함이 아스팔트 도로를 아무렇게 나뒹굴고 있었다.

*

플루토를 내 손으로 직접 자른 날 나는 플루토가 되기 이전의 플루토를 떠올렸다. 죄책감이 없던 건 아니다. 모두가 감당할 수 있을 정도의 죄책감은 안고 사니까, 감당할 수 있을 정도로 무뎌졌을 뿐이었다. 집으로 돌아가는 버스는 보는 것만으로도 숨이 막힐 만큼 붐볐다. 창밖에 고층 빌딩들이 유난히 높아 보였다. 회사는 8년의 시간 동안 무산과 증명을 반복하며 유지됐고 나는 더 이상 발품을 팔지 않아도 되었다. 나는 이번

여름에 새롭게 데뷔할 여자 아이돌 그룹을 떠올렸다. 앳되고, 하얗고, 트레이닝복이나 교복이 잘 어울리는 아이들. 스물다섯 살은 심했지. 나는 중얼거렸다. 버스에서 내린 뒤 아파트 단지로 들어서며 고개를 들었다. 105동 2105호, 불 꺼진 딸의 방이 보였다.

— 연우야, 오늘 늦게 들어와?

고층에서부터 내려오는 엘리베이터를 기다리며 나는 물었다. 휴대전화 너머로 시끄러운 음악이 울렸다.

— 응, 코인 노래방 왔어. 10시 전에는 들어가.

연우의 목소리가 음악에 파묻혀 '응'을 '웅'이라고 말하는 특유의 발음만이 도드라졌다. 나는 순간 의아해 엘리베이터에 올라타며 말했다. 위험하게 혼자 갔어? 너무 늦지 말고. 우—웅—들어—게—그리—나—오. 연우의 말이 간헐적으로 끊겼다. 나는 전화를 끊고 높아지는 숫자를 바라보며 1평짜리 방 안에서 노래를 부르는 연우를 상상했다. 청결한 엘리베이터는 안정적으로 작동했다.

나의 아이, 내 편, 내 세상. 진부하다 할 만큼 아이가 소중했다. 앉은자리에서 재산과 주식 수익률을 나열하는 남자에게서 저런 아이가 나오리라 예상한 적이 있던가. 다행히도 연우는 나를 닮아 얌전했고, 쌍꺼풀이 있었고, 배려심이 깊었다. 아들을 낳지 않아서 다행이라 여기면서도 연우의 존재 자체를 사랑한다고 믿었다. 연우는 10시까지 10분을 남긴 시간에 집으로 돌아왔다. 나는 연우의 어깨를 마사지하듯 주무르며 말했다. 잘 놀았어? 다음부터는 얘기하고 가. 연우는 나의 손을 가볍게 떼고 화장실로 향하며 답했다. 무슨 초등학생이야, 통금 시간 잘 지켜서 오면 됐지. 나는 벽에 기대어 화장실 거울에 비친 연우를 바라보았다. 짙은 음영이 연우의 목뼈부터 쇄골까지 이어지고 있었다. 연우는 콧노래를 흥얼거리며 손을 헹구더니 물을 잠그고 고개를 돌렸다. 걱정시켰으면 미안. 연우는 귀엽게 웃으며 말했다. 나는 가방을 벗으며 방으로 들어가는 연우의 뒷모습을 바라보았다. 방문이 닫힌 뒤 나는 식탁에 앉아서 휴대전화를 켰다. 그리고 자녀 안심 앱에 들어가 딸의 메신저 앱을 확인했다. 메신저를 훑던 중에 연우의 방문이 다시 열렸다. 나는 휴대전화를 엎고 연우를 보았다. 엄마 있잖아. 연유의 부름이 발랄했다. 나는 고개를 기울이고 눈썹을 늘어뜨렸다. 응, 강아지. 연우는 교복의 넥타이를 풀며 물었다.

―플루토가 무슨 뜻이야?

나는 잠시 멈춰 있다가, 명왕성이라고 알려주었다. 딸의 메신저 앱 상단에는 나와 남편, 학급에서 만든 단체메시지 방뿐이었다.

*

플루토의 학교에 찾아간 지 5일째 되는 날이었다. 하교 시간이 되자 무리에 뒤섞여 나오는 플루토가 보였다. 학교를 빠져나오던 플루토는 경비원과 나를 번갈아 쳐다보더니 휴대전화를 꺼냈다. 플루토에게 달려간 나는 112라고 쓰인 키패드를 확인했다. 오늘은 그러려고 온 거 아니야. 나는 다급하게 말했다. 너한테 주고 싶은 게 있어. 가방에 넣어둔 표를 꺼내며 나는 더듬거렸다. 저번에 ○○○ 노래 듣고 있던 것 같아서. 오늘부터 주말까지 서울에서 열리는 콘서트가 있길래……. 말끝을 흐리자 플루토는 나를 유심히 보더니 표를 받아 갔다. 이어폰을 꽂은 채 사라지는 플루토를 보며 나는 턱을 몇 번 긁다가 발길을 돌렸다. 이제 서울로 돌아갈 채비를 해야 했다. 그때 뒤에서 누군가 팔을 잡아 왔다.

─같이 가주세요.

플루토가 말했다. 나는 숨을 짧게 들이마셨다. 지금 가면

늦을 텐데. 말을 더듬는 나를 향해 플루토는 얌전히 고개를 저었다. 콘서트잖아요. 플루토의 말에 나는 서울로 가는 기차표를 추가로 예매했다. 공연장은 회사와 가까운 오피스 거리에 있었다.

— 여보, 오늘 일이 생겨서 그러는데 공항에 대신 가줄 수 있어?

금요일의 기차는 한산했다. 나는 전화를 끊고 창가에 앉은 플루토를 바라보았다. 차창 너머의 풍경이 이리저리 뒤섞이고 있었다. 누가 돌아와요? 플루토는 이어폰을 꽂은 채 물었다. 나는 초등학생인 딸이 수학여행을 마치고 돌아오는 날이라고 알려주었다. 다른 날 가자고 하시지. 플루토가 중얼거렸다. 나는 웃으며 말했다. 네가 가자고 했잖아. 어색한 침묵이 흐르던 참에 플루토가 덧붙였다. 고마워요. 플루토의 가는 손목과 팔을 덮은 블라우스가 보였다. 나는 그 순간 윤리에 대해 생각했다. 남의 아이를 대구에서 서울까지 데려온 것에 대하여. 하지만 플루토는 생김새로나 말하는 것으로나 아이 같진 않았다. 아이라는 범위에 교복을 입고 친구들과 배를 잡고 웃으며 하교하는 이미지가 포함된다면 플루토는 아이가 아니었다. 플루토는 웃는 것도, 친구들과 어울리는 것도 싫어했으니까. 플루토는 허리가 얇고 다리가 기니까 아마 짧은 치마가 어울릴 것이다. 짧은 치마와 아이가 같은 선상에 있던가, 모르겠으나 플루토는 아이가 아니었다.

공연장은 수많은 여자아이로 붐볐다. 플루토는 고개를 치켜들고 입을 살짝 벌리며 무대를 바라보고 있었다. 나는 휴대전화를 몇 번 확인하다가 들려오는 노래에 집중했다. 콘서트를 눈여겨 관람하는 건 처음이었다. 인파에 휩싸여 공연장을 나올 때 플루토는 배가 고프다고 말했다. 무엇을 먹고 싶냐는 물음에 떡볶이라는 대답이 들려왔고, 나는 근처에 있는 분식집으로 플루토를 안내했다.

— 너, 엄마한테는 말했어?

— 뭘요?

— 서울에 간다고.

— 그걸 왜 말해요?

나는 놀란 눈으로 플루토를 바라보았다. 플루토는 불량하다거나 권태로워 보이지 않았다. 정말 순수한 얼굴로 내 입에서 나올 말을 기다리고 있었다. 그야 걱정하시니까. 나는 애써 말했다. 플루토는 그제야 아, 하고 짧게 내뱉더니 포크를 떡볶이에 찔러 넣었다. 말했어요. 플루토는 떡볶이를 입에 넣고 나서야 답했다. 그러고 그 떡볶이를 아주아주 느리게, 긴 시간 동안 씹어 삼켰다. 나는 시계를 보았다. 가게에 들어선 지 한 시간이 지나 있었다. 접시를 보자 수북이 쌓인 떡볶이가 보였다. 플루토는 여전히 포크를 쥐고 꾸역꾸역 떡을 치아 사이로 들이밀고 있었다. 배부르면 그만 먹어도 돼. 내가 말했다. 플루토는 일그러진 얼굴로 고개를 저었다. 나는 포크를 쥔 플루토의 손을 잡았다. 그러다 체하겠다. 플루토는 그런 내 손을 뿌리치고 화장실로 뛰어갔다.

플루토의 등을 두들기며 나는 변기를 보았다. 소화되지 못한 떡볶이가 곤죽처럼 뒤섞여 있었다. 몇 번 더 음식물을 쏟아내던 플루토는 옷소매로 입가를 문질러 닦으며 말했다. 아깝다. 플루토는 자신의 위장에서 나온 것들을 보고 있었다. 나는 편의점에서 사 온 구강청결제를 플루토에게 건넸다. 그러고 화장실 밖으로 나와 플루토가 입을 헹구는 소리를 들었다. 화장실에서 나온 플루토는 창백한 얼굴로 나를 바라보았다. 나는 플루토의 손을 잡고 택시를 잡았다. 돌아가야지. 내가 말했다. 플루토는 얌전히 고개를 끄덕였다. 늦은 저녁의 택시 안은 적막했다. 나는 휴대전화로 서울에서 대구로 가는 기차표 하나를 예매했다.

＊

— 수록곡 배경은 병원 어때요? 시한부 판정을 받은 병약한 미소녀들.

화면을 넘기며 보여주는 시안들은 붉은 입술에 흰 피부, 흰 원피스를 입은 알비노 모델의 사진들이었다. 나는 서류를 정리하다가 말했다. 그건 진짜 있는 병이잖아요. 실장은 그런 나를 보지 않은 채 투박하게 답했다. 자기 프린터 잉크 안 갈아? 잠시 답답한 적막이 돌았다. 나는 서류 뭉치를 들고 회의실을 나왔다. 종이를 정리하고 나면 먼지에 손이 간지러웠다. 화장실에서 손을 헹구려던 차에 구토하는 소리가 들려왔다.

삭센다 효과 어때? 한 칸에 두 명이 들어가 있는 것 같았다. 등을 두들겨 주는 소리를 들으며 나는 숨을 죽였다. 보면 알잖아. 앳된 목소리가 들려왔다. 이어서 다른 아이가 말했다. 씻을 때마다 머리카락 조금씩 뽑았더니 몸무게 덜 나오는 것 같지 않냐. 명랑한 웃음소리가 화장실에 울려 퍼졌다. 나는 아래층에 있는 화장실로 걸으며 삭센다를 검색했다. 삭센다펜주. 성인 환자의 체중 관리를 위해 칼로리 저감 식이요법 및 신체 활동 증대의 보조제로서 투여한다. 매우 흔한 이상 반응. 오심,

구토, 설사, 변비, 두통. 배에 꽂는 주사랬다. 나는 휴대전화를 껐다. 그리고 세면대로 걸어가 손을 씻었다. 물비누가 손끝에서 질척였다.

속이 좋지 않아 반차를 내고 귀가했다. 한적한 버스를 타는 게 얼마 만인지. 조금 열린 창틈으로 시원한 바람이 불었다. 버스에서 내리자 환한 햇볕이 내리쬐고 있었다. 아파트 단지에 들어서던 중, 놀이터에서 높은 웃음소리가 들려왔다. 하교하기에는 이른 시간이었고, 교복을 입은 아이는 너무나도 익숙한 얼굴을 하고 있었다.

나는 연우를 부르려다가 입을 다물었다. 연우와 등을 돌리고 그네를 타는 아이는 사복을 입고 있었다. 마른 다리 두 쌍이 그네 아래서 하늘거렸다. 여자아이는 그네에서 일어나 연우의 등을 밀기 시작했다. 연우가 웃었다. 여자아이는 더 강하게 그네를 밀었다. 연우가 하늘에서 떨어지고 오르기를 반복했다. 연우의 그네가 허공에서 위태롭게 흔들렸다. 안 돼. 내가 중얼거렸다. 그네에 다가가려던 그때, 아파트의 경비원이 소리쳤다. 아가씨들 비켜요, 암만 날씬해도 그렇지 애들이 타는 건데. 연우의 그네가 느리게 멈췄다. 여자아이는 연우에게 가방을 건네주고 모래를 몇 번 쓸어내리더니, 경비원을 향해 걸어갔다. 여자아이의 손에 쥐여 있던 모래가 경비원의 얼굴 위로 뿌려졌다. 여자아이가 웃으며 연우의 손을 잡고 도망쳤다. 기침하며 눈을 비비는 경비원의 뒤로, 웃고 있는 연우의 얼굴과 플루토의 아름다운 얼굴이 보였다. 나는 휴대전화를 켰다. 그리고 자녀 안심 앱에 들어가 연우의 메신저를 확인했다. 세 가지방으로 고여 있는 메신저 앱 너머로 그네가 미동 없이 서 있었다. 나는 연우와 플루토가 달려간 곳으로 뛰기 시작했다.

동네를 모두 뒤져도 둘의 모습이 보이지 않았다. 조퇴를 허락한 남편은 그게 그렇게 큰 문제냐며 차가운 목소리로 타박했다. 나는 남편과의 전화를 끊고 하늘을 보았다. 날이 어둡게 가라앉아 있었다. 아파트 공동현관으로 들어서자 서늘한 공기가 몸을 감쌌다. 나는 더디게 집의 도어락 자판을 눌렀다. 현관문을 열자 거실에서 걸어 나오는 연우가 보였다. 나는 신발도 벗지 않은 채 연우에게 다가갔다.

— 너 미쳤어? 전화는 왜 안 받아? 조퇴했다며.

주춤하는 연우 뒤로 새하얀 얼굴이 보였다.

— 미안한데, 친구 자고 가도 돼?

연우가 나의 옷깃을 잡으며 물었다. 플루토가 웃으며 나를 바라보고 있었다.

＊

— 정연 씨, 어떤 여자애가 찾는 것 같은데.

명동 쪽에 있는 학교를 돌던 중이었다. 나는 손으로 휴대전
화의 마이크를 가리며 말했다. 어떻게 생긴 친구예요? 나는 들
려오는 말을 듣다가 손을 뻗어 택시를 잡았다. 한여름에 춘추
복을 입고 있는 애, 플루토였다.

회사에 도착하자 모자를 눌러쓰고 서 있는 플루토가 보였
다. 나는 플루토를 휴게실로 데려와 의자에 앉혔다. 다리 아프
지. 내 말에 플루토는 목이 마르다고 답했고, 나는 재빨리 유자
차를 타서 플루토의 앞에 내려놓았다. 플루토가 종이컵을 잡
으려 손을 뻗었다. 짧은 손톱 위에 피딱지가 덕지덕지 들러붙
어 있었다. 나는 플루토의 얼굴을 보았다. 왼쪽 눈꺼풀이 붉게
부어 쌍꺼풀이 풀린 모습이었다. 플루토는 유자차를 들이켜고
나를 보았다. 안광이 모두 사라진 눈은 서늘했다.

— 제가 어떻게 연예인을 해요?

플루토가 물었다. 나는 입을 떼지 못했다. 플루토가 쥔 종
이컵이 느리게 구겨졌다. 플루토는 쓰레기를 쥔 채 덧붙였다.
내가 왜 해야 하는지, 할 수 있는지, 그렇다면 가능성은 얼마나

되는지 말해달라고, 플루토는 질서 있게 물었다. 나는 떨리는 손으로 휴게실 구석에 있는 구급상자를 꺼냈다. 그리고 솜에 소독약을 묻힌 뒤 플루토의 손끝을 닦았다.

— 나는 너 같은 애들을 알아.

내가 말했다. 플루토의 피딱지가 느리게 지워졌다. 사랑받을 자격이 있는 애, 그게 당연해서 아무렇지도 않은 애. 플루토의 동공이 유난히 검었다. 줄곧 너처럼 되고 싶었어. 나는 눈을 내리깔고 덧붙였다. 너처럼 사랑받고 싶었어. 플루토는 아픈 내색하지 않았다. 그런데 너는 할 수 있는 게 아니라 해야만 하는 거야. 나의 목소리가 자꾸만 잠겼다. 너는, 사실 사랑받고 싶어 하니까. 플루토가 짧게 신음했다. 나는 솜을 버린 손으로 플루토의 눈을 감쌌다. 차가워요. 플루토가 말했다. 나는 체질이 그렇다고 답하며 플루토의 얼굴에서 손을 떼지 않았다.

실장은 플루토를 훑더니 창고로 쓰던 사무실을 흔쾌히 빌려주었다. 나는 캠핑용으로 쓰던 침낭과 샴푸, 보디 워시 같은 것들을 챙겨주었다. 살을 빼면 입으려던 옷은 플루토에게 얼추 맞았다. 네가 입으니까 예쁘다. 내 말에 플루토는 자신의 뺨을 조심스레 쓸어내렸다. 정리가 덜 된 창고는 너저분했다. 나는 플루토와 물걸레를 쥐고 바닥을 닦았다. 반팔을 입은 플루토의 팔꿈치 위로 푸른 멍이 드러나고 사라지기를 반복했다. 나는 고개를 숙이고 얼룩을 지우는 것에 집중하려 애썼다. 언니. 얼룩이 모두 지워질 즈음 플루토가 말했다.

—연예인이 되면 예명 쓰고 싶어요.

나는 고개를 돌리고 플루토를 보았다. 예명은 왜? 플루토는 쭈그려 앉아 바닥을 닦고 있었다. 새로운 인생을 사는 것 같아서. 나는 바닥에 앉아 이마에 맺힌 땀을 닦았다. 쓰고 싶은 이름 있어? 나의 물음에 플루토는 시선을 주지 않은 채 답했다. 언니가 지어주세요. 플루토의 팔이 쉴 새 없이 움직였다. 나는 그런 위치가 아니라고 손을 내저었으나 플루토는 청소에 몰두할 뿐이었다. 나는 턱 끝에서 떨어지는 땀을 훔치며 창밖을 보았다. 달빛과 등불이 뒤섞여 밤 같지 않았다. 너 세일러문 알아? 내가 말했다. 지구를 지키기 위해 싸우는 여자애들이 나오는데, 거기에 명왕성을 지키는 애가 있어. 플루토는 여전히 바닥을 닦고 있었다. 그 애는 세상을 구하기 위해 사랑하는 아이의 친구를 죽여, 쓰면 안 되는 마법을 쓰면서까지. 방충망 사이로 시원한 바람이 불었다. 걔는 마법의 대가로 죽으면서 더는 만화에 나오지 않는데, 나는 자꾸만 걔가 생각나는 거야. 그 애의 빈자리를 떠올리면서. 나는 플루토가 닦는 곳을 내려다보았다. 바닥은 더 이상 닦을 게 없었다. 나는 그 애를 기억하게 됐어, 그 애가 나오든 나오지 않든. 내 말이 끝나자 플루토는 걸레를 내려놓았다. 땅을 뒤로 짚고 앉으며 내게 물었다. 제가 개처럼 망해도 기억해주실 거예요? 나는 잠시 플루토의 얼굴을 바라보다가 고개를 끄덕였다. 명왕성을 지키는 소녀의 이름은 플루토였다.

나는 플루토에게서 부모님의 연락처를 받았다. 플루토의 어머니는 카페에서 만나자는 나의 제안을 거절하고 집으로 올 것을 요구했다. 학교는 서울에 있는 곳으로 옮길래? 내 물음에 플루토는 답했다. 아뇨, 자퇴할래요. 나는 플루토의 얼굴을 보았다. 뭐? 플루토는 자신의 머리칼을 손으로 빗으며 말했다. 연습생치고 나이 많은 거 저도 알아요, 학교 다닐 시간 없어요. 플루토의 눈이 결연했다. 모든 게 너무나도 쉽게 이루어지고 있었다. 플루토는 포기함으로써 나아가기를 선택했다. 실장에게서 인센티브를 주겠다는 메시지가 와 있었다. 나는 주말에 대구로 가는 기차표를 예매했다. 그곳에 플루토의 자리는 없었다.

＊

나는 플루토와 연우를 마주 보고 앉았다. 플루토는 허공을 보며 손톱을 물어뜯을 뿐이었다. 연우가 그런 플루토를 대변하듯 되까렸다. 학교 앞에서 명함 나눠주던 언니야. 엄마가 일하는 엔터테인먼트에서 일하고 있대. 알고 있었어? 엄청 예쁘지. 근데 이 언니가 살던 곳에서 짐을 빼서 찜질방에서 자고 있대. 오늘만이라도 여기서 자고 갔으면 해서……. 나는 플루토를 바라보았다. 플루토의 손톱 밑으로 피가 스미고 있었다. 나는 김이 피어오르는 커피잔을 보며 말했다. 호텔 잡아줄게. 그러자 플루토가 자리에서 일어나며 답했다. 아니에요, 폐 끼쳐서 죄송합니다. 연우가 캐리어를 챙기는 플루토를 말렸다. 그리고 나를 향해 소리쳤다. 딱 한 번만 자고 가게 해달라고, 그게 그렇게 어려워? 연우에게서 그런 날카로운 목소리를 들어본 적이 있던가, 나는 잠시 놀란 눈으로 연우를 바라보았다. 너지금 뭐라고 했어? 나의 얼빠진 물음에 연우가 씩씩거리며 말했다. 언니 내보내면 나도 나가서 잘 거야. 커피잔을 쥔 손이 떨렸다. 연우는 정말 방으로 들어가서 짐을 챙기기 시작했다. 연우가 가방을 걸머쥐고 다시 나타났을 때, 나는 잠긴 목소리로 말했다. 그만해, 알았으니까. 플루토는 어느샌가 캐리어에 손을 뗀 채였다.

나는 식탁에 앉아 문이 닫힌 연우의 방을 보았다. 속닥거리는 소리만 들릴 뿐, 무슨 대화를 하는지는 알 수 없었다. 밤이 깊고 남편이 돌아왔다. 남편은 개의치 않는 얼굴로 플루토에게 이런 일이 있을 때는 아무 때나 와도 괜찮다며 사람 좋은 소리를 했다. 나는 새벽이 될 때까지 침대로 돌아갈 수 없었다. 잘 시간이 한참 지나서야 둘의 목소리가 들려왔다. 언니, 나 친구 데려온 거 처음이다. 나는 연우의 방문 앞에 조용히 귀를 댔다. 엄마가 나한테 집착하거든. 무슨 앱으로 내 휴대전화 확인하고. 근데 이해가 되기도 해. 언제더라, 재작년? 같은 반 애들이 단체 메시지에 나를 초대하고 음성채팅을 거는 거야. 나는 연락이 오는 게 처음이라 좋다고 받았거든. 그런데 걔네가 나한테 뭐라고 했는지 알아? 급식 두 번 도냐고. 돼지 유전자는 아빠한테서 받냐고. 아니면 엄마한테서 받냐고. 졸라 눈치 없는 소리 좀 하지 말라고. 종례 끝날 때 선생님한테 질문 그만하라고. 근데 올해 그중 몇 명이랑 또 같은 반이 됐어. 증거가 없대. 평소에도 행실이 평범한 애들이래. 연우의 목소리가 침몰하듯 줄어들었다. 그날 이후로 밥을 안 먹었어. 엄마가 억지로 먹이면 새벽에 몰래 나와서 다 토했어. 허벅지 사이에 틈이 생기니까 내가 좀 나아 보였어. 플루토는 그런 연우에게 무심히 말했다. 고마워해야겠네. 돼지로 살 뻔했잖아. 서늘한 침묵이 돌았다. 연우는 듣지 못한 사람처럼 이어 말했다. 언니랑 친해져서 좋아. 언니처럼 예쁜 사람 처음 봐. 걔네가 언니 예쁘다고 떠드는 거 들었어? 나도 언니처럼 예뻐지고 싶다. 너 지금도 예뻐. 아니, 언니처럼 마르고 쌍꺼풀도 진했으면 좋겠어. 나는 연예인 준비하고 있잖아. 연예인 준비하는 사람들은 다 그렇게 예뻐? 당연하지. 왜? 그래야 살아남으니까. 나도 그러고 싶다. 네가 그런 걸 알아? 응, 알 것 같아. 그럼 너도 해볼래? 내가 할 수 있어? 당연하지. 어떻게? 내가 알려줄게, 내가 배운 거, 느낀 거. 전부 다……. 나는 귀를 뗐다. 그리고 불 꺼진 식탁에 앉았다. 둘의 목소리가 분간이 가지 않았다.

해가 뜰 때가 되어서야 연우의 방이 조용해졌다. 조심스레 방문을 열고 나오는 플루토를 보며 나는 식탁에서 일어났다. 안 자요? 플루토는 무감각한 표정으로 내게 물었다. 나는 조용히 눌러 참으며 말했다. 연우한테 뭐라고 했어. 플루토는 땅을 훑다가 답했다. 그게 궁금해요? 나는 주먹을 쥔 손에 힘을 주었다. 손등을 내미는 플루토의 손끝이 역할 정도로 망가져 있었다. 아파요. 플루토가 침울한 얼굴로 말했다. 나는 거실로 걸어가 거칠게 서랍을 뒤졌다. 소독약과 소화제, 연고, 밴드, 감기약. 나는 그것들을 닥치는 대로 들고 플루토 앞에 내려놓았다. 식탁 위로 쏟아지는 상비약을 보며 플루토는 웃었다. 의자에 앉아 손을 내미는 얼굴이 8년 전과 다름이 없었다. 나는 피로 검게 굳어 있는 플루토의 손끝을 보다가 의자에 앉았다. 할말 있으면 나한테 해. 소독약을 묻힌 솜으로 플루토의 손끝을 닦자 흰 피부가 드러나기 시작했다. 연우가 연예인이 되고 싶대요. 플루토는 지워지는 핏자국을 보며 공연히 말했다. 혼자 노래방 가서 연습도 하고 그런다네. 거칠게 뜯겨나간 플루토의 손톱이 위태로워 보였다. 따님은 성공했으면 좋겠어요. 나는 솜을 누르는 손에 힘을 줬다. 연차가 쌓인다고 보장되는 일도 아니니까. 붉은 피가 솜에 스며들었다. 복수라도 하는 거니? 나는 솜을 버리고 플루토의 눈을 보며 말했다. 내가 너한테 뭘 잘못했니? 피 냄새가 식탁을 타고 코끝을 돌았다. 네가 이러면 안 되지. 내가 너한테 얼마나 잘해줬는데. 널 정말 딸처럼 생각했는데. 플루토는 버려진 솜을 들고 자신의 손끝을 닦았다. 언니를 닮은 것 같아요. 플루토는 미소를 지으며 말했다. 애가 꼭 사랑을 못 받고 자란 것처럼 굴어. 나는 손을 높게 뻗어 플루토의 뺨을 내리쳤다. 마찰음이 화이트 벽을 타고 울려 퍼졌다. 플루토의 돌아간 얼굴에 어떤 표정이 어려 있는지 볼 수 없었다. 잠에서 깬 남편이 그만 자라며 핀잔을 주고 방으로 되돌아갔다. 플루토는 고개를 숙인 채 거실에 있던 캐리어를 끌고 현관문을 열었다. 현관문이 닫히는 동안 나는 플루토를 보지 않았다.

*

— 안녕하세요, 어머님. 실례하겠습니다.

과일바구니를 내려놓으며 말했다. 꽃무늬 벽지의 집은 후덥지근했다. 식탁 위에 부채가 무덤처럼 쌓여 있었다. 딸이 서울에 있다고. 여자의 말에 나는 고개를 돌렸다. 나와 나이가 비슷해 보이는 여자가 부채를 꿰고 있었다. 나는 명함을 꺼내 식탁 위에 내려놓았다. 저희 회사에서 연예인을 준비하고 있어요. 숙식은 회사에서 제공합니다. 여자는 부채를 꿰며 내가 건넨 명함을 흘깃거렸다. 사기 아니에요? 여자의 말에 나는 고개를 저었다. 와서 둘러보세요. 가수 ○○이 저희 대표님이세요. 여자는 무심히 부채를 펼쳤다. 거기까지 언제 가. 나는 잠시 멈춰 있다가 가방에서 계약서와 볼펜을 꺼냈다. 한 번 훑어 봐주시겠어요. 내 말이 끝나기 무섭게 방문이 열렸다. 초등학 생으로 보이는 아이가 갓난애를 안고 있었다. 라면 끓여 먹어 도 돼? 몸에 맞지 않게 헐렁한 민소매를 입은 아이가 말했다. 여자는 부채를 내려놓고 볼펜으로 이름을 휘갈겼다. 부자 되 겠네. 계약서 위에 쓰인 글씨가 삐뚤빼뚤했다. 먹는다? 아이 가 말하며 서랍에서 라면을 꺼냈다. 아기가 찢어지게 울기 시 작했다. 나는 손에 힘을 쥐고 가방에서 자퇴 신청서를 꺼냈다. 여자는 볼펜을 내려놓고 나를 보았다. 뭐야? 나는 침을 삼키 고 여자의 눈을 마주쳤다. 아이가 학교를 그만두고 연예인 준 비에 집중하고 싶다고 해요. 여자는 공허한 눈으로 나를 보더 니, 이내 웃으며 부채를 쥐었다. 개 같은 년. 여자가 내 얼굴을 향해 부채를 던졌다. 나는 눈가를 매만지며 떨어진 부채를 보 았다. 키워났더니 얼굴도 안 비추고, 지금, 어? 엿 먹으라는 거 지? 나는 부채를 주우며 일어나는 여자를 말렸다. 어머니, 갑 작스러우시겠지만……. 여자는 내 말을 끊고 소리쳤다. 씨발 네들 좆대로 하세요. 나는 여자가 미는 대로 밀려나며 라면을 끓이는 아이를 보았다. 아이의 목덜미가 아토피로 붉게 번져 있었다. 저기, 잠시만. 여자가 현관문 밖으로 나를 밀쳤다. 어머님. 나는 닫히는 문에 발을 끼우고 말했다. 정말 죄송한데, 신청서에 싸인 좀…….

나는 찢어진 자퇴 신청서와 부채를 손에 쥐고 기차역을 향해 걸었다. 일정이 예정보다 빠르게 끝난 탓에 기차를 타기까지 많은 시간이 남아 있었다. 꽃중년들만 모시겠습니다. 나는 부채에 프린팅된 요란한 글씨를 바라보았다. 어느덧 퇴물 소리를 듣게 된 여자 댄스 가수의 무대가 예정되어 있었다. 만약 연습생들이 연예인이 된다면, 그래서 과분한 사랑을 받다가 사람들의 기억에서 서서히 잊히게 된다면 저 무대에 그 아이들이 서 있을까. 나는 길가에 있는 종량제 봉투에 부채를 비집어 넣었다. 기차표를 취소하고 서울로 가는 가장 빠른 기차를 다시 예매했다. 플루토에게는 무슨 이야기를 해야 할까. 출석 일수를 채우지 못하고 퇴학당해야 한다고 말해야 하나. 동생이 아토피가 심하던데 효과가 좋은 연고가 있다고 알려주어야 하나. 나는 플랫폼을 향해 걸었다. 걷다 보니 모두 플루토와는 상관이 없는 이야기처럼 느껴졌다.

연습실은 회사와 조금 먼 건물 지하에 있었다. 나는 명함을 모두 돌리고 나면 이따금 그곳에 들렀다. 통유리 너머로 플루토와 아이들이 춤을 추고 있었다. 노래가 끝나기를 기다리

며 춤을 추는 플루토를 지켜보았다. 플루토는 동작 하나하나
에 악을 쓰는 것처럼 보였다. 무릎에 든 멍이 유난히 파랬고 팔
다리는 바짝 말라 핏기가 없었다. 아이들이 모두 빠져나오고
나서야 플루토는 연습실을 나왔다. 그리고 내가 건네는 도시
락을 보며 환하게 웃었다. 플루토는 문어 소시지를 보고 깔깔
대면서 브로콜리를 편식했다. 플루토가 도시락을 비우는 동안
나는 아무런 말도 할 수 없었다. 그건 너무 연우 같았다.

창고에서 자는 건 어때? 나는 플루토와 나란히 강변을 걷
다가 물었다. 플루토는 물렁한 물살을 보며 나쁘지 않다고 말
했다. 씻는 건 근처 목욕탕에서 해결하고 있고 메이크업은 화
장품 가게에 진열된 샘플로 하고 있다고. 먼발치에서 늙은 남
자가 솜사탕을 만들고 있었다. 나는 주머니를 뒤졌다. 근데 누
가 자꾸 문 앞에 서 있는 것 같아요. 나는 동전을 꺼내고 플루
토를 바라보았다. 플루토는 내 손에 쥔 동전을 가져가며 말했
다. 그냥 그렇다고요. 솜사탕을 시키는 플루토의 뒷모습이 보
였다. 나는 플루토의 손목을 잡았다. 뭐라고? 솜사탕이 둥글
게 만들어지고 있었다. 플루토는 나의 손을 떼고 만들어진 솜
사탕과 동전을 맞바꾸었다. 설마. 내가 중얼거렸다. 플루토는
나를 물끄러미 바라보았다. 솜사탕이 플루토의 입에서 가늘

게 찢어졌다. 나는 플루토의 눈을 피하며 말했다. 데뷔하면 나가서 살 수 있을 거야. 플루토가 내게 한입 먹은 솜사탕을 건넸다. 네, 데뷔하면. 플루토는 미소를 지으며 되뇌었다.

*

얕은 잠에서 깨어났다. 남편은 거실에서 스마트폰을 보고 있었다. 나는 냉장고에서 재료들을 꺼냈다. 고기를 썰고 파를 다진 뒤, 간장과 설탕을 섞어 양념을 만들었다. 프라이팬 위에서 붉은 고기가 천천히 익어갔다. 나는 인덕션을 끄고 고기를 접시에 덜었다. 밥솥을 열자 김이 뿜어져 나왔다. 식사를 차려놓고 남편을 불렀다. 남편이 다가오는 것을 확인하며 연우의 방을 느리게 열었다. 여보. 나는 중얼거렸다. 남편이 식탁에 앉으며 답했다. 왜? 나는 남편을 향해 고개를 돌렸다. 연우가 없어. 남편은 밥을 한술 뜨며 말했다. 아침에 친구 만나러 간다고 하던데. 나는 빠르게 반문했다. 얘가 친구가 어딨어. 남편은 숟가락을 내려놓고 짜증스럽게 말했다. 네가 애를 싸고도니까 친구가 없지. 나는 남편의 말을 무시하고 연우에게 전화를 걸었다. 발신음이 길게 이어지다가 끊어졌다. 연우와 플루토 모두 전화를 받지 않았다. 나는 겉옷을 들고 현관문을 열었다.

— 요리하셨나 봐요.

플루토가 문 앞에 서서 말했다. 주변에 연우는 없었다. 여기가 어디라고. 나는 어떤 표정을 지어야 하는지 알 수 없는 채로 중얼거렸다. 플루토는 그런 나를 지나치며 큰 소리로 말했다. 실례하겠습니다. 남편이 엉거주춤 일어나며 플루토를 맞이했다. 혼자 왔냐는 남편의 물음에 플루토는 식탁으로 걸어가며 답했다. 사정이 생기면 아무 때나 와도 괜찮다고 하셨잖아요. 남편은 당혹스러운 얼굴로 물었다. 연우는 같이 안 왔고? 플루토는 식탁에 있는 의자를 빼며 남편을 보았다. 아, 모르세요? 의자가 바닥을 긁으며 거북한 소리를 냈다. 연우 오디션 보러 갔어요, 아이돌 오디션. 플루토는 식탁에 팔꿈치를 대고 턱을 괬다. 남편은 그런 플루토를 보며 어색하게 물었다. 밥은 먹었니? 그러자 플루토가 내게 눈짓했다. 먹고 가도 되죠? 나는 입술을 깨물며 현관문을 닫았다.

식기가 접시에 부딪히는 소리가 공명했다. 남편은 플루토에게 어머니가 무슨 일을 하느냐 물었고, 플루토는 나이트에서 공연한다고 답했다. 남편은 그릇에 담긴 밥을 빠르게 해치우고 자리에서 일어났다. 담배를 주머니에 넣고 집을 나가는 남편을 보며 나는 젓가락을 내려놓았다. 연우는 어딨니. 내가 물었다. 플루토의 밥은 처음 폈던 양 그대로 남아 있었다. 플루토는 젓가락으로 밥을 찌르다가 창문을 향해 검지를 뻗었다. 나는 잠시 몽롱한 눈으로 창문을 바라보다가, 정신없이 방충망을 열고 바닥을 보았다. 아스팔트 도로가 깨끗하게 깔려 있었다. 나는 황망한 눈으로 플루토를 보았다. 플루토가 배를 잡으며 웃기 시작했다. 진짜 오디션 갔어요. 플루토는 눈물을 닦으며 말했다. 나는 쓰러질 듯이 다가가 플루토의 어깨를 잡았다. 너 억울하니? 나는 플루토의 어깨를 짓눌렀다. 네가 아무것도 못 하고 스물다섯이 된 게 억울해? 플루토는 나의 힘이 가는 대로 흔들렸다. 이 바닥에 너 같은 애가 한둘인 줄 알아? 플루토가 나의 눈을 뚫어지게 쳐다보았다. 상황이 나빴다고는 생각을 안 해봤어? 내가 소리치자 플루토는 미동 없는 눈으로 내게 물었다. 제가 언니를 믿고 창고에서 산 것처럼요? 나의 얼굴이 순식간에 일그러졌다.

　―그럼 내 딸이 사는 집에 널 데려왔어야 했니.

　거친 숨소리가 울려 퍼졌다. 플루토의 눈동자 안에 내가 담겨 있었다. 플루토는 노래를 흥얼거렸다. 미안해 솔직하지 못한 내가. 어린 시절 수백 번을 들었던 노래였다. 지금 이 순간이 꿈이라면. 플루토는 내 손을 자신의 손목에 얹으며 중얼거렸다. 살며시 너에게 다가가. 플루토가 나의 엄지와 검지를 붙이며 자기 손목을 감쌌다. 모든 걸 고백할 텐데. 플루토가 남은 손으로 나의 손목을 잡았다. 계속 누군가 날 잡아주기를 원했거든요. 플루토는 손목을 보며 말했다. 그게 사랑이었다면 좋았을 텐데. 나는 플루토를 잡은 손에 힘을 풀었다. 플루토의 손목이 하얗게 질려 있었다. 미안해. 나는 부드럽게 플루토의 손을 잡으며 말했다. 내가 다 잘못했어. 나는 느리게 고개를 숙이며 덧붙였다. 그러니까, 연우가 어디 있는지만 좀. 그러자 플루토가 웃었다. 그리고 입 모양으로 네 글자를 반복하기 시작했다. 나는 플루토의 입술을 유심히 지켜보았다. 뭐라고? 내 말에 플루토는 목에 힘을 주고 소리를 뱉었다. 성형외과. 플루토가 소리를 내며 웃었다. 나는 양손으로 플루토의 목을 움켜잡았다. 두드러진 경추가 느껴졌다. 나는 힘을 가했다. 플루토의 얼굴이 서서히 붉어졌다. 플루토의 입으로 구멍 뚫린 풍선 소리가 났다. 플루토의 손이 여전히 내 손목을 쥐고 있었다. 문을 열고 들어온 남편이 플루토에게서 나를 떼어냈다. 나는 손을 뻗으며 플루토를 노려보았다. 창문을 향해 걸어가는 플루토의 몸짓이 가벼웠다. 언니. 플루토가 말했다. 애초에 내 자리는 없었던 거네. 열린 창문 너머로 시원한 바람이 불었다. 창문을 닫은 플루토는 현관문을 열고 집을 나갔다. 휴대전화 위로 1차 오디션에 붙었다는 연우의 메시지가 반짝였다.

스위트 홈

박민경

모기. 파리. 바퀴벌레.

슬라이드가 넘어갈 때마다 아이들은 얼굴을 찡그렸다. 마지막에 바퀴벌레가 나왔을 땐 우엑, 하는 소리가 들렸다. 그 소리를 낸 아이는 다른 아이들이 웃자 신이 나는지 혀를 빼고는 더 과장하며 같은 소리를 냈다. 선생님은 아랑곳하지 않고 슬라이드를 넘겼다. 해충이라는 두 글자가 화면 가득 채워졌다.

우리는 인간에게 피해를 주는 벌레를 해충이라고 부릅니다.

아이들은 과일에 파리가 앉아 먹지도 못하고 버렸던 일, 모기한테 눈두덩이를 물려 못생겨진 일, 아무리 죽여도 나타나는 바퀴벌레 때문에 이사를 간 일에 대해 떠들기 시작했다.

조용, 조용.

교탁을 내리치는 소리에 아이들의 웅성거림이 잦아들었

다. 슬라이드가 다시 넘어갔다. 이번에는 거머리가 나타났다. 선생님이 거머리가 해충인지 묻자 아이들이 입을 모아 그렇다고 했다.

왜 해충일까요?

못생겨서요. 징그러워서요. 그냥요. 아이들은 저마다 다른 답을 내놨다.

정답은 '해충이기도 하고 아니기도 하다'예요. 농부 입장에서 거머리는 농작물의 성장을 방해하는 해충이지만 의사에게는 의료 행위에 도움을 주는 익충이 될 수 있거든요. 사람의 입장에 따라 해충이기도 익충이기도 한 거예요.

주원이 손을 들었다. 선생님이 고갯짓으로 주원을 가리켰다.

그럼, 사람이 없으면요? 해충은 해충이 아니에요? 익충도 익충이 아니고요?

선생님은 잠시 주원을 바라보다가 그렇다고 대답했다.

그래. 처음부터 해충이나 익충으로 태어나는 벌레는 없어.

주원이 뿌듯한 얼굴로 손을 내리자 우웩맨이 주원을 흘겨보며 입 모양으로 말했다. 멍청이.

그날 학습 목표는 아마도 해충과 익충의 차이점과 상대적

기준이었을 것이다. 벌레는 그냥 벌레일 뿐이고 해충과 익충을 구분 짓는 것이 인간이라는 사실은 어린 주원에게 꽤 인상적인 발견이었다. 그건 누군가에게 해로운 사람이 누군가에게는 이로울 수도 있다는 것과 그 기준을 나누는 것이 자신이라는 걸 깨닫게 해주었다. 그리고 자신 역시 누군가에게는 해로운 사람이 될 수 있다는 사실도.

하지만 정말로 처음부터 해충으로 태어나는 벌레는 없는 걸까?

주원은 거기에 대해선 선생님이 틀렸다고 생각했다.

＊

시트는 미리 구워두었다. 작업대는 다섯 개. 수강생들이 올 시간에 맞춰 작업대 위에 시트를 올려두면 준비는 끝났다. 수강생들이 케이크를 '만드는' 작업은 시트에 크림을 바르는 단계부터였다. 사실상 케이크 만들기라기보다 '꾸미기'에 가까웠다. 주원은 시트에 아이싱을 한 뒤 짤주머니로 크림을 모양내며 두르는 시범을 보였다. 도움이 필요하면 손을 들어주세요. 손을 들면 가서 도와주었다. 수강생 옆에 바짝 붙어서 능숙하게 짤주머니를 움직였다. 이러니까 없던 정도 생기겠어요. 정해둔 농담은 언제나 유효했다. 수강생이 어설프게 짠 크림에 엄지를 치켜세웠다. 마지막으로 과일이나 토퍼를 얹고 레터링을 새기면 그럴듯해 보이는 케이크가 완성되었다.

사진 찍으실 분들은 지금 찍으세요.

주원은 어떤 화각에도 잡히지 않을 구석으로 이동했다. 한바탕 셔터음이 지나고 나면 케이크는 포장 상자에 담기고 수강생들은 뿌듯한 얼굴로 앞치마를 벗은 뒤 공방을 나섰다. 주원은 입구 쪽에 서서 수강생 한 명 한 명한테 수고하셨노라고 인사를 건넸다.

작은 공방이지만 일주일에 세 번 진행하는 원데이클래스는 알음알음 입소문을 타고 있었다. 사람들은 특별한 날을 기념하기 위해 직접 케이크를 만들고 싶어 했다. 생각보다 다양한 연령대의 사람들이 공방을 찾아왔다. 모녀나 자매가 함께 오는 경우도 종종 있었다. 닮은 두 여자가 작은 우여곡절과 하하호호 끝에 만든 케이크를 상자에 담아 소중하게 들고 가는 모습은 아무리 봐도 질리지 않았다. 클래스 분위기는 대체로 화기애애했다. 굳이 나쁠 게 없기도 했다. 케이크의 속성이, 그것을 만드는 사람의 마음이 그러하게 만들었다. 주원이 케이크를 좋아하는 이유이기도 했다. 주원의 클래스는 정교한 기술이나 고도의 집중력이 필요한 수업은 아니었다. 체험의 즐거움과 그럴듯한 결과물을 얻어갈 수 있는 것치곤 합리적인 가격이 장점이었고, 일대에서 이 정도 퀄리티의 체험을 할 수 있는 곳은 주원의 공방이 유일했다. 주원은 공방에 자부심이 있었다. 정규 클래스에 대한 문의도 간간이 들어왔다. 다음 달부터는 휘낭시에나 카눌레, 스콘 같은 디저트 포장 판매도 시작할 계획이었다. 오픈한 지 이제 1년 반. 공방은 천천히 자리를 잡아가고 있었다.

이곳에 주원이 자리를 보러 왔을 때만 해도 중개사는 솔직하게 말하면, 이라고 운을 떼고는 목이 좀 별로라고 했다. 2층이라 세가 나쁘진 않지만 피아노학원도 스터디카페도 1년을 간신히 채우고 권리금을 포기하고 나갔다고. 자세히 묻진 않았지만, 지지부진한 송사가 끼어 있던 모양인지 중개사는 자신의 역할을 망각한 채 한참 넋두리를 늘어놓고는 아차 싶은 얼굴로 두 블록 떨어진 다른 상가를 추천했다. 그러나 주원은 통창으로 시원하게 들어오는 채광과 대로와 인접했음에도 조용하고 오붓한 이곳이 한눈에 마음에 들었다. 게다가 맞은편에선 내년 상반기에 준공 예정인 청년주택이 올라가고 있었다.

P시는 신도시 사업이 여러 번 불발되면서 투자자들의 좌절된 기대가 바람 빠진 튜브처럼 남아 있는 도시였다. 조금만 둘러봐도 여기저기 들쑤신 흔적을 발견할 수 있었다. 도로를 사이에 두고 짓다 만 상가들과 찢어진 비닐하우스가 을씨년스럽게 방치되어 있고 맞은편엔 유명 프랜차이즈 카페와 음식점들이 멀쩡히 운영하는 식이었다. 잘못 맞춘 퍼즐처럼 부조화한 이음새. 공방이 있는 쪽은 주거 상권이라 그 편차가 상대적으로 덜했지만 아무래도 달콤한 공간이 생기기엔 허하고 삭막한 도시라는 인상을 지우기 힘들었다.

정말 괜찮으시겠어요?

계약금을 걸겠다고 했을 때 중개사가 내처 물었다. 무슨 말을 하고 싶은지는 이해할 수 있었다. 젊은 사장이 패기로 덤빌 만한 곳이 아니라는 뜻이었을 것이다. 주원은 오히려 그래서 바로 여기라고 생각했다. 이런 황량한 도시에 사는 사람들이야말로 달고 예쁜 디저트가 필요할 거라고. 주원은 자기가 틀리지 않았다는 걸 증명해내고 싶었다.

주원은 헐거운 P시가 좋았다. 자기 하나쯤은 얼마든 품어줄 것 같은 넉넉함이랄까. 꼭 새롭거나 낯설지 않아도 있는 그대로 수용해줄 것 같은 관용이 P시에는 있었다. 부드럽고 달콤한 냄새가 은은히 풍기는 공방에 앉아 행복한 얼굴로 케이크를 만드는 사람들을 보고 있노라면 모든 것이 알맞게 돌아가고 있는 것 같았다. 있어야 할 곳에 있다는 안정감과 소속감. 그건 주원이 원하는 것이었고 P시는 그것을 기꺼이 내주었다.

＊

P시에 정착하기 전까지 주원은 오롯한 자신의 공간을 가져본 적이 없었다.

가족과 함께 살던 집은 5층짜리 다세대 주택이었다. 한 층에 세 세대씩 총 열다섯 세대가 기거할 수 있는 빌라의 이름은 영영빌라였고 근방에서 집값이 제일 쌌다. 아이들은 그 빌라에 사는 아이들을 '영영'이라고 불렀다. 그렇게 불릴 때마다 주원은 한 줌씩 자신을 잃는 기분이 들었다. 대답하지 않는데도 그랬다. 그건 하나의 계급이자 낙인이었다. 아이들은 단순하고 명료해서 마음껏 잔인했다. 어쩌면 그 때묻지 않은 잔혹성이야말로 아이들이 가진 유일한 특권일지도 몰랐다.

하지만 주원을 가장 힘들게 한 건 영영빌라 그 자체였다. 학급에서 유행하던 말을 빌리자면 영영빌라는 후졌다. 더 후지기 힘들 만큼. 철공소가 밀집된 골목 끝에 있는 그 건물은 거의 버려진 상태나 다름없었다. 깨진 바닥과 웃자란 풀들. 방치된 채 썩어가는 폐자재들. 잿빛 외벽은 여러 번 덧입힌 페인트가 말린 나물처럼 거칠게 울어 손가락으로 누르면 바스스 떨어져 나갔다. 꾸준히 사람이 들고나는 게 신기할 정도였다. 영영빌라에 사는 이들 중 건물주나 그 역할을 위임한 대리인이나 관리인의 얼굴을 아는 사람은 없었다. 이따금 옛날 택시 기사들이 입었을 법한 물 빠진 노란 셔츠를 입은 작고 검은 노인이 긴 집게를 들고 어슬렁거리며 뭔가를 태우는 모습이 목격될 뿐이었다. 매일 밤마다 벽을 타고 저마다의 울분이 넘어왔다.

내가 너 때문에. 싯팔, 너 같은 것 때문에…….

같이 죽자. 이럴 바엔 그냥 콱 죽자고!

주원은 오며 가며 다른 세입자들을 마주칠 때마다 그들이 무심함을 가장한 채 기민하게 상대의 불행을 살피는 것을 느낄 수 있었다. 그 시선 앞에서 주원은 늘 완전히 벗겨진 것 같았고, 때로는 가져본 적도 없는 뭔가를 미리 박탈당한 기분마저 들었다.

우리 이사 가면 안 돼?

그렇게 물을 때마다 엄마는 주원에게 재개발의 뜻과 투자와 영영빌라의 가능성에 대해 얘기해주었다. 개념적으로 어려운 얘긴 아니었지만 쉽게 믿을 수 없는 얘기이기도 했다. 그렇게 좋은 일이 여기에 일어날 리가 없다고 생각했던 것 같다. 주원이 부루퉁한 얼굴로 눈을 내리깔고 있으면 엄마는 다 생각이 있다고 했다. 그리고 이렇게 덧붙였다. 만약 너네 아빠가 그런 개죽음을 당하지 않았으면 여태 이런 집도 못 샀을 거라고.

집은 아빠의 보험금으로 산 거였다. 엄마의 말은 마치 아빠가 이 집을 가족에게 남기기 위해 죽었다는 것처럼 들렸다. 호랑이는 죽어서 가죽을 남기고, 사람은 죽어서 집을 남긴다. 뭔가를 남기긴 남겼는데……. 어쨌든 개죽음이구나. 그 말을 들을 때마다 주원은 괜히 마음이 사나워져 입을 아주 다물었다. 그러면 엄마는 명쾌한 판사처럼 테이블을 탕탕 두드리고는 마시던 술을 입에 마저 털어 넣었다.

주원의 기억 속에서 엄마는 언제나 술을 마시고 있었다. 더 본격적일 수 있을까 싶었는데 일자리를 잃고 나서는 브레이크를 뽑아버린 자동차처럼 멈추지 않고 마셔댔다. 엄마는 술을 마시면 팽창했다. 기운도 기분도 성질도. 살짝 건드리기만 해도 터질 만큼 팽창해서 손에 잡히는 건 죄다 끌어내 집어 던졌고 가끔은 주원과 동생 문영의 머리채를 잡기도 했다. 성토의 대상은 매번 달라졌다. 엄마의 손아귀에서 자매의 머리는 상습적으로 임금을 체불하다 야반도주한 음식점 사장이나 하루 아침에 세상을 등진 야속한 남편, 인생의 크고 작은 분기점을 만든 남자들이기도 했으며 때론 자신의 인생을 좀먹는 두 딸이기도 했다. 서로를 떼어내고 붙들기 위한 발악 속에서도 주원은 벽을 타고 넘어가는 것들에 대해 생각하며 이를 악물었다. 한바탕 전쟁 같은 시간을 보내고 나면 엄마는 제풀에 지쳐 잠이 들었고 주원은 방문을 잠갔다.

그러나 방도 완전한 도피처가 되진 못했다. 그 좁은 방의 한켠엔 언제나 문영이 있었다. 철저히 혼자이고 싶은 순간에 그럴 수 없다는 것. 그것이 문영의 잘못이 아님을 알았지만 이해와 수용은 별개의 문제였다.

주원은 문영을 시기했다. 문영이 자신과 달리 진작부터 이 세계를 외면하는 방식을 터득한 것처럼 보였기 때문이다.

문영의 손장난을 눈치챈 건 문영이 중학생 때였다. 겨우 140센티미터를 웃도는 키에 교복에 아이스크림 얼룩이나 묻히고 다니는 문영이 벌써부터 그런 감각에 눈을 떴다는 사실을 믿을 수 없었다. 한바탕 묵과하기 힘든 들썩임 뒤 문영은 이불에 손을 문질러 닦고 잠들었다. 이불에 마른 물풀처럼 하얗게 뜬 얼룩을 비벼 빠는 건 주원의 몫이었다. 주원은 그 행위 자체보다도 번번이 들키고 마는 문영의 허술함을 증오했다.

문영은 고등학생이 되고부터는 집에 들어오지 않는 날이 잦았다. 키가 쑥 크면서 눈에 띄게 몸의 선이 달라지고 눈빛도 말투도 변했다. 브랜드 옷이며 못 보던 물건이 눈에 띄기 시작한 것도 그맘때였다. 어디서 났냐고 물으면 알바를 한다고 했다. 웃기지도 않는 소리였다. 막연한 짐작은 언젠가 집에서 한참 떨어진 곳에 멈춰 선 승용차에서 문영이 내리는 것을 보고서는 확신이 되었다. 그 장면을 주원만 본 것도 아니었다. 소문은 돌고 돌면서 살이 붙었고 다시 주원에게 닿았을 땐 한껏 추잡해져 있었다. 왜 그렇게 남들에게 읽히지 못해서 안달일까. 주원은 이해할 수 없었다. 빨래통에서 레이스가 겹겹이 달린 화려한 속옷을 발견할 때마다 주원은 분풀이하듯 그것을 가위로 잘게 잘라버렸다. 그러나 색색의 속옷은 자기분열이라도 하는지 잘라도 잘라도 계속 생겨났다. 어느 날 주원은 속옷을 자르다 말고 가위를 집어 던졌다. 얼굴에 크림을 바르던 문영의 얼굴 옆으로 가위 날이 스쳤다.

시발, 별 싸구려 같은 게.

그때 정확히 어떤 말을 했는지는 기억나지 않지만 문영의 표정만큼은 주원의 기억에 또렷하게 남아 있다. 마치 불쌍한 것을 보는 듯한 표정. 문영의 표정은 이렇게 말하는 듯했다. 언니 너는 싸구려랑 고급을 분간이나 할 수 있느냐고.

주원은 지금도 종종 생각한다. 처음부터 서로에게 오롯한 공간이 있었더라면. 보고 싶지 않은 것, 알고 싶지 않은 것을 차단해줄 벽과 문이 있었더라면. 영영빌라가 아니라 퍼스트빌, 세종캐슬, 유종아트리에였다면. 뭔가 좀 달라지지 않았을까.

불확실한 것들은 좀처럼 기대되지 않고 확실한 것들에 착실히 실망하는 나날이 이어졌다. 주원이 대학에 들어가던 해 엄마는 알코올성 치매 진단을 받았다. 고작 쉰둘이었다. 소화기관이 완전히 망가지는 바람에 가뜩이나 말랐던 엄마는 바짝 태운 장작처럼 변했다. 상태가 안 좋을 땐 주원도 문영도 알아보지 못했다. 머릿속에서 재생되는 기억들은 인과관계가 뒤죽박죽 엉켜 있어 엄마는 두서없이 괴로워하다가도 갑자기 손뼉을 치며 웃기도 했다. 그나마 정신이 온전할 때 하는 일이라곤 볼품없어진 자신의 몸을 비관하며 술을 마시는 것이었다. 아이 둘을 낳고도 매끈한 44사이즈였던 것을 유일한 자부로 여겼던 엄마는 거울 속의 피폐한 몸을 받아들이지 못했다. 집에 있던 거울을 모두 박살 낸 뒤에는 탄력 없는 피부를 감추기 위해 옷을 껴입기 시작했다. 몸을 보이지 않겠다는 집념이 어찌나 완고한지 정신이 저쪽으로 넘어가 있을 때도 몸에 손가락 하나 대지 못하게 했다. 땀을 비질비질 쏟으면서도 옷을 벗기려고 하면 사납게 대항했다. 참을 수 없는 쉰내에 질려 목욕을 감행한 날엔 육탄전을 불사해야 했다. 묵은 때가 쌓인 몸을 거칠게 훑어낼 때마다 엄마는 서럽게 울며 소리를 질렀다.

지겨워.

문영은 한 번씩 어둠 속에서 잠꼬대처럼 중얼거렸다. 지겨워. 지겨워. 지겨워. 지겨워…….

언제까지 서로의 불행을 관망하는 유일한 목격자가 되어야 할까. 주원은 집에 들어올 때마다 숨이 막혔다. 집 안에 고여 있는 건 묵은 체취와 생활이 아니라 도무지 낙관적으로 생각하기 힘든 전망이었다. 영영빌라 안에서 흐르는 시간은 피를 더럽히는 혈전처럼 삶을 오염시키고 있었다. 주원은 문영도 엄마도 이 집에서 서서히 망해가고 있다고 느꼈다. 그건 선명한 하강의 감각이었다. 주원은 자신의 머리채를 붙잡고 바닥으로 잡아끄는 그 운동성으로부터 벗어나고 싶었다.

어느 여름의 장마 끝에 영영빌라에서 누군가 뛰어내렸다.

마찰이 만든 얼룩은 오래 남았다. 주원은 좀처럼 사라지지 않는 얼룩을 볼 때마다 이렇게 생각했다. 도망치지 않으면 다음은 아마 내 차례일 것이라고.

*

장 봐온 것들을 정리하고 있는데 누군가 문을 두드렸다. 인터폰으로 보니 건물 관리인이었다. 안에 있는 걸 알고 있다는 듯 카메라를 빤히 응시하고 있었다. 문을 열자 관리인이 눈알을 바쁘게 굴리며 열린 문틈 사이를 헤집었다. 그러고는 대뜸 벌 들어온 적 없냐고 물었다.

벌이요?

주원이 문틈을 좁히며 묻자 관리인은 그제야 사무적으로 웃으며 말했다. 건물 주변에 자꾸 벌이 보여서 확인해봤더니 건물 올릴 때 제대로 마감이 안 됐었는지 건물 틈에 말벌이 집을 지어 놓은 것 같다고.

어찌나 깊숙이 지어놨는지 소방관은 제거를 못 한다 그러니 어째. 전문 업체를 부르기로 했거든요. 날짜 정하면 알려줄 테니 문 꼭 닫고 있으라고요. 여기는 2층이랑 5층을 다 쓰시니까.

주원은 알겠다고 대답한 뒤 그를 돌려보냈다. 말벌이라니. 언젠가 인터넷으로 말벌집을 제거하는 영상을 본 적이 있었다. 집을 건드리자 수십 마리의 말벌이 카메라 시야를 가릴 정도로 일제히 날아올라 방호복을 입은 출연자를 공격하던 장면이 떠올랐다.

주원은 혹시나 하는 마음에 2층으로 내려가 문이 잘 닫혀 있는지 확인하고 올라왔다. 내려갈 때도, 올라올 때도 계단을 이용했다. 주원의 집은 공방과 같은 건물에 있었다.

5층으로 이사 온 지는 두 달쯤 됐다. 본격적으로 디저트 판매를 시작하려면 집에서 공방까지 이동 시간을 줄일 필요가 있었다. 선택과 집중은 주원이 좋아하는 관용구였다. 주원은 지금이 집중해야 할 시기라고 생각했다. 가급적 공방과 가까운 곳으로 집을 알아볼 생각이었는데 타이밍 맞게 같은 건물 5층에 매물이 났다. 일이 잘 풀릴 신호처럼 느껴졌다. 5층엔 네 가구가 있었고 공실은 가장 안쪽 504호였다. 중개사가 문을 여는 순간 현관으로 빛이 쏟아졌다. 신발장에서 거실 전면의 큰 창이 바로 보였다. 빛은 거기서 안으로 범람하듯 들이치고 있었다.

밝은 집이에요.

중개사가 웃으며 말했다. 밝은 집. 주원이 원하던 집이었다. 그 집을 보는 순간 주원은 생각했다. 바로 여기라고.

2주 뒤 주원은 짐을 옮겼다. 공방 때문에 받았던 대출에 추가 대출을 무리하게 끼어야 했지만 콧노래가 절로 나왔다. 이사를 하던 날 주원은 얼마 되지 않는 짐을 정리한 뒤 문간에 비스듬히 기대어 서서 집을 찬찬히 둘러보았다. 생애 처음으로 가지게 된 자신만의 공간이었다. 충직한 생물처럼 오직 나만을 위한, 나만을 기다리는 나의 공간. 도배까지 새로 한 집은 하얀 종이로 접어 만든 것처럼 희고 밝았다. 주원은 이곳을 지키기 위해서라면 뭐든지 할 수 있을 것 같았다.

이사 온 뒤로 주원은 유튜브 채널을 만들어 베이킹 영상을 찍어 올리기 시작했다. 나름대로 구도나 연출에 신경을 쓰고 편집에도 공을 들였지만 도무지 오르지 않는 조회수를 보면 이런 게 과연 도움이 되는 날이 올까 의문이 들기도 했다. 하지만 매달 빠져나가는 대출금과 월세, 굵직한 고정비를 생각하면 남는 시간을 마냥 놀릴 수는 없었다. 공방이 자리를 잡아간다지만 마음을 놓기엔 아직 빠듯했다. 소상공인 카페에서 글을 읽다 보면 긴장감을 늦출 수 있는 시기 따윈 없었다.

클래스의 수강 인원을 체크한 뒤 주원은 자리에 누웠다. 사락거리는 여름 침구의 재질이 기분 좋게 몸에 감겨왔다. 나른한 피로감이 몰려왔다. 주원은 가물거리는 눈으로 옷장과 문 사이 비어 있는 자리를 바라보았다. 저 자리엔 역시 협탁을 놓을까. 공간을 채우는 상상을 하는 것만으로도 흐뭇한 마음이 들었다. 상상은 언제나 공짜니까. 집에 들인 가구들은 유명 브랜드의 스테디셀러 제품들을 카피한 저가 가구들이었다. 언젠가 진짜로 바꾸리라 다짐하며 하나하나 신중하게 골랐다. 주원은 그럴듯하게 살고 싶었다. 언제 누구에게 보이더라도 그럴듯하게.

눈을 감자 관리인이 했던 말 때문인지 벽 너머에서 희미하게 웅웅거리는 소리가 들리는 것 같았다. 꼭 보일러가 돌아가는 소리 같기도 했다.

*

졸업을 앞둔 겨울의 어느 새벽이었다. 계시는 필요하지 않았다. 아니, 모든 순간이 계시로 읽혔다. 자려고 누워 있던 주원은 불현듯 자리에서 일어나 짐을 꾸렸다. 머릿속으로 수십, 수백 번 싸봤던 짐가방이었다. 싸놓고 보니 작은 가방 하나가

전부였다. 모두 버리고 간다고 해도 아쉬울 것 없는 짐들뿐이어서 차라리 홀가분했다. 주원은 조용히 방문을 열고 나왔다. 한바탕 폭풍이 휩쓸고 간 거실은 언제나처럼 처참했지만 이제 주원에게는 상관없는 광경이었다. 엄마는 화장실 앞에 엎드린 채로 잠들어 있었다. 행여 지금 일어나 눈이 마주친다 해도 자신이 누군지조차 알아보지 못할 거였다. 그래도 그 흐리고 축축한 눈을 보고 싶진 않았다. 주원은 서둘러 집을 나섰다. 문영이 돌아오기 전에 떠나야 했다.

새벽 거리에는 눈이 내리고 있었다. 깨어 있는 건 오직 주원뿐인 듯 사위는 고요했다. 주원은 차가운 공기를 깊숙이 들이마시며 좁은 골목을 걸었다. 마침내 골목을 빠져나왔을 땐 심부 끝까지 구석구석 몸이 깨어나는 기분이었다.

갈 곳은 이미 정해둔 상태였다. 대학 동기가 알아봐준 일자리가 있었다. 외삼촌이 일한다는 남부의 관광호텔에서 베이커리팀을 충원한다고 했다. 남부엔 아무런 연고가 없다는 것과 숙식을 제공한다는 말에 주원은 길게 고민하지 않았다.

주원은 바로 업무에 투입되었다. 이른 새벽부터 시작되는 일과에 몸은 힘들었지만 주원은 누구보다도 고무적이었다. 일이 단순하고 고돼서 오히려 다른 것들을 쉽게 잊을 수 있는 환경이었다. 주원은 오직 조리대 위에서 일어나는 일에만 집중했다. 그 밖의 것들은 아웃포커싱 상태로 두었다. 주원이 만든 빵과 디저트는 호텔 로비와 클럽라운지, 스카이라운지로 올라갔다. 손님들이 자신이 만든 디저트 사진을 찍고 기대감 어린 얼굴에 이내 만족감이 피어나는 순간을 지켜보고 있노라면 그 뒤에 들이는 노고 따원 아무래도 좋았다. 작고 달콤하고 부드럽고 아름다운 것. 디저트엔 사람을 기분 좋게 만드는 모든 것이 담겨 있었다.

주원은 악착같이 돈을 모았다. 휴무나 휴가에도 되도록 기숙사를 벗어나지 않았다. 월급에서 빠지는 건 기숙사 관리비 정도였다. 그마저도 아까워서 2인실에서 관리비가 더 저렴한 3인실로 옮겼다. 새벽 4시에 출근해서 주방 마감을 하고 숙소로 돌아오면 밤 9시가 넘었다. 씻고 누우면 뒤척거릴 틈도 없이 퓨즈가 나갔다. 그래도 통장에 차곡차곡 쌓이는 잔고를 보면 또 하루쯤은 버틸 힘이 생겼다.

방을 함께 쓰는 기사들은 모두 또래였다. 그중 남부가 고향인 이는 없었다. 집을 떠날 사정은 누구에게나 있는 모양이라고 주원은 생각했다. 자기 얘긴 서로 잘 하지 않았지만, 눈이 마주치면 그 피로감을 이해하는 건 서로뿐이라는 애틋함으로 웃음을 주고받았다. 누군가의 별것도 아닌 얘기에 웃음이 터지는 날도 있었다. 하지만 배가 아플 만큼 바보 같이 웃다가도 주원은 문득 서늘하고 축축한 손바닥에 뒷덜미를 붙잡힌 듯한 기분에 사로잡히곤 했다. 주원은 그 손바닥을 떨쳐낼 수가 없었다. 그 축축한 손바닥은 언제든 자신을 영영빌라로 끌고 갈 것만 같았다. 주원은 한동안 눈을 떴을 때 기숙사가 아닌 좁고 어두운 방 천장과 마주하는 꿈을 꿨다.

버렸는데 왜 버려지지 않을까. 나는 지금 여기 있는데.

불안해질 때마다 주원은 입에 단것을 집어넣었다. 머리가 아플 정도로 단것을 입에 물고 있으면 기분이 좀 나아졌다.

문영이 찾아온 건 호텔에서 일한 지 2년째 되던 어느 날이었다.

호출을 받고 로비로 나갔더니 문영이 기다리고 있었다. 그 얼굴을 보자 주원은 비로소 긴 꿈에서 깨어난 것 같았다.

잘 지낸 것 같네.

문영은 웃는 낯이었다. 좋은 일로 오랜만에 만난 친구 대하듯이 주원을 대했다. 휴가라도 온 듯 나풀거리는 하얀 원피스에 미색의 샌들을 신고 있었다. 두 사람은 마주 앉았다. 문영은 여기까지 찾아온 사람치고는 뜸을 들였다. 한참 호텔이 어쩌고 남쪽 날씨가 어쩌고 하면서 딴소리하더니 언니, 하고는 목소리를 바꿨다.

나는 언니가 그런 식으로 도망칠 줄은 몰랐어. 근데 이해는 해. 상황이 좀 거지 같긴 했잖아. 근데 상황은 여전히 거지 같거든.

주원은 맞은편 의자의 남자아이가 테이블 위의 꽃병을 만지고 있는 모습을 지켜보면서 문영의 말을 듣고 있었다. 꽃병은 남자아이의 손아귀에서 금방이라도 쓰러질 것처럼 위태롭게 돌려지고 있었는데 그들의 부모는 서로의 얘기에 정신이 팔려 건성으로 주의를 주고 있었다.

언니가 가고 재개발 얘기가 돌았어. 헛소문인가 했는데 조합에서 사람들이 왔다 가고 빌라 사람들끼리 모여서 회의도 하고 그러니까 아, 진짠가 보다 했지.

문영은 이후의 얘기를 짧게 요약했다. 재개발 찬성 측과 반대 측의 현금 청산 문제로 의견 엇갈려 결국 정비구역 해제 요청이 들어갔다는 거였다. 일이 그렇게 되자 그나마 호재를 노리고 들어왔던 이들이 뭉텅 빠져나가고 반대파의 누군가가 괴한에게 칼을 맞기도 하면서 분위기가 한껏 흉흉해졌다. 문영

역시 한몫 잡으려고 했던 계획이 물거품이 되자 뒤늦게 현실 파악을 하고 주원을 찾아 나선 것이었다.

좀 억울하더라고. 언니는 어디서 잘 먹고 잘살고 있을 것 같은데 나만 그 집에서 꽃다운 청춘 바치면서 똥 기저귀 갈고 있는 게. 그건 좀 불공평하잖아?

그렇게 말하면서 문영은 가방에서 몇 개의 카탈로그를 꺼냈다. 제각각 다른 요양병원의 것들이었다.

보면 알겠지만 최소가 100만 원 선이야. 입히고 먹이고 재우고 진짜 기본적인 케어가 100. 그걸 언니랑 내가 반으로 나누면 50. 근데 언니는 아무것도 안 했으니까 반으로 나누는 건 불공평하지. 안 그래? 그래서 언니 몫은 70으로 계산했어. 2년간 내 개고생 비용으로 1,500. 다 하면 1,700 정도 되는데 그나마 200은 뺀 거야.

문영의 주장은 일면 타당했다. 충분히 비용을 요구할 수 있는 입장이었다. 그 부분에 대해서는 납득했다. 오히려 깔끔하게 돈 얘기만 하는 게 고맙기까지 했다. 하지만 왜일까. 그때 주원의 마음에서는 주원조차 알 수 없는, 문영에게 순순히 응하고 싶지 않은 아집 같은 것이 고개를 쳐들었다.

주원은 카달로그를 하나씩 펼쳐보았다. 문영의 말대로 기본 케어는 대체로 100만 원부터 시작되었다. 제공되는 요양 서비스 항목을 눈으로 훑었다. 정서적 지원, 영양 관리, 신체 기능 증진 프로그램 운영, 구강 관리, 목욕 및 샤워 케어, 이미용 서비스, 배변 처리, 체위 변경……. 얼핏 보기에도 문영 혼자서 감당하기엔 버거워 보였다.

여긴 전문 기관이잖아. 니가 집에서 보는 거랑은 질적으로 다를 것 같은데? 똑같은 수준으로 측정하면 안 되지. 그리고 제때 밥을 먹이는지 기저귀를 가는지 방치를 하는지 내가 어떻게 알아? 집에 캠이라도 설치하든지.

그렇게 말하면서 주원은 문영의 속옷을 자르던 그때와 비슷한 기분을 느꼈다. 문영도 쉽게 물러서지 않았지만 결국 500을 깎았다. 주원은 그만하면 나쁘지 않다고 생각했다.

돈이 들어온 걸 확인한 문영은 앞으로의 요양비에 대해서도 얘기했다. 매달 70씩 보내라는 걸 주원은 같은 이유로 50으로 조정했다. 처음과 달리 문영의 얼굴에선 여유를 찾아볼 수 없었다.

엄마는 앞으로도 내가 돌볼 거야. 병원에 보내면 편하기야 하겠지만 거긴 장기적으로 볼 때 엄마를 살리는 방향으로 움직일 테니까.

살리는 방향. 문영은 잘도 그런 말을 목소리도 죽이지 않고 했다. 주원과 문영은 얼마간 그대로 앉아 있었다. 로비에서도 바다가 훤히 보였다. 며칠 내내 비가 내리더니 해수면이 높았다. 꽃병을 가지고 놀던 남자아이와 그 가족은 어느새 자리를 떴는지 보이지 않았다. 로비에는 폴로 셔츠를 맞춰 입은 커플과 강아지를 안은 채 통화 중인 여자뿐이었다. 저 사람들은 대체로 좋은 사람들이겠지. 대체로 좋다가 잠깐 나빴다가 금방 다시 좋아지는 완만한 삶을 사는 사람들. 휴가지를 휴가지처럼 보이게 만드는 사람들. 휴가로 이런 곳에 오면서도 차가 막히거나 기대만큼 음식이 맛있지 않으면 하루를 망쳤다고 생각하는 사람들. 그건 얼마나 귀여운 자기 연민인가.

자리에서 일어나기 전에 문영은 립스틱을 고쳐 바른 뒤 지나치게 선명해진 입매를 당겨 웃으며 말했다.

그래도 오랜만에 보니까 반갑다. 그치?

이후로 주원은 매달 기계적으로 돈을 보낼 뿐이었지만 문영은 서비스 알람처럼 한 번씩 엄마의 상태를 알려왔다. 주원은 그런 것들이 다 문영의 알리바이처럼 느껴졌다. 그조차 하지 않으면 방임을 핑계로 주원이 돈을 보내지 않더라도 할 말

없을 테니까. 주원은 문영의 톡에 대꾸하지 않았다. 아예 톡 알림을 꺼놓기까지 했다. 대신 한 번씩 불심검문을 하듯 불쑥 집을 찾아가곤 했다. 사람 마음이라는 게 참 간사해서 적합한 비용을 지불하고 있다고 생각하니 못 갈 곳도 아니었다.

주원은 매번 과일을 사 갔다. 빈손으로 가면 아무 때나 오갈 수 있는 사람처럼 보일 것 같아서였다. 손님이 되려고 산 과일이었다. 마지막으로 집에 간 건 몇 개월 전이었다. 잠을 설쳤는지 문영의 눈에는 핏발이 서 있었다. 주원이 건넨 비닐봉지를 들추며 문영이 말했다.

언니 사과 좋아해?

그냥 보이길래 샀어. 왜?

문영이 사과를 씻으며 피식 웃었다.

아니 매번 사과만 사 오길래.

사과가 제일 싸서 샀다는 걸 알고서 하는 말 같았다. 문영은 치렁치렁한 머리를 아무렇게나 묶은 채로 싱크대에 서서 사과를 깎았다. 싱크대 위로 툭, 툭 사과껍질 떨어지는 소리가 들렸다.

넌 만나는 사람은 없어?

없어.

요즘엔 뭐 해?

그냥 아르바이트 이것저것. 백화점에서 판촉도 하고. 개업 행사도 뛰고. 친구들이 소개시켜줄 때도 있고.

신발장에 굽이 낮은 검은 구두가 보였다. 그걸 신고 백화점에서 여자들의 비위를 맞추는 문영의 모습은 언뜻 상상하기 어려웠다. 어쩌면 자신을 찾아왔던 게 최선의 계획이 아니었을까. 문영은 몇 번이나 상을 치러낸 사람처럼 피곤해 보였다. 사람이 죽기만을 기다리면서 그 사람을 돌보는 일이란 어떤 심정으로 견뎌야 하는 것일지. 그 심정으로부터 도망을 선택한 자신은 끝내 이해할 수 없을 거였다.

문영이 사과를 접시에 담아 바닥에 내려놨다. 포크도 없었다. 주원은 사과엔 손도 대지 않았다. 집은 어둡고 비좁았다. 거실과 부엌을 가로지르는 빨랫줄에 빳빳하게 마른 속옷과 양말들이 널려 있었다. 주원은 몸을 돌려 엄마를 바라봤다. 엄마는 죽은 듯이 잠들어 있었다. 꼭 이불에 담겨 바짝 말라버린 과일 같았다.

원래는 술을 마시면 안 되거든. 혈당이 올라가니까. 근데 안 주면 난리를 피우니까 술을 달라고 하면 그냥 줘버려. 한 병이든 두 병이든 달라는 대로 줘버려. 그럼 저렇게 자. 한 반나절은 조용해져. 그럼 나도 좀 쉬는 거지.

주원은 잠자코 듣고 있었다.

일주일에 세 번 요양보호사가 와서 세 시간 있다 가는데 엄마더러 순둥이래. 치매 환자가 그러는 건 복이라고, 복 받았다 하더라. 복은 무슨. 일주일에 고작 아홉 시간 보면서 그런 말하는 거 좀 웃기지 않아? 술 깨면 지랄도 그런 지랄이 없는데.

쉴 새 없이 말을 쏟아내던 문영이 문득 조용해졌다.

언닌 요즘 좀 살 만해?

주원은 고개를 돌려 문영을 바라보았다.

나는 있잖아. 사는 게 지겨워. 지겨워 돌아버리겠어. 어디 가서 염병이라도 떨고 싶을 정도야.

그러더니 문영은 사과를 집어 먹기 시작했다. 한 개, 두 개, 세 개……. 먹는다기보단 욱여넣기에 가까웠다. 와작와작와작. 입으로 채 들어가지 못한 사과 조각과 즙이 바닥으로 떨어졌다. 그 모습을 바라보고 있는데 엄마가 몸을 틀더니 옅게 힘을 주기 시작했다. 으응. 설마 했는데 고약한 냄새가 퍼져 나갔다.

온종일 먹고 싸는 게 일이지…….

사과 단물로 턱이 흥건하게 젖은 채로 문영이 중얼거렸다. 문영은 티셔츠에 손을 슥슥 문질러 닦더니 엄마의 머리맡에 있던 물티슈와 기저귀를 꺼냈다. 주원은 바르작거리는 엄마의 바지를 벗기고 기저귀를 가는 문영의 모습을 바라보다가 조용히 집에서 나왔다.

그 이후로 주원은 집에 찾아가지 않았다. 문영에게서 연락도 오지 않았다. 그러나 다음 달 송금일이 돌아왔을 때 주원은 어김없이 돈을 보냈다. 그다음 달도, 또 그다음 달도. 주원은 자신이 하지 못하는 그 일을 지금처럼 앞으로도 문영이 해주길 바랐다.

*

주원은 반나절 내내 공방에서 향료를 바꿔가며 디저트 레시피 몇 가지를 테스트했다. 2층 전체에 고소하고 달콤한 냄새가 번졌다. 구워낸 쿠키와 휘낭시에는 한 김 식혀 봉투에 담았다. 상가 사람들에게 나눠주고 남은 건 클래스 수강생들에게 홍보 겸 돌릴 예정이었다. 봉투에 리본을 묶는데 주원의 시야 너머로 뭔가가 휙 지나갔다. 주원은 눈을 치떴다. 커다란 벌이었다. 관리인이 말한 말벌 같았다. 얼핏 봐도 배에 선명한 무늬가 보일 만큼 컸다. 환기 때문에 잠시 창문을 열어둔 틈에 들어온 모양이었다. 말벌은 공방을 크게 돌며 날아다니다가 창문 아래쪽에 멈춰서 한동안 주원의 움직임을 예의주시했다. 주원은 얼어붙어 꼼짝도 할 수 없었다. 괜히 움직였다가는 크게 쏘일 것 같았다. 얼마 뒤 말벌은 경계를 푼 듯 유유히 창문으로 빠져나갔다. 아무래도 달콤한 냄새에 이끌려 들어온 듯했다. 주원은 잽싸게 창문을 닫은 뒤 놀란 가슴을 진정시켰다.

네일숍 유리문을 노크하자 앳된 얼굴의 네일숍 사장이 방긋 웃으며 안으로 들어오라 손짓했다. 들어가니 타로카드숍 사장도 있었다.

예약이 없어서 수다 좀 떨고 있었어요.

네일이 말했다. 주원의 공방과 같은 층을 쓰는 네일숍과 타로카드숍 사장은 보기 드물게 정이 많은 사람들이었다. 네일은 언니, 언니 하면서 주원을 잘 따랐고 타로는 오며 가며 툭툭 떡이나 과일을 맛이나 보라며 나눠주곤 했다. 분명 사랑받고 자랐겠지, 싶은 푸근하고 밝은 스타일이었다. 보고 있으면 주변이 환해졌다. 주원이 포장해 온 디저트를 내밀자 두 사람 모두 눈썹을 한껏 늘어뜨리고는 감탄했다.

아, 혹시 주말에 시간 되면 같이 드라이브 갈래요? 이 언니 차 완전 멋지거든요. 우리 그 얘기 하고 있었는데.

마침 생각났다는 듯이 네일이 말했다. 타로가 바로 끼어들었다.

맞아. 같이 가요. 관리인한테 들었죠? 벌 때문에 업자를 부른다던데, 주말에 작업을 한다나. 아까 살짝 들었거든. 건물 구석구석에 집을 지어놔서 그날 상가를 아예 통째로 비워줘야 할 것 같다고 하던데.

건물 구석구석. 그 말에 주원은 상가만큼이나 큰 벌집을 상상했다. 외벽을 떼어내면 그 안에 숨겨져 있던 거대한 벌집이 나타나는 상상을.

드라이브는 딱히 내키지 않았지만 따라가겠다고 했다. 상가 내 사람들과 친목을 다져서 나쁠 건 없었다. 주원은 두 사람과 다음 달부터 시작되는 청년주택 입주 신청과 P시의 상권 전망에 대해 잠시 얘기를 나눈 뒤 흡족한 마음으로 5층으로 올라갔다.

누군가 집 앞에 앉아 있었다. 처음에는 어린아이라고 생각했다. 503호 아이가 종종 상가에 돌아다녔기 때문이다. 주원은 눈을 가늘게 뜬 채로 복도를 걸어갔다. 거기 앉아 있는 게 문영이라는 것을 알아차리고는 놀랄 수밖에 없었다. 주소를 알려준 기억이 없었다. 주원은 문영이 호텔에 찾아왔던 날을 떠올리며 무슨 일이 일어났음을 짐작했다. 문영이 주원을 발견하고는 몸을 일으켰다.

빈손으로 오기가 그래서 뭣 좀 사 왔어.

문영이 들고 있던 비닐봉지를 흔들었다. 봉지 안에 얼핏 사과가 보였다. 주원은 문을 막고 서 있는 문영과 방금까지 문영이 깔고 앉아 있던 커다란 캐리어를 번갈아 봤다.

엄마는?

문영의 얼굴이 잠시 굳었다가 곧 익숙한 표정으로 돌아왔다.

상태가 안 좋아져서 병원에 맡겼어. 지난달부터.

왜 얘기 안 했어?

그냥. 나도 좀 쉬고 싶었나 봐.

주원은 문영이 거짓말을 하고 있다고 생각했다. 물론 거짓말이 아닐 수도 있었다. 단번에 거짓말을 파악할 만큼 내가 문영을 잘 알고 있던가? 아니었다. 오히려 문영이 거짓말을 하고 있다고 믿고 싶은 마음에 가까웠다. 어째서 그렇게 믿고 싶은 걸까. 왜 그런 사람이 된 걸까.

들어가도 돼?

몇 개월 만에 본 문영의 얼굴은 몹시 상해 있었다. 인상이 달라 보일 정도였다. 주원은 문영이 원래 어떤 얼굴이었는지 떠올려보려다 이내 그만두었다. 도어록을 누르는 동안 문영은 주원의 뒤에서 기다렸다. 센서등이 켜지고 문이 닫히는 소리가 유난히 크게 들렸다. 문영은 초대받은 사람처럼 자연스럽게 소파에 가 앉았다. 그 순간 주원은 자신이 손님이 된 것 같았다.

잘해놓고 사네.

그 자리는 주원이 집에서 가장 좋아하는 자리였다. 따뜻한 채광이 등을 어루만져주는 곳. 아침마다 커피를 마시고 퇴근하면 가장 먼저 찾아 눕는 곳이었다. 아침까지 아늑했던 집이 완전히 다른 공간처럼 느껴졌다. 문영은 즐거워 보였고 얼굴에는 불쾌할 정도로 기묘한 열의가 떠올라 있었다. 그 얼굴에서 주원은 기시감을 느꼈다. 어렸을 때의 일이 떠올랐다. 문영이 어디선가 흠뻑 젖어 돌아왔던 날. 파랗게 질려 턱을 덜덜 떨면서도 젖은 이유에 대해 입을 다물고 있던 문영은 엄마가 옷을 갈아입히기 위해 몸에 손을 대자 빽 소리를 지른 뒤 엄마의 뺨을 때렸다. 저도 모르게 한 짓이었고 바로 엄마에게 후드려 맞았지만 엄마의 고개가 맥없이 돌아간 순간 주원은 보았다. 문영의 얼굴에 떠오른 당혹감과 그 뒤를 이어 재빠르게 피었다가 지는 환희를. 그때와 같은 얼굴을 마주하고 있는 이 순간에 이르러서야 비로소 주원은 지금까지 문영이 엄마와 영영빌라를 떠나지 않았던 건 자신의 손으로 훼손할 수 있는 유일한 것을 잃고 싶지 않았기 때문일지도 모른다는 생각이 들었다.

　　그날 문영은 돌아가지 않았다. 하루만, 딱 하루만, 하고 졸랐다. 대체 무슨 꿍꿍이인지 알 수 없어 불안한 마음을 애써 누르며 주원은 침대 아래 이불을 펴주었다. 불을 끄니 꼭 예전으로 돌아간 것 같았다. 주원의 신경은 예민하게 곤두서서 문영의 작은 기척 하나에도 반응했다. 차라리 문영이 빨리 잠들기를 바랐지만 문영은 애초부터 그럴 생각이 없었던 것 같았다. 침대 뒤쪽이 꺼지는가 싶더니 문영이 침대로 올라왔다.

　　언니 자?

　　주원은 옅게 숨을 몰아쉬었다.

　　자는 척할 거면 해. 대신 지금 하는 얘기는 못 들은 걸로 하는 거야.

　　문영은 기회를 주듯 말을 끊었다. 하지만 주원은 움직이지 않았다.

　　……얼마 전부터 엄마가 자꾸 숨는 거야. 텔레비전에서 숨바꼭질하는 걸 봤는지 어쨌는지. 어떨 때는 옷장에도 숨고 어

떨 때는 욕조에도 들어가고. 일일이 반응해주기 귀찮아서 안 보이는 척했더니 신나 가지고 깨춤을 추는데……. 그게 순간 약이 올라서 나가 죽든지 내가 못 찾을 곳에 영영 숨으라고 했거든. 그런데 잠깐 슈퍼 갔다 온 사이에 진짜 없어진 거야. 그 좁은 집 어디에 숨을 데가 있겠어. 근데 신발도 그대로 있고 말 그대로 그냥 사라졌어, 연기처럼. 처음에는 언니한테 얘기하려고 했어. 근데 생각해보니까 그러면 돈을 못 받잖아. 나 돈 없는데.

문영은 작게 키득거리다가 핫, 하고 어딘가에 찔린 것 같은 소리를 냈다. 어딘가에서 배관을 타고 꼴꼴꼴 물이 흐르는 소리와 여자가 울먹거리는 듯한 소리가 연이어 들려왔다.

어디에 숨었든 배고프면 나올 거라고 생각했어. 그래서 집에 빵이며 우유며 먹을 거 천지로 깔아놓고 에라 모르겠다 하고 나갔지. 그러다 며칠 만에 집에 갔는데 복도에서부터 이상한 냄새가 나는 거야. 뭔가 썩어 문드러진 것 같은……. 설마 우리 집인가 했는데 문을 여니까 눈이 다 아프더라. 바닥에는 이상한 분비물 같은 것도 고여 있고. 그게 어디에서 나왔나 찾아보니까 기가 막히더라고. 엄마가 진짜 제대로 숨을 곳을 찾아내버린 거야. 내가 상상도 못 한 곳. 그게 어디였는 줄 알아?

아니다. 안 알려줘야지. 언닌 지금 자는 중이니까.

주원은 문영의 팔이 자신의 허리를 감싸 안는 것을 느꼈다. 문영의 이마가 목 뒤에 닿았다. 뜨거운 숨이 등 뒤에 동그랗게 고였다. 문영이 작게 속삭였다.

나는 있지. 그래도 언니랑 사는 게 좋았어. 언니가 나 별로 안 좋아하는 거 알아. 그래도 괜찮아. 우린 가족이잖아. 이제 세상에 둘뿐이잖아…….

문영은 다음 날도 그다음 날도 주원의 집에서 나가지 않았다. 아주 눌러앉을 작정인지 힘으로 내치려고 해도 막무가내로 버텼다. 씻지도 않고 먹지도 않고 소파에 널브러진 채로 멍하니 천장만 바라봤다. 이따금 알아들을 수 없는 말을 중얼거리기도 했다. 넋이 완전히 나간 사람 같았다. 주원은 경찰에 신고를 해야 할지 엄마 집에 먼저 다녀와야 할지 고민하다가 체념한 채로 수업에 갔다. 집에 있을 문영을 생각하니 자꾸만 정신이 팔렸다. 수업은 겨우 마무리 단계에 접어들었다. 포장 박스를 나눠준 뒤 주원은 구석에 서서 수강생들을 멀거니 바라봤다. 수강생들의 얼굴은 여느 때와 다름없이 반짝거렸다. 수면 위에 일렁이는 빛처럼. 그 빛은 가져본 적도 없이 잃은 것들에 대해 생각하게 만들었다.

영영은 빠져.

홀수가 되면 누군가는 깍두기가 되거나 빠져야 하는 놀이에서 주원은 늘 제명당했다. 그어진 금 바깥에서, 그 안을 바라보면서 주원은 빨리 누군가가 죽길 바랐다. 그래야 차례가 돌아오니까. 그래야 금 안으로 들어갈 수 있으니까.

어머, 어떡해.

그때 퍽, 하는 소리와 함께 케이크가 바닥에 떨어졌다. 박스에 옮겨 담다가 떨어뜨린 모양이었다. 수강생이 난처한 얼굴로, 그러나 다정한 이해와 해답을 바라는 얼굴로 주원을 불렀다. 케이크는 한쪽 면이 완전히 뭉개져 있었다. 주원은 저도 모르게 인상을 구기고 말했다.

환불은 안 돼요.

네?

환불은 안 된다고요.

＊

집 안은 엉망이 되어 있었다. 빈 와인병과 깨진 글라스가 문영의 발치에 아무렇게나 놓여 있었고 아이보리 러그엔 와인 얼룩이 튀어 있었다. 냉장고도 찬장도 열려 있고 그 안에서 음식물과 잡동사니들이 죄다 끄집어내져 있었다. 문영은 거실에 아무렇게나 뻗어 있었다. 익숙한, 너무나 익숙한 광경이었다. 서늘하고 축축한 손바닥이 주원의 뒷덜미를 붙잡았다.

한동안 그렇게 서 있던 주원은 방에 들어가 쓰러지듯 침대 위로 몸을 파묻었다. 손가락 하나 까딱할 힘이 없었다. 저항할 수 없는 짙은 피로와 졸음이 몸을 덮쳐왔다.

어스름 해가 밝아올 무렵에서야 겨우 눈을 뜬 주원은 거실로 나가 잠들기 전에 보았던 광경을 다시 마주했다. 문영은 여전히 거실 한복판에 죽은 벌레처럼 다리와 팔을 벌린 채 누워 있었다. 주원의 머릿속에선 어렸을 때 보았던 슬라이드 한 장이 재생되고 있었다. 그날 자신이 가졌던 의문과 믿음도 생생히 되살아났다.

주원은 공방에서 온갖 종류의 시럽들을 가지고 올라왔다. 바닐라, 헤이즐넛, 딸기, 초콜릿……. 그것들의 뚜껑을 열고 휘발유 뿌리듯이 거실 곳곳에 뿌리기 시작했다. 역할 정도로 달콤한 향이 삽시간에 뒤섞이며 퍼졌다. 이상하리만치 아무런 감정도 들지 않았다. 모든 시럽병을 비운 뒤 주원은 탄식 같은 숨을 뱉었다. 멀리서 보면 누군가에겐 이 집 전체가 아주 달콤한 디저트 같아 보일 거라고 생각했다. 거실 창을 연 뒤 1층으로 내려갔다. 방호복을 입은 업자들이 상가 건물에 사다리를 치고 있었다.

네일숍과 타로카드숍 사장은 차에서 기다리고 있다가 주원을 보고는 손을 흔들었다. 차는 주황색 지프였다. 주원이 뒷좌석에 오르자 타로가 고개를 돌려 코를 찡긋했다.

자기가 타니까 맛있는 냄새가 나네.

주원은 웃었다. 지프는 곧 출발했다.

도로는 텅 비어 있었다. 도로 옆은 허허벌판이나 다름없이 황량했다. 가로수에 묶인 빛바랜 현수막만이 한쪽 깃이 찢어진 채로 나부끼고 있었다. '임대합니다'라고 큼지막하게 적힌 글씨가 보였다. 세 사람은 별다른 말 없이 서로 다른 곳을 바라보고 있었다. 몇 개의 신호를 지나 인접한 다른 도시로 접어들자 순식간에 풍경이 바뀌었다. 그것이 모두의 마음을 상하게 했다. 네일이 분위기 좀 살려보겠다며 신나는 음악을 선곡했다. 모두가 아는 노래가 나왔지만 아무도 따라 부르지 않았다. 주원은 몰려드는 피로감에 시트에 몸을 깊이 파묻고 눈을 감았다.

웅웅. 귓속에서 또렷하게 벌 소리가 들렸다.

내가 머물던 자리

예소연

"내가 뭐 나를 멸시하겠어? 그건 아니잖아."

그렇게 말해놓고 어쩐지 가슴 한구석이 찜찜했다. 나는 어떤 상황에 놓이더라도 가장 먼저 스스로를 의심하곤 했다. 버릇이라고 한다면, 개중 가장 못된 버릇이었다. 회사 공유 드라이브에서 파일 하나가 통째로 사라졌거나, 가스 밸브를 잠그지 않았거나, 친구와 사소한 다툼을 벌였을 때. 나는 언제나 내가 한 행동들을 먼저 되짚어보곤 했다. 그럴 때면 나는 오래도록 내가 무엇을 잘못했는지 생각했다. 벌서는 아이처럼. 하지만 서른이 넘은 나에게 누가 벌을 준단 말인가?

"언니는 그게 문제예요. 생각이 너무 많단 말이에요."

"네가 그걸 어떻게 알아."

"보면 알죠. 언니는 내가 하자는 대로 다 하면서 절대 먼저 일을 저지르지는 않잖아요. 그거, 은근 비겁한 거예요."

미리내는 팩 소주를 쪽쪽 빨아 마시면서 잘도 그런 소리를 했다. 집 안에서 술을 마시는 건 원래 금지된 일이었지만, 우리는 금지된 일을 곧잘 저질렀다. 나는 어떻게 고작 3개월 동안 같이 산 애가 이런 말을 하는가 싶으면서도, 그럴싸한 변명조차 못 했다.

나와 미리내는 공유주택에서 같은 방을 쓰고 있었다. 내가 한 달 먼저 들어왔고 그다음 미리내가 들어왔다. 정신없이 짐을 부려놓는 것 같았지만, 실제로 짐은 별로 없었다. 그런데 이상하게 산만했다. 나는 쭈뼛거리며 인사를 건넨 뒤 거실과 부엌, 화장실 순으로 집의 구조를 안내하고 지켜야 할 규칙들을 설명해주었다. 잠자코 내 말을 듣고 있던 미리내는 내게 첫마디를 던졌다. 담배 하세요?

미리내는 공유주택에 들어온 첫날부터 규칙을 어겼다. 우리 방에 따로 나 있는 작은 베란다에서 전자담배를 피운 것이다. 나는 얼떨결에 미리내와 함께 베란다로 나가 이러면 안 되는데, 하면서 미리내와 전자담배를 번갈아 빨았다. 새콤한 자두 냄새가 나는 액상이었다. 나는 계속 이러면 안 되는데, 하면서도 미리내의 침이 묻었을 담배를 깊게 빨아들였다. 그리고 생각했다. 그래, 사실 이런 게 필요했어.

혼자 살던 원룸을 빼고 공유주택에 들어온 별다른 이유는 없었다. 계약 만기가 다가오면서 집주인은 보증금을 올려달라고 요구했고 그럴 만한 돈이 없었다. 거실이 따로 있고 다용도실에 세탁기와 건조기가 있는 번듯한 집에서 살고 싶기도 했다. 아니, 사실 무엇보다도, 홀로 서울의 변두리를 헤매는 존재라는 걸 인정하고 싶지 않았던 것 같다. 적어도 공유주택에서는 나와 비슷한 사람들이 모여 어떻게든 삶을 꾸릴 거라는 희망이 있었는데 이런 마음가짐 때문에, 특히 그 마음을 희망이라고 포장하는 내 뻔뻔함 때문에 스스로가 더없이 못되게 느껴졌다.

"어쨌든, 별일이네요. 언니가 먼저 그런 제안을 다 하고."

"내일 가야 되니까, 빨리 자자."

"언니 솔직히 말해봐요. 친구 없죠."

"나한테도 정선이는 각별해."

내가 불퉁하게 말하자, 미리내는 괜스레 눈을 흘겼다. 나는 어쩐지 마음을 들켜버린 것 같아 미리내의 흘긴 눈을 피하고야 말았다. 그러자 미리내가 피식 웃더니 다시 자기 할 말을 늘어놓기 시작했다. 언니, 그때 말이에요, 정선 언니가……. 나는 정선이와의 추억을 늘어놓는 미리내에게 하고 싶은 말을 억지로 삼켰다. 미리내야, 사실 나는 정선이랑 전혀 각별한 사이가 아니야.

＊

어쨌든 나는 운전대를 잡고 있었다. 미리내는 꼭 여행 가는 기분이라며 좋아했다. 정선이는 군산의 작은 마을에서 여러 사람과 함께 살고 있다고 했다. 나는 '여러 사람과' 함께 살고 있다는 말이 어쩐지 어색하게 느껴졌다. 무슨 사람들이란 말인가. 그러면서 미리내를 슬쩍 쳐다보았다. 나도 '여러 사람과' 함께 살고 있기는 했다. 물론, 미리내 빼고는 데면데면한 사람들이지만. 우리는 최대한 서로 마주치는 걸 피하고자 각자 정해진 시간에 밥을 먹고 몸을 씻었다. 그리고 바로 옆방에서 사는데도 불구하고 카카오톡 오픈 채팅을 통해 대화했다. 식사 후에는 수챗구멍 꼭 비워주세요. 머리는 꼭 자기 방에서 말려주세요. 정중하지만 날 선 경고들이 하루에도 몇 건씩 올라왔다.

"유난은 진짜."

미리내는 그런 메시지를 건성으로 확인하며 혀를 차곤 했다. 미리내는 거의 눕듯이 조수석에 앉아 휴대전화를 보고 있었다. 나는 왜 미리내와 함께 정선이를 보러 간다고 했을까? 그러니까, 좀 거창하게 말하자면, 일종의 '복수'를 하러 간다고 볼 수도 있는 걸까?

미리내와 나는 그날도 베란다에서 함께 담배를 피우고 있었다. 그러다 알게 된 것이었다. 정선이와 미리내가 아는 사이라는 걸. 정선이와 미리내는 잘츠부르크에서 만났다고 했다. 그곳에서 기차를 탔다가 서로 한국 사람이라는 걸 알아보았고 자연스럽게 동행을 하게 되었다고. 미리내는 유럽에서 돌아온 뒤 자주 정선과 호캉스를 즐기기도 했다고 자랑스레 말했다. 언니가 분기별로 호텔 숙박권을 30퍼센트 할인가로 구매했거든요. 회사에서요.

단언컨대, 내가 아는 정선이는 절대로 그렇게 배포가 큰 사람이 아니었다. 만 원 한 장에도 벌벌 떠는 사람이었다. 여의도에서 구로동까지 버스비가 없어 동이 틀 때까지 걸어가던 사람. 그런 주머니 사정에도 기어코 여의도까지 쫓아와서 함께 술을 마셔주는 사람. 그런 사람이 정선이였다. 나는 정선의 그런 모습에 동질감을 느꼈고 가까워지게 되었지만, 동시에 언젠가 그런 정선이의 모습을 제일 저주하게 될 거라는 걸 알고 있었다. 나는 정선이에게서 내가 가장 싫어하는 나의 모습을 보았고 동질감을 느꼈고 그건 애초에 잘못된 관계의 시작에 불과했다. 하지만 그럼에도 우린 속수무책 가까워졌다. 미리내와 내가 지금 이렇게 가까워진 것처럼.

나는 고속도로에 들어서면서 정선이를 만나 해야 할 말을 곰곰 생각해보았다. 씨발년아. 네가 그러고도 사람이냐? 아니, 걔가 그 정도로 잘못을 저지른 건 아닌데. 네가 어떻게 나한테……. 이건 너무 진부했다. 미리내는 내가 무슨 생각을 하는지도 모르고 블루투스를 연결한 뒤 음악을 선곡했다.

"미리내야."

"넹?"

"미리내야."

"엉?"

"미리내야."

"왓?"

미리내는 부를 때마다 조금씩 다르게 대답을 했다. 나는 웃음이 나왔다.

"내가 거짓말을 하면 어떡할 거야?"

"언니 뭐, 나한테 거짓말했어요?"

"난 시시때때로 거짓말해."

"그럼 뭐, 그런가 부다, 하지."

나는 심드렁한 미리내의 표정을 보고 조금 안도했다. 우리가 그렇게 각별한 사이는 아니라는 생각이 들어서. 그리고 그렇게나 각별했던 정선이와의 우정을 돌이켜보았다. 결국 날 선 말들만 주고받고야 말았던 마지막 순간들도. 그때 나와 정선이는 가까워질수록 서로에게 자주 실망했고 오랫동안 못되게 굴었다. 일단 처음 만나면 최대한 침착해야겠다. 그리고 이렇게 말하기로 마음을 먹었다. 일단 내 200만 원 줄래, 쌍년아?

✳

사실 나는 오래도록, 내가 정선이에게 무엇을 잘못했는지 생각했다. 그때는 내 잘못을 끊임없이 되새김질하는 것이 나의 잘못된 습관이라는 걸 미처 모르고 있었다. 그러니까 모든 관계에 귀속된 잘잘못들, 그런 것들을 따지다 보면 내가 혼자 세계를 맴도는 존재에 불과하다는 걸 온전히 인정하게 되었다.

정선이는 내게 200만 원을 빌려 유럽 여행을 갔다. 큰 수술을 하게 되었다고 거짓말을 하고. 하지만 정선이는 보란 듯이 인스타에 여행 사진을 올려댔다. 내가 DM을 보내도 읽음 표시만 뜰 뿐 답장은 하지 않았다. 나는 미리내가 정선이와 유럽에서 보냈던 행복한 나날에 대해서 꺼내놓을 때마다 속에서 큰불이 번쩍이는 느낌이었다. 내가 그 돈이 없어 못 먹고 못 놀고 못 자던 나날이 돌돌 말린 필름을 풀듯이 이어졌다. 나는 그 돈이 없어 헤어진 애인에게도, 연락을 끊은 모부에게도 돈을 빌렸는데 너는······. 고작 그 돈으로 날 잃을 수 있었니?

멸시. 나는 그간에 일어났던 모든 일로 말미암아 스스로를 멸시하고 있었는데(모부와의 관계 청산, 전 애인의 물리적 폭력, 다낭성난소증후군 진단과 호르몬 불균형), 정선이가 200만 원을 빌린 후 모든 연락을 차단한 일도 내가 나를 멸시하는 데 단단히 한몫한 사건이었다. 나는 왜 이렇게 쉽게 버림받으며 사는가. 사람들은 왜 이렇게 나를 쉽게 버리는가. 내가 못 돼서? 이런 못된 나도 어느 정도 받아줄 수 있는 거 아닌가? 그렇게 한참 스스로를 탓하며 홀로 살아오다 공유주택까지 흘러들어오게 된 것이었다. 돈도 돈이었지만, 사실 내 마음

깊은 곳에서는 나를 모르는 이들과 살을 부대끼며 새로운 관계를 만들어보고 싶다는 생각이 컸다. 그렇게 나는 미리내를 만났다.

나와 미리내가 베란다에서 담배를 피우다가 옆방 사는 사람에게 걸렸을 때, 지금 뭐 하자는 거예요? 라는 말을 들었다. 물론 청문회도 단톡방을 통해 열렸다. 우리는 끊임없이 취조를 당했고 꼭 나와 미리내의 거취 여부가 그들에게 달려 있는 것 같았다. 나는 장문의 사과 메시지를 보냈지만, 미리내는 경쾌하게 사과하고 땡이었다. 다음부터는 안 그럴게요. 미안해요! 나는 미안하단 말이 그렇게 쉬울 줄은 상상도 하지 못했다. 그들은 다음부터는 그래서는 안 된다고 우리에게 단단히 일렀고 그들은 사실 우리의 거취 여부를 결정하지 못하는 사람들이니만큼 사건은 심심하게 일단락되었다. 이후 그들이 우리를 부러 피해 다니는 것 같았지만.

노래를 흥얼거리는 미리내를 곁눈질하며 매끈하게 포장된 도로를 달렸다. 정선이와 내가 남보다도 못한 사이라는 걸 알게 되면 미리내는 어떻게 할까. 미리내가 아니었다면 정선이의 행방을 찾을 수조차 없었을 것이다. 미리내 앞에서 정선이와 못 볼 꼴을 보여주는 일이 영 탐탁지 않았다. 하지만 나에게는 200만 원이 필요했고 정선이의 마음을 어떻게든 난도질해야 했다. 그러니까 내가 아팠던 만큼, 딱 그만큼만 아프고 망신당하길 바랐다.

미리내가 렌트한 차 안에서 전자 담배를 피웠다. 좀, 넌 애가 왜 이러니? 하여튼 민폐 끼치는 일은 다 하는 미리내였다. 창문을 열고 큰 소리로 노래를 부르기까지 했다. 나는 미리내가 왜 좋을까. 눈썹이 가지런해서? 목소리에 힘이 없어서?

"언니, 아무도 몰라요. 우리만 알아."

그러니까, 미리내에게는 알 수 없는 호쾌함이란 게 있었다. 내가 토킹바에서 아저씨들을 오빠라고 부르며 술을 퍼마시고 돈을 벌 동안 미리내는 호주의 드넓은 딸기 농장에서 딸기를 땄다고 했다. 내가 그렇게 술 처먹고 일한 대가로 위장에 구멍이 뚫려 병원을 드나들 때 미리내는 전 세계를 여행했다고 했다. 미리내는 서슴없이 자기 여행담을 늘어놓곤 했는데, 어디가 예쁘더라, 장관이다, 이런 식의 재수 없는 자랑이 아니어서 좋았다.

"니하오, 그럴 때마다 내가 쌍뻐큐를 날렸어요."

"그리고?"

"존나 도망갔죠."

나는 그런 미리내의 여행담이 좋았는데, 그 여행담에는 언제나 정선이가 슬며시 끼어들어 있었다.

　"포르투갈의 한 클럽에서 어떤 년들이 정선 언니를 엉덩이로 밀어내는 거예요. 그래서 내가……."

　"근데 정선이는 왜 군산에 갔어?"

　나는 미리내의 말을 끊고 물어보았다. 그러자 미리내가 웬일로 우물쭈물하더니, 그냥 도시에서 복닥거리는 게 싫대요, 하고 말았다. 정선이는 토킹바에서 함께 일하던 웨이터와 눈이 맞았고 급작스럽게 임신을 했다며 임신 중단 수술을 해야 한다고 돈을 빌려 갔다. 나는 임신 중단 수술이 얼마 정도 드는지 미처 몰랐는데 나중에 알고 보니 200만 원은 임신 중단 수술 비용으로는 꽤 큰돈이었다. 이 문제를 혼자서만 끙끙 앓다 대학교 선배에게만 슬쩍 말했는데, 선배는 그러게 왜 토킹바에서 친구를 사귀느냐고 혀를 찼다. 나는 그 이후로 정선이에 대한 얘기는 누구에게도 하지 않았다. 그렇게 딴생각에 빠져 있을 무렵, 내비게이션이 안내를 종료했다. 나와 미리내는 낡은 한옥 앞에서 선뜻 내리지 못한 채 마당을 건너다보고 있었다.

＊

한옥 마당의 한가운데 커다란 오리나무가 있었다. 나는 솔방울처럼 생긴 열매를 보고 오리나무를 단박에 알아보았다. 어렸을 적 할머니네 마당에도 오리나무가 있었다. 할머니는 늘 그 오리나무를 꺾어다가 나와 동생을 때렸다. 엄마 몰래. 아니, 엄마가 몰랐을까. 할머니는 나와 동생이 지독하게 엄마를 괴롭힌다며 싫어했다. 자기 자식은 예뻐해도 손주는 예뻐할 줄 모르던 사람이었다. 어쨌든 한옥은 밖에서 보는 것보다, 훨씬 아담하고 고즈넉했다. 나는 왜인지는 모르겠지만 안심이 되었다. 미리내는 꼭 제집인 것처럼 이곳저곳을 둘러보더니 호들갑을 떨며 말했다.

"언니 여기 화장실이 밖에 있어요."

미리내가 속삭이며 가리키는 곳을 봤는데, 정말로 지붕이 낮은 단독 건물 하나에 변소가 떡하니 놓여 있었다. 나는 변소라는 단어를 생각해낸 것조차 놀라워 헛웃음을 켰다. 그리고 이어 들려오는 누군가의 기침 소리에 화들짝 놀라 뒤를 돌아보았다. 미리내가 허둥지둥 허리를 푹 숙이고 인사를 했다.

"말씀 많이 들었어요."

"그쪽이 미리내?"

"네."

허리가 조금 굽은 할머니는 무표정하게 고개를 끄덕이고
는 나와 미리내를 평상으로 안내했다. 나는 미리내를 바라보
며 어깨를 으쓱했다. 그러자 미리내가 모른 척 평상에 앉아
딴청을 부렸다. 할머니는 잠깐 기다리라며 훌쩍 어디론가 사
라져버렸다. 해가 뜨겁게 내리쬐고 있었지만, 바람이 불어 선
선했다. 나는 미리내에게 속삭이듯 물었다. 누구야? 그러자
미리내가 우물쭈물하더니, 정선이의 '동거인'이라고 했다. 나
는 미간을 찌푸리고 되물었다. 동거인? 그러자 미리내가 고
개를 끄덕였다.

"자세한 건 나도 몰라요. 한 명 더 계실 텐데, 아 저기 온다."

누군가 대문 안으로 성큼 들어왔다. 키가 크고 머리가 긴
할머니였다. 족히 170센티미터는 넘어 보이는 터라 어디서
든 쉽게 눈에 띌 것 같았다. 나는 아까 그 할머니한테 했던 것
과 마찬가지로 어정쩡하게 인사를 건넸다. 이윽고 허리가 굽
은 할머니가 개다리소반을 힘겹게 지고 왔다. 그러자 키가 큰
할머니가 손, 하고 누군가를 부르기 시작했다. 그러자 여섯
살 정도 되어 보이는 어린이가 방문을 열고 부스럭거리며 나

왔다.

"왜요."

"손님 왔다."

"그런데요."

"인사."

그러자 아이가 못마땅하다는 듯 두 손을 펼쳐 보이고 나와 미리내를 보며 흔들었다. 두 할머니도 우리에게 손바닥을 보인 채로 열심히 흔들었다. 나와 미리내는 조금 당황했지만, 그들과 똑같이 두 손을 펼치고 열심히 흔들어 보였다. 허리가 굽은 할머니는 자신을 진이라고, 키가 큰 할머니는 자신을 영이라고 소개했다. 손과 진과 영. 손진영? 미리내가 중얼거리자 진과 영이 고개를 저으며 그 말은 지겹도록 들었다고 했다. 그러면서 영이 나와 미리내를 대문 앞으로 이끌었는데 그곳에는 문패가 있었다. 문패에는 네 글자가 깊고 정성스레 새겨 있었다. 손진영주. 나는 마지막 글자가 정선이의 성을 따서 지은 거라는 것을 단박에 알아차렸다. 흔치 않은 성이었기 때문에. 그 문패를 보니 조금 더 심란한 마음이 들었다. 도대체 이들은 무슨 사이인가.

＊

소반에는 갓 쪄낸 꼬막이 수북이 쌓여 있었다. 수저도 없이, 접시에 한가득. 진은 먼저 꼬막을 한 손으로 들더니 시범을 보이는 것처럼 앞니로 긁어 먹은 뒤 우리를 번갈아 한 번씩 쳐다보았다. 미리내가 먼저 꼬막을 들었다. 그리고 속살을 호로록, 먹더니 눈을 동그랗게 떴다. 정말 달아요, 달아! 나도 미적지근한 마음으로 꼬막을 호로록 먹었는데, 정말 달아서 조금 놀랐다. 씹을수록 부드럽고 풍미가 진한 맛이었다. 평소 꼬막은 제삿날이나 먹는 음식이었기에 더 새롭게 느껴졌다. 손은 자그마한 손으로 정신없이 꼬막을 집어 먹었다. 진과 영은 그런 손을 보며 웃었다. 비린내가 묻지 않도록 손날로 손의 어깨까지 오는 머리카락을 쓸어주며. 나는 문득 불필요한 호의를 받고 있다는 기분에 사로잡혔고 조금 퉁퉁거리고 싶어졌다.

"정선이는요?"

"주 씨는 왜요?"

손이 천진난만하게 물었다. 다 큰 어른에게 '주 씨'라니. 나는 너무 당황스러워서 미리내를 쳐다보았다. 그러자 미리내가 헛기침을 하더니 손을 기특하게 바라보던 영에게 물었다.

"정선 언니는요?"

"주 씨는 안 와요."

"네?"

"안 온다고요."

"분명히 약속을 했는데······."

"약속은 약속이고, 안 오는 건 안 오는 거예요."

진과 영은 난감해하지도 않았다. 그저 꼬막을 까먹을 뿐이었다. 화가 끓어올랐다. 누구에게? 다름 아닌 미리내에게. 나는 곧잘 잘잘못을 따지고 늘 책임을 묻고야 마는 사람이니까. 당장 눈앞에 책임을 물을 사람은 미리내뿐이었다.

"그럼 우린 어떻게 되는 거야?"

책임을 묻겠다며 할 수 있는 말은 고작 이것. 나는 이 말을 뱉으면서도 괜스레 수치스러워져 견딜 수 없었다. 그래서 어떻게 되는 거냐니. 나는 늘 스스로를 수치스럽게 만들었고 그 수치스러움의 모양이 또 나를 대변하는 것 같아서 견디고 수치스러워하기를 반복했다. 미리내는 가만히 나를 바라보다가 말했다.

"도망갔나 봐요."

"뭐?"

"도망갔다고요. 언니로부터요."

꼭 모든 걸 알고 있는 사람처럼. 나는 미리내의 눈빛에서 나에게 할 말 못 할 말 가리지 않고 스스럼없이 욕지기를 내뱉던 정선이의 모습을 봤다. 정선이는 뭐가 그렇게 화나 있었던 걸까? 그리고 미리내는 웬만한 우리의 사정을 다 알고 있는 듯이 말하면서도 왜 군말 없이 나를 따라온 걸까?

"주 씨 저기 있어요."

손이 작은 방 하나를 가리켰다. 그러자 진과 영이 깔깔 웃었다. 농담이에요. 주 씨는 저기서 퍼질러 자고 있어요. 나는 순간 화가 나서 견딜 수 없는 기분이 되었다. 나의 마음을 한없이 치졸하게 만드는 모든 존재들의 스스럼없음에 견딜 수가 없었다. 나는 있는 힘껏 발을 구르며 손이 가리킨 작은 방으로 향했다. 그리고 문을 열어젖혔다. 그러자 정말 거짓말처럼 정선이가 고요하게, 정말 고요하게 이불을 덮고 잠들어 있었다.

나는 정선이의 머리채를 잡을 수도 있었고 이불을 걷어차고 정신이 있으면 얼른 일어나서 나에게 해명을 하라고 소리칠 수도 있었다. 뭐라도 해보려고, 무슨 말이라고 해보려도 했는데 뭔가 말을 뱉으려는 그 순간, 진인지 영인지가 소리쳤다.

"주 씨, 와서 꼬막 먹어."

그러자 정선이가 부스스 일어났다. 그리고 천천히 눈을 깜빡이면서 나를 보았다. 정신을 차리려고 노력하는 것 같았다. 나는 정선이의 그 무력한 눈빛을 보자마자 모든 것이 무장해제된 듯한 느낌을 받았다. 나와 정선이는 한참이나 눈을 마주친 채로 서로를 바라보았다. 나는 결국 누군가에게 단단히 패배한 것 같은 기분에 고개를 떨구고 말했다.

"일단 나와. 먹으래."

＊

정선이는 냉장고 바지를 입고 목이 늘어난 흰 티를 입고 있었다. 항상 단정하게 옷을 입고 머리를 질끈 묶고 다니던 옛날 모습과는 전혀 다른 차림새였다. 언젠가 정선이가 집 앞을 지나친다기에 잠깐 만나러 내려갔을 때, 정선이는 나를 보고 이렇게 말했다. 시연아, 노력 좀 해. 브라도 차고 다니고. 살도 빼야지. 나는 그런 말을 서슴없이 내뱉던 정선이를 기억하고 있었다. 하지만 아무렇게나 머리를 틀어 올린 채 나를 지나쳐 맨발로 높은 문지방을 턱턱 넘어가는 지금의 정선이는 전혀 그런 말을 할 사람처럼 보이지 않았다.

나와 미리내, 손진영은 꼬막을 먹는 주 씨 성을 가진 정선이를 가만 바라보고 있었다. 정선이는 정신없이 꼬막을 먹다가 손에게도 꼬막을 무심하게 들려주었다. 나는 나란히 앉아 있는 손과 정선이를 바라보다가 큰 눈에 연갈색 눈동자를 가진 두 사람의 모습이 서로 꼭 빼닮았다는 것을 깨달았다. 나는 어쩐지 이상한 마음이 들었고, 그 마음이 불길하다고 생각했다.

만약 손이 정선이의 아이라면? 그런 의구심이 들자마자 내가 정선이와 다툴 때 뱉었던 모든 말들이 집요하고 징그럽게 느껴졌다. 그리고 그런 상황을 만든 정선이가 미웠다. 미리내도 그렇고 정선이도 그렇고. 왜 사람들은 나를 못된 사람으로 만드는가. 그런 생각 때문에 정신을 차릴 수가 없었다. 한창 꼬막을 먹던 정선이가 비린내가 덜 나는 손목으로 입가를 쓱 닦았다. 그리고 내게 웃어 보였다.

"반갑다."

"내가 반갑니?"

"응, 오래됐잖아 안 본 지."

"그래. 네가 200만 원 빌려가고 못 본 지 꽤 됐지."

내가 날카롭게 쏘아붙이자, 정선이는 가만히 손을 바라보았다. 손은 그런 정선이를 보며 그렇게 특별한 일도 아니라는 듯 어깨를 으쓱했다. 미리내가 팔꿈치로 내 팔을 쳤다. 나는 그런 미리내를 아랑곳하지 않았다.

"언니, 언니는 왜 꼭 그래요?"

"뭘?"

"나 다 알아요. 근데 지금 그러려고 온 거 아니잖아요."

나는 그럴 거라는 걸 알았으면서도 괜스레 미리내에게 실망했다. 미리내가 어떤 반응을 보이길 바랐던 걸까.

"그럼 내가 뭘 해야 하는데?"

"그만해요."

그 말을 한 건 다름 아닌 손이었다. 우리는 그 어린이의 작고 단호한 목소리에 기가 눌려 아무 말도 할 수 없었다.

"주 씨는 아무 잘못 없어요. 제가 주 씨를 선택한 게 잘못이에요."

손이 그렇게 얘기하자, 정선이 손의 팔뚝을 철썩 때렸다. 말도 안 되는 소리. 가만히 있던 진과 영도 정선의 말을 거들었다. 그런 건 잘잘못을 가리는 게 아니야. 애가 한참 부족하

네. 나는 핀잔을 던지는 진과 영의 말을 듣고 있자니, 꼭 나한테 하는 말 같아서 민망해졌다. 더 이상 화를 내기도 뭣한 상황이 되었다. 제 탓을 하는 어린이를 앞에 두고 도대체 무슨 소리를 한단 말인가.

"수박이나 먹자."

키가 큰 영이 말했다. 미리내는 배불러요, 했지만 영은 아랑곳하지 않고 자리에서 일어났다. 잠깐만, 땀이 났잖아. 진이 일어나려는 영을 붙잡고 손으로 이마의 땀을 훔쳐주었다. 그리고 손목에 걸려 있던 머리끈으로 영의 머리를 정성스레 묶어주었다. 나와 미리내는 그런 진영의 모양을 가만 보고 있었다.

"우리는 세이 클럽에서 만났어요."

묻지도 않았는데 진이 먼저 말했다.

"세이 클럽 알아요?"

나는 고개를 끄덕이고 미리내는 고개를 저었다.

"제가 먼저 클럽을 개설했고 개중에서는 큰 모임 중의 하나였어요."

"무슨 모임이요?"

"비혼 모임이요."

키가 작은 진이 그렇게 말하고 영 대신 부엌으로 향했다. 영은 단정하게 묶인 머리를 매만지며 눈을 크게 뜨고 또 실한 꼬막을 골라 손에게 쥐여주었다. 손은 고개를 젓더니 꼬막을 내려놓았다. 배불러요. 그래도 먹어. 둘은 잠깐 그걸로 아옹다옹했다. 그사이 정선이는 또 꼬막을 하나 집었다. 그리고 그제야 깨달았다. 정선의 배가 불러 있다는 걸. 나는 너무 놀라서 정선의 배와 얼굴을 번갈아 바라보았고 정선이는 그제야 자신의 배와 내 얼굴을 순서대로 바라보더니 헤실거리며 말했다. 걱정 마. 배가 좀 나왔어.

*

나는 정선이가 유럽에 있는 동안 아주 집요하게 DM을 보냈다. 나는 그렇게까지 널 걱정했는데, 정작 200만 원으로 여행이나 다녀오려고 한 거냐고. 그러니까 행복하냐고. 어딜 팔게 없어서 네 몸을 파냐며 별별 말을 쏟아냈다. 물론 정선은 읽고도 답을 보내지 않았다. 그러다 한참 있다 답이 돌아왔다. 돈 갚을게. 너나 신경 써. 그러고 더는 못 참겠다는 듯 장문의 욕설을 보내왔다. 그러니까 내게 정선이는 그런 사람인 것이다. 임신 중단 수술을 한다고 200만 원을 꿔놓고 유럽 여행을 간 사람, 그 돈을 아직까지도 갚지 않은 사람, 토킹바에서 일을 했던 사람(나도 같이 일했음에도 불구하고), 얼마든지 실수로 임신할 수도 있는 사람.

정선이가 배를 퉁퉁거리며 두드렸을 때, 정말 그저 배가 나온 거라고 믿게 되었을 때, 나는 은근히 정선이의 삶이 내 생각대로 돌아가길 바랐다는 것을 깨달았다. 그리고 내가 누구보다 남의 불행을 소비하면서 스스로를 멸시하는 사람이라는 것도. 왜냐하면 나는 그런 식으로 멋대로 남을 판단하고 그 사람의 최악을 상상하며 내가 사회에서 받은 온갖 모욕을 감수하는 사람이기 때문이었다.

나는 불행 포르노를 즐겨 보았고 내가 미워하는 사람들이 잘못되기를 바랐다. 하지만 또 실제로 내가 미워하는 사람들이 잘못되는 광경을 보고 싶어 하진 않았다. 왜냐고? 그건 나의 마음에 해가 되는 일이니까. 그러니까 남의 불행을 소비하는 건 상대방을 멸시하는 것만큼이나 내가 내 마음을 제멋대로 깎아내리는 일이었다. 그때 진이 수박을 가져왔다. 깍두기 모양으로 크게도 썰어 양은그릇에 산처럼 쌓아 올려 내왔다. 나는 어쩐지 눈물이 나올 것 같아 고개를 쳐들고 하늘을 바라보았다. 그러니까 손이 포크로 깍두기 수박 하나를 집어서 내게 건네주었다.

"다 내 탓이에요."

"쓱, 또 그런 말!"

진과 영이 동시에 숨을 들이켜며 경고했다. 그러자 손이 아무 말 없이 수박을 먹었다. 미리내도 수박 하나에 포크를 푹 찔러 넣었다. 정말 다디단 수박이구나. 너무 달아서 그만 눈물이 쏙 들어가버렸다.

"너는 왜 애가 자꾸 자기 탓을 하게 만들었니?"

내가 불퉁하게 말하자 미리내가 또 나를 말렸다. 그러자 정선이도 질세라 불퉁하게 말했다.

"내가 아니라 세상이 그렇게 만든 거야."

"세상이 뭐, 어떻다고."

"너도 마찬가지야."

"내가 왜?"

"내가 겪은 일들, 겪어야 할 일들, 겪을 수밖에 없는 일들을 구구절절 설명하라는 듯이 굴었잖아."

"설명을 안 하면 어떻게 알라고."

"네가 뭘 알아야 돼?"

나와 정선이 한참을 그렇게 싸우자 결국 진과 영이 나서서 말렸다. 수박 먹다 뭐 하는 짓이냐고, 더워 죽겠는데 그렇게 싸울 거면 나가서 싸우다 쪄 죽으라고. 미리내도 고개를 끄덕였다. 그러니까 대충 짐작해보면 그랬다. 정선이는 임신 중단 수술을 하는 대신 유럽 여행을 간 뒤 손을 낳았다. 그리고 세이 클럽에서 비혼 모임에서 활동했던 이들과 함께 살고 있었다. 그리고 그들은 서로의 머리를 스스럼없이 묶어주고 실한 꼬막을 고르고 골라 내어주는 사이다. 나는 아무 말 없이 정선이를 노려보았다. 정선이도 나를 노려보다가 아까 내가 그랬던 것처럼, 쿵쿵거리며 방으로 들어갔다. 그리고 조금 있더니 돈뭉치를 가져왔다.

"미리 준비해놓은 거야. 이자도 나름 얹었고."

나는 엉겁결에 돈을 받아놓고 생각지도 못한 전개에 어리둥절한 기분이 되었다. 그런 내 표정을 본 미리내가 한숨을 푹 쉬며 말했다.

"언니들, 진짜 밉상이다. 지금 꼭 돈 얘기를 해야 해?"

"너도 우리 나이 돼봐."

"맞아."

미리내의 말에 정선이가 받아쳤고 내가 수긍했다. 포기했다는 듯 고개를 끄덕이던 미리내는 들고 온 가방에서 전자 담배를 꺼낸 뒤 손 씨와 진 씨, 영 씨와 주 씨에게 각각 물었다. 피워도 돼요? 그러자 진과 영이 기다렸다는 듯 서랍에 있던 전자 담배를 꺼내 각자 피웠다. 제각기 다른 달콤한 향이 마당을 가득 메웠다. 손은 가만히 있다가 고개를 젓고는 정선이 있던 방에 들어가 문을 닫아버렸다. 자기가 있을 자리를 기가 막히게 알아차리는 서글픈 아이였다. 미리내는 아랑곳하지 않고 남 얘기하듯 말했다. 제가 태어났을 때 손가락이 여섯 개였대요. 그래서 태어난 지 얼마 되지도 않아 제거 수술을 받았어요. 그런데도 제 오빠는 늘 저를 육손이라고 불렀어요. 사람들은 가끔 무슨 짓을 해도 우리의 형태가 바뀌지 않는 것처럼 굴어요.

＊

　나는 화장실에 가겠다고 한 뒤 파우치를 함께 챙겨 나왔다. 차마 남의 집 마당에서 연초를 피울 수는 없었다. 그때 휴대전화로 카카오톡 알림이 떴다. 시연 씨, 냉장고에 있는 김치가 오래되었으니 폐기해주세요. 김치는 산 지도 얼마 안 됐고, 원래 냄새가 나기 마련인데. 나는 왜 그것을 굳이 버려야 하는지도 알 수 없었고 더군다나 같이 나눠 먹으면 그만 아닌가, 그런 생각이 들었다. 만약 나에게 김치를 조금 나눠줄 수 있나요? 하고 물어봤다면 나는 언제든 그러자고, 함께 김치찌개도 끓여 먹고 볶음밥도 해 먹자고 말했을 것이다. 그 정도는 우리, 침범해도 되는 거 아닌가? 같이 사는 사람인데. 사람들은 혹 침범을 무차별적인 침략으로 오인하는 게 아닐까. 그런 생각에 미치자 내가 만나왔던 모든 사람에게 화가 났다. 화장실은 왜 또 이렇게 구린 거야.

정말이지, 정선이네 화장실은 몹시 열악했다. 집 안이 아닌 집 밖에 덜렁, 층이 낮은 채로 놓인 건물이었다. 대충 시멘트만 발라놓은 모습이 어떻게든 변기 하나는 있어야겠다, 싶어 만들어놓은 것 같았다. 심지어 타일 몇 개는 깨져 있었다. 그것을 어떻게든 시공해보려한 듯 옆에는 망치가 놓여 있었다. 나는 가만히 그 광경을 바라보다가 손을 씻고 화장실 문을 열었다. 빛이 내리쬐는 그곳에는, 미리내가 있었다.

"그거 알죠?"

"뭘?"

"언니 맨날 멋대로 생각하고 단정 짓는 거."

"그래서 다 알면서 모른 척했어?"

"네. 나는 언니가 돈 때문에 여기 온 거 아니라는 거 알아요. 근데도 말 안 했어요. 언니만 그걸 모르고서 또 단정 지을까 봐요. 하나 더 알려줄까요?"

"뭘?"

"나, 방 빼요. 전세로 가요."

"그걸 왜 지금 말해?"

"그래야 될 것 같아서요, 언니."

같이 살래요? 나는 그 순간, 내가 왜 미리내를 좋아했는지 깨달았다. 미리내는 너무, 제멋대로였다. 제멋대로 내 일상을 침범해서 마치 내가 그러라고 있는 것처럼, 마구 헝클어트려 놓았다. 나는 어쩌면 그걸 바랐는지도 모르겠다. 정선이에게 화가 난 것도 그런 맥락이 아닐까. 나는 충분히 너를 이해해 줄 수 있는 사람인데, 너는 왜 어떠한 말도 해주지 않았니. 혹시 너는 나를 오해하고 있던 게 아니니. 나는 그런 나 자신도 제대로 이해하지 못하는 스스로에게 화가 치밀었고 분에 못 이겨 뭐라도 하고 싶은 생각이 굴뚝 같아졌다.

어쩌자고 그랬는지는 모르겠지만, 수도 옆에 놓인 망치를 들었다. 그러자 미리내가 놀라 뒷걸음질 쳤다. 망치를 들자 타일을 그대로 내리치고 싶은 기분에 사로잡혔다. 그래서 그렇게 했다. 미리내가 뒤에서 언니, 언니, 했다. 그러자 모두가 달려왔다. 그리고 망치로 타일을 깨는 내 모습을 바라보았다. 정선이는 그런 내 모습을 바라보다가 나에게 다가와 팔을 잡았다. 그리고 말했다. 미안해. 나도 가쁜 숨을 쉬며 말했다. 미안해. 공사비 줄게. 그러니까 정선이가 대답했다.

"설명할수록 내가 깎이는 기분이라 그랬어."

나는 그 말이 사무치도록 이해가 되어서 더 슬펐다. 정선의 팔을 쓸어내렸다. 부드러운 팔에 내 팔을 대고 마찰하자 우리에게 무언가 닿을 수 없는 부분이 있다는 걸 알게 되었다. 나는 혹은 그들은 고작 타일을 깨는 일밖에 하지 못하는데, 마음이라는 건 너무 쉽게 깎이는 것이다. 보수하려면 큰 공사가 필요한 일인데도. 그러나 나는 공유주택에서 원하는 걸 제대로 얻지 못했고 정선이는 어떤 식으로든 원하는 걸 얻은 것 같았다. 그러니까, 연결되어 있다는 감각. 그 미세한 감정과 함께할 수 있는 따뜻한 시절 같은 것들. 그렇게 비로소 나는 내가 머물러 있던 자리에, 나만 머물러 있었다는 것을 알게 되었다.

"근데 우리 집 안에도 화장실 있어요."

키가 큰 영이 말했다. 그러자 진이 고개를 끄덕이며 대답했다. 나는 어쩐지 그들이 사는 집 안에도 화장실이 있다는 말에 큰 위안을 얻었다. 영이 말했다. 공사, 어차피 하던 건데 우리가 마저 하면 돼요. 타일을 깨고 배관을 손볼 거예요. 아주 오랫동안 오물이 쌓였대요. 그러자 미리내가 그럼 공사비 대신 그 돈으로 여행이나 가면 안 되겠냐고 물었다.

"그건 모르겠고, 우리 계곡에 가요."

정선이 말했다. 나는 여전히 망치를 손에 들고 있었다.

"지금?"

"그래, 지금."

나는 멋쩍게 들고 있던 망치를 내려놓았다. 그러자 진과 영이 재빠르게 움직였다. 아이스박스에 먹을 것을 담고 모자를 푹 눌러썼다. 정선이는 트럭에 시동을 걸었다. 너 트럭도 몰 줄 아니? 내가 묻자 정선이는 어깨를 으쓱하며 말했다. 시동만 걸 줄 알아. 나는 조금 웃었다. 그렇게 우리는 트럭에 실려 계곡으로 출발했다. 나와 정선이와 손, 미리내는 트럭 뒤에 실렸고 진과 영은 앞에 탔다. 그들은 우리를 두고 뭔가를 계획하는 것 같았다. 정선이가 내게 속삭였다. 시연아, 손은 내 아이가 아니야. 손과 나는 스스로 이곳을 선택했어. 그리고 나 진짜 그냥 배 나온 거야. 잘 먹고 잘살아서. 살은 좀 빼

야 해. 어쨌든 우리는 외따로 태어나서 홀로 자신을 길러낸

사람들이고 지금은 함께 살고 있어.

모두가 사라진 이후에

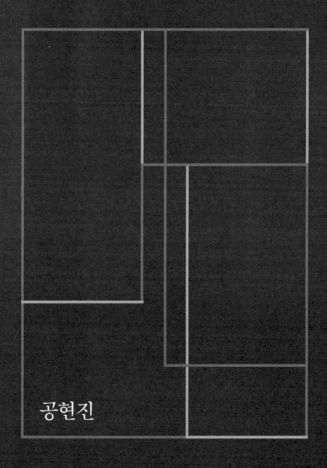

공현진

인류는 죽기로 합의했다. 이 문장은 정확하지 않다. 하지만 하나는 대체할 수 있는 다른 문장을 찾지 못했다. 정확성이 결여된 문장으로 고쳐 말하자면 인류는 사라질 것을 결심했다. 지구상에서. 이는 인류가 우주로 향한다는 말장난 같은 것이 아니었다. 우주 시대에 대한 공상이 발효되어 부풀던 시절이 있던 것은 사실이다. 그러한 신앙이 인간의 사유를 넘어서는 성과를 거둔 것도 사실이다. 그러나 어떤 미래가 와도 인간은 결국 지구를 벗어날 수 없었다. 지구가 아닌 다른 별에서 살아가는 것? 그런 꿈은 과학자가 아닌 신학자의 영역이 되었다.

절차에 대해서는 의견이 분분했지만 지구처럼 낡아가던 인간들은 자신이 결국에는 사라져야 할 종種이라는 것에 동의했다. 목적에 있어서도 세부적인 의견 충돌이 있었으나 최종적인 대의에 있어서는 합의를 이룰 수 있었다. 인류는 왜 사라져야만 하는가. 대답은 간단했고 상식의 수준을 넘어서지 않았다. 인류는 지구상의 악이라는 것. 인간은 언제나 미래를 말하며 진보에 집착해왔다. 더 나은 미래를 위해서라면 인간은 없는 것이 나았다. 남은 것은 어떻게 사라지느냐의 문제였다.

이 프로그램은 단기간에, 충동적으로 실행되어서는 안 되었다. 도덕이 목적이었기에 수단과 방법도 도덕적이어야 했다. 도덕에 대한 각기 다른 해석들—결코 그러한 것이 도덕은 아니라는 종교 지도자들이나 석학들의 거센 반발—이 있었지만 마지막 순간에 인류가 지키고자 결의했던 것은 지구의 도덕이었다. 인간이나, 백인이나, 남자 또는 서유럽인의 순정이 아니라.

이러한 발상을 처음 제안한 자는 누구인가. 루마니아 출생의 물리학자이자 분자 생물학자인 실비아 디아코누였다. 이름보다는 드라큘라라는 별명으로 통했다. 루마니아 출생인 까닭도 있었지만 그녀의 용모와 말투 때문이기도 했다. 얼굴은 창백했고, 콧대는 얇으면서 높았다. 워낙 콧대가 얇고 높아 매부리코가 두드러져 보이는 경향이 있었다. 발달한 턱 근육과 얇은 입술 윤곽선은 고집스러운 성격을 드러내는 것처럼 보였다. 그녀가 말을 하면 사람들은 그녀의 입술 쪽으로 몸을 기울여야 했다. 사람들은 옆 사람과 주고받던 말이나 부산하던 동작을 멈추었다. 그녀에게 묘한 뭔가가 있기 때문이라 말하는 이들도 있었고, 그저 목소리가 너무 작아서 그런 것뿐이라고 퉁명스레 말하는 사람들도 있었다. 어쨌든 그녀의 목소리는 매우 작음에도 불구하고 다른 어떤 소리와도 겹쳐 들리는 법이 없었다. 누군가의 말소리나 경박한 웃음소리, 아이가 나무를 발로 차거나 거짓으로 우는 소리, 새와 벌이 날아다니는 소리, 개가 짖고 사람들이 다그치는 소리, 거리의 음악 같은 것들을 그녀의 목소리와 겹쳐서 떠올릴 수 없었다. 그녀의 말은 태초의 빛처럼 독백으로 존재했다. 그녀가 음악에 맞추어 노래를 불렀다는 이야기를 들어본 사람은 없었다. 소모적인 말 없이 필요한 말만 했기 때문에 그녀의 말은 늘 핵심에 가닿는다는 인상을 주었다. 연구실 팀원들과 동료 교수들은 그녀를 공손한 사람이라고 평가했다. 반면 냉소적이고 공격적이라고 말하는 이도 있었다. 대화를 할 때 그녀는 미소를 잃지 않고 예의 바르게 행동했지만 그녀가 말을 마치면 상대방은 얼굴을 붉혔다.

런던 국제학술대회에서 그녀가 처음으로 인류의 사라짐을

제안했을 때 학회장은 침묵에 휩싸였다. 사람들은 그것이 농담인지 진담인지 구별할 수가 없어서 섣불리 침묵을 깨뜨리지 못했다. 나중에 학회 홈페이지에 업로드된 사진에는 그 순간 사람들의 모습이 담겨 있었다. 실비아마저 자신의 입에서 나온 발언에 놀란 것처럼 보였다. 그녀는 비교적 젊은 나이에 이름을 알린 성공한 학자였다. 그녀가 이전까지 주장해왔던 이론은 낭만으로 채색된 전망이며 미래였다. 그녀는 인간과 기술을 향한 낙관의 화신이었다. 일각에서는 지나치다는 비판이나 우려가 제기될 정도였다.

삼십대 초반에 실비아는 모기의 염기체 배열 순서를 바꾸는 데 성공했다. 그녀의 작업과 믿음은 해충을 생태계의 교란 없이 멸종시키는 데 사용될 수 있었다. 당시 과학계의 뜨거운 이슈는 '크리스퍼CRISPR'라는 효소를 사용하여 유전자를 절단하고 이식하는 것이었다. 이 강력한 유전자 가위는 살아 있는 상태의 세포에서 유전자를 잘라낼 수 있게 해주었고, 유전자를 조작하기까지 필요했던 복잡한 과정들을 건너뛸 수 있게 했다. 혁명이었다. 세계는 숨길 수 없는 흥분에 들떠 있었다. 크리스퍼를 활용한 다양한 실험이 전 지구적으로 활발하게 진행되었다. 미국 하버드 대학의 연구팀은 멸종된 고대 생물체로 알려진 매머드를 복원시키는 중이었고, 덴마크의 요거트 회사에서는 모기에 불임 유전자를 이식하고 있었다. 중국 과학자들은 기업의 후원을 받아 열성 인자가 제거된 '완벽한 아기The Perfect Baby'를 만들어내는 공장을 설립했다. 모기에 불임 유전자를 이식하는 프로젝트에는 실비아도 합류하게 되었는데, 이는 '유전자 드라이브Gene Drive'라고 불렸다. 유전자 드라이브는 특정 유전자를 종 전체로 확산시키는 것을 의미했다. 유전자 드라이브와 실비아의 연구를 결합하면 변이 없이 무언가를 탄생시키거나, 멸종시킬 수 있었다. 쉽고, 빠르게. 그리고 강력하게.

실비아는 크리스퍼를 가져다 댈 부분을 확장하고 도드라지게 만드는 유능한 기술자였다. 실비아는 10년 안에 말라리아모기를 지구상에서 몰아낼 것이라고 논문과 인터뷰를 통해 밝혔다. 이론상으로는 이러했다. 하나의 말라리아모기에 불임 유전자를 삽입하거나 바이러스 내성 유전자를 이어 붙인다. 유전자가 변형된 모기는 자신의 돌연변이 유전자를 99퍼센트 이상의 확률로 자손에게 물려준다. "모기를 박멸시키거나 말라리아모기를 퇴치할 수 있을 겁니다" 실비아는 말했다. 실비아는 머뭇거리다 덧붙였다. "정신을 차릴 수 없을 정도의 속도로." 기자들은 실비아의 말을 거르지 않고 그대로 적었다.

그리고 10년의 세월이 흘렀다. 해충을 지구상에서 박멸시킬 것이며, 그것은 생태계를 전혀 교란시키지 않을 것이라는 확고한 믿음을 밝혔던 실비아 디아코누가 돌연 이 지구상에서 사라져야 할 것은 모기나 파리 같은 것이 아니라 인간이라고 공표한 것이다. 실비아의 발언은 그녀의 사진과 함께 학술 잡지에 실렸고, 자극적인 주장이었던 만큼 얼마 지나지 않아 삽시간에 국제사회로 퍼져 나갔다. '충격', '경악', '황당' 같은 키워드를 단 뉴스들이 실비아의 주장을 말랑말랑하게 다듬어 사람들에게 전해주었다. 다양한 반응이 쏟아져 나왔다. 분노했고, 비웃었으며 무시하거나 흘려 넘기기도 했다. 두려움을 이기기 위한 새벽 기도 모임이 만들어졌으며 그녀의 주장에 폭력으로 대항하는 애국시민대회가 열리기도 했다. 특히 환경단체의 반응이 흥미로웠는데, 실비아의 발언에 누구보다도 당혹스러워하며 난감해한 것이다. 그간 환경단체는 실비아의 모기 퇴치 작업에 우려를 표하며 반대 운동을 펼쳐왔다. 그런데 갑자기 생태계의 적이자 자신들의 타깃인 그녀가 다른 모든 것들은 그대로 두고, 우리 인간들이 사라지자고 나선 것이다. 그것도 생태계를 위해. 이에 발 빠르게 입장을 표명한 환경단체가 있었지만 지나치게 성급했던 나머지 '생태의 공존'이라는 그들의 주장은 모호하고 추상적이었다. 대부분의 환경단체는 조용히 입을 다물고, 추이를 지켜보는 쪽으로 입장을 정리한 듯했다.

세상은 아무런 변화가 없는 듯 조용하면서도 시끄러웠고, 실비아는 화제의 인물이었다. 그녀 자신이 루마니아 정교를 믿는다고 밝혔음에도 불구하고, 정교회에서는 실비아를 이단으로 규정했다. 그녀의 지지자들도 있었다. 과거의 록스타가 실비아를 지지하면서 화제가 되었고, 실비아의 모든 것을 이해하길 원하는 '실비아의 친구들'이 생겨났다. 실비아의 친구들은 실비아의 저서와 논문들을 읽어보려 했으나 이해의 장벽이 높았고, 대신 그들은 실비아의 짧은 헤어스타일과 창백한 얼굴을 따라 하는 것에 주력했다. 국제학회에서 그녀가 바른 자주색 립스틱이 '드라큘리나'라는 별칭으로 불티나게 팔렸다.

그녀는 사후에도 꽤 오랜 시간 사실과는 다른 오해와 소문에 시달렸다. 실비아가 드라큘라 백작이 출생한 트란실바니아 지방의 시비우 출신이라는 소문이 돌았지만 사실이 아닌 것으로 밝혀졌다. 그녀가 음악을 혐오한다는 소문도 사실이 아니었다. 물론 실비아가 음악을 듣는 데 발달된 귀를 가지고 있는 것은 아니었다. 실비아는 음악에 관한 식견이나 취향을 갖기가 어려웠다. 하지만 실비아는 많은 순간 어떤 선율을 떠올렸고, 그 순간을 사랑했다.

실비아는 식사 도중 은식기가 부딪치는 소리가 들릴 때마다 미간을 찡그렸기에, 사람들은 그녀가 작은 소음마저 불쾌해한다고 오해했지만 사실 그녀는 그때마다 어린 시절의 크리스마스를 떠올린 것이었다. 그녀는 루마니아의 작은 소도시인 아주드 지방에서 어린 시절을 보냈다. 실비아의 동네에서는 크리스마스 때 아이들이 집집을 돌아다니며 크리스마스 노래인 '콜린더'를 불렀다. 어린 실비아는 콜린더에서 농부의 아이들이 사슴으로 변하는 장면을 가장 좋아했다. 가난한 시골 농부에겐 아홉 명의 아이들이 있고, 아홉 아이들이 집 밖으로 걸어 나간다. 아이들은 차례대로 사슴으로 변한다. 캄캄한 밤중에. 빛을 이긴 밤중에.

어린 실비아는 이웃집 대문 앞에서 노래를 부르며, 집주인이 아기 사슴을 숨기고 있다고 생각했다. 그릇이나 컵, 숟가락이 부딪치는 소리가 들리면 틀림없다고 생각했다. 저 안에서 사슴들이 식사를 하고 있다고. 집주인은 노래를 다 부르고 같이 왔던 아이들이 돌아갔는데도 꼼짝 않고 대문 앞에 서 있는 실비아를 집 안으로 들여 쿠키와 따뜻한 우유를 내주었다. 어린 실비아는 사슴 같은 것은 새까맣게 잊고 식탁에 놓인 쿠키와 우유를 먹으면서 행복해했다. 나이를 먹어서도 실비아는 자주 그 노래를 떠올렸다. 사슴들이 다시 농부의 아들들로, 원래의 모습으로 돌아왔는지 어떠했는지는 기억나지 않았지만, 대문 앞에 서 있던 순간을 떠올리는 것은 쉽고 즐거운 일이었다.

그녀는 사람들의 오해를 내버려두었다. 그들이 말하는 실비아는 세 번 결혼에 실패했고, 아이를 갖는 데도 실패했다. 그런 실패는 실비아를 지독한 염세주의자로 만들었다. 실비아는 정정하거나 변명하지 않았다. 많은 것을 그대로 두었다. 소란스러운 가운데 그녀는 침착하게 자신이 해야 할 일을 했다.

실비아 디아코누의 제안은 생각보다 빨리 실행에 부쳐졌다. 실비아는 언젠가 자신의 말을 사람들이 받아들이고 실행하게 된다면 그것은 자신이 죽고 나서일 거라 생각했다. 죽은 이후에도 시간이 한참 지난 후일 거라고 예측했다. 자신으로서는 계산할 수도 없는 미래의 시간. 그조차 실행되지 않을 가능성이 더 컸다. 그래도 실비아는 자신의 생애 내에서 할 수 있는 한의 설계도를 그려나갔다. 그녀는 대부분의 시간을 책상에 앉아 글을 쓰며 보냈다. 그렇게 10년 동안 진행된 자신의 연구를 정리해나갔다. 자신이 무엇을 느꼈는지 같은 감정에 대해서는 적지 않았다. 무슨 생각을 했는지, 왜 생각을 바꿀 수밖에 없었던 것인지에 대해서도 적지 않았다. 그런 것을 직접적으로 적는 것은 의미가 없다고 생각했다. 실비아는 자신이 해충을 한 종씩 제거하기 위해 지나왔던 그간의 시간을 객관적으로 적어내는 것이 중요하다고 보았다. 충분한 객관성을 확보한다면 감정은 자연스럽게 그 안에 담기게 될 것이라 믿었다. 이따금 실비아는 장을 보고 세탁물을 찾기 위해 외출했다. 그녀는 마트에서 계산을 하거나 세탁소에서 옷을 확인하던 중에 자신에게 화를 내는 사람들을 마주하곤 했다. 울음을 터뜨리는 사람도 있었다. 사람들은 실비아에게 자신은 죽고 싶지 않다고 말했다. 실비아는 차분하게 카트에서 물건을 꺼내 계산대에 내려놓았다. 조용한 목소리로 실비아는 말했다. "지금 당장 우리가……" 발갛게 달아오른 사람의 눈을 보며 실비아는 정중하고 상냥하게 말을 이었다. "살아가는 것을 멈추자는 의미가 아닙니다." 세탁소일 경우 실비아는 세탁물을 차분히 개서 바구니 안에 쌓아 올린 후에 밖으로 나왔다.

시간은 천천히 흘러갔다. 한쪽에서는 그녀의 말을 받아들이고, 동의하는 사람들이 생겨났다. 생각보다 오랜 시간 살아가고 있다고 실비아가 느낄 때쯤 서서히 변화가 일어났다. 인류가 사라지는 것에 대한 프로그램은 실비아 디아코누가 죽기 전에 가동되었다. 노년의 그녀는 죽기 직전 딱 한 번 회의에 원로 자격으로 참석할 수 있었다. 이미 고령이었다. 회의에 참석하고 나서 얼마 지나지 않아 실비아는 숨을 거두었다.

인류는 이제 자신들의 마지막을 감행하기로 결정했다. 아름답기 위해서. 마지막을 스스로 선택하는 것이야말로 지성의 발로였다. 인류가 이끌어온 역사의 클라이맥스에서 마지막을 향해 내려가는 것 역시 인간만이 행할 수 있는 미적 실천이었다. 그래서 인류는 자부심과 긍지를 갖고 무대에서 내려오기로 결의했다. 구체적인 방법이 마련될 필요가 있었다. 인류의 마지막을 위한 대표 회의가 열렸고, 전문가들이 소집되었다. 전문가들은 다양한 현장의 여러 노동자와 학자로 구성되었다. 문학가와 철학자는 제외되었다. 결정적인 순간에 인간을 감정적으로 흔들 수 있다는 이유에서였다.

"천천히 개체 수를 줄여갑시다." 실비아 디아코누는 단 한 번 참석한 회의에서 거의 들리지 않는 목소리로 말했고, 이 안

건은 받아들여졌다. 인류는 제대로 해내고 싶었다. 그래야 의미가 있었다. 성급하게 서둘렀다간 모든 것을 망칠 수 있었다. 전문가들은 실비아가 무대 너머로 사라진 이후에도 그녀의 말을 기억했고, 몇 차례의 회의 끝에 개체 수를 천천히 줄여가는 것이 가장 합리적인 방식이라는 것에 동의했다. 자살이 아니라 순차적으로 인류의 수를 줄여가자고 결정한 것이다. 그 방법의 하나로 유전자 드라이브를 제안한 전문가도 있었다. 불임 유전자를 인간에게 삽입하자는 것이었다. 이 제안은 격렬한 토론 끝에 다수결에 부쳐졌다. 실비아였다면 인간을 대상으로 한 유전자 드라이브에 찬성했을 것이라는 의견이 나왔다. 그러지 않았을 것이라고, 그녀는 개체 수를 천천히 줄이는 것을 강조했다고 반박하는 의견도 나왔다. 실비아 디아코누의 유지를 받들기 위해 우리가 모인 것은 아니라고 비판하는 목소리도 나왔다. 인간에게 불임 유전자를 삽입하는 유전자 드라이브에 대한 투표가 이루어졌다. 45퍼센트가 찬성했고, 55퍼센트가 반대했다. 최종적으로 선택된 방식은 인간의 이성과 자정 능력에 전적으로 기대는 것이었다. 생육하고 번성하는 것이 더는 인간의 목적이 아니라는 것을 알고, 기억하면서, 조절하자는 것이었다. 물론 어느 정도의 강제력은 필요했다. 출생아 수를 제한할 필요는 있었다. 그리고 충분한 시간이 흐른 후에는 아이를 낳지 않기로 하자고 전문가들은 결론지었다.

인류의 마지막을 위해서는 교육이 이루어져야 했다. 인간이 사라진 세상이 왜 합당하며 도덕적인지, 그러한 세상이 왜 아름다운지, 상상하게 해야 했다. 어른들은 아이들에게 가르치고, 아이들은 자라서 또다시 아이들에게 가르치고. 몇 세대가 지나면 인류의 수는 줄어들 것이고 인류는 사라짐을 필연적이고 합리적인 것으로 인식할 것이었다. 지나치게 낙관적인 전망으로 보였지만 그 정도의 믿음을 인간에게 거는 것이 합리성의 세계와 대치되는 것만은 아니며, 오히려 어느 정도 정합성마저 갖는다고 마지막 순간 전문가들은 결론지었다. 문학가나 철학자가 없었음에도 불구하고, 어쩌면 그들은 감정적으로 살짝 흔들렸을 수도 있다. 그렇게 인내와 기다림으로 인류는 천천히 마지막을 향해 가기로 했다. 지루한 시간이 될 것이라고 입 모아 말했다.

그때부터 인류는 아이를 갖고 키우고 기르는 것은 이기적인 욕망이라고 아이들에게 가르쳤다. 교육은 인간이 짐승과 다르지는 않다고 강조했다. 그럼에도 인간이 짐승과 다르고자 한다면, 목적이 없는 본능으로부터 달아나야 한다고 강조했다. 먼 과거에는 생육하고 번성하라는 신앙을 바탕으로 교육이 이루어졌던 시기도 있었으나, 그때의 선조들은 치열했고, 버둥거렸고, 슬펐다고 가르쳤다. 이제 후손을 남기고 번성하기 위해 애쓸 필요는 없었다. 몇 세대가 지나자, 인류의 수는 기하급수적으로 줄었다. 다시 전문가들로 구성된 대표 회의가 열렸다. 그들은 이제 그들이 인류의 마지막 세대라는 것을 예감하고 있었다. '하나'를 선택해야 할 시기였다.

하나에 대한 최초의 아이디어가 언제, 누구의 것인지는 알 수 없었다. 다만 실비아 디아코누와는 관계가 없다는 것에 하나는 내심 실망하였다. 한 사람이 남을 필요가 있다고 누군가 제안했을 것이다. 길고 긴 토론 끝에 그 제안이 적합하다는 평가를 얻었을 것이다. 그래서 남은 것이 하나였다. 하나는 분명한 목적을 갖고 태어났다. 최후라는 목적. 하나는 인류의 사명을 끌어안고 지구상에 홀로 남겨지게 되었다. 오래전부터, 추측할 수 없는 먼 과거로부터 그럴 운명이었다. 하나는 인류가 남긴 마지막 인간이었다.

누가 하나가 될 것인가. 사람들은 모여 신중하게 계획을 세웠다.

"무작위로 선발합시다."

리 웨이가 말했다. 웨이는 라이프치히에서 전파 신호를 연구하던 인물이었다. 동시에 고층 빌딩 유리창을 닦는 노동자이기도 했다. 결혼은 하지 않았고, 아침에는 차를 마셨다. 주말에는 호수에 가 연인과 오리 보트를 타는 것을 좋아했다. 다른 이들도 웨이의 말에 동의했다. 하나는 아무 이유와 개입 없이 선발되어야 한다는 것이 공통된 의견이었다. 그렇지 않다면 생겨날 부작용은 불 보듯 뻔했다. 국적, 종교, 나이, 교육 수준, 경제력 등 어떤 것도 하나를 선택하는 이유로 작용해서는 안 되었다. 하나에 대한 논의가 본격적으로 진행되었을 당시에는 아이를 낳는 것이 금지되고 있었다. 법으로 금지하는 것은 아니었다. 법이나 강제적인 규칙 같은 것들은 어차피 한계가 있었다. 인간들은 법을 믿지 않았다. 금지는 법이 아니라 인간들의 의지를 의미했다. 인간들은 의지로서 원하는 것들을 했고, 하지 않고자 하는 것들을 하지 않았다.

공개된 자리에서 웨이는 추첨을 했고, 한국에 사는 중년 부부의 이름을 손에 넣었다. 웨이는 한국에 직접 가서 부부에게 소식을 전했다. 웨이가 가게 된 것에 별다른 이유는 없었다. 쉰이 넘은 나이였지만 그나마 젊기에 장시간 비행기를 타도 덜

피곤하기 때문이었다. 웨이는 한국어를 하지 못했기 때문에 통역이 가능한 한국인을 대동해 자신의 연인과 함께 갔다.

웨이가 부부의 집 대문 앞에 서 있었을 때, 부부는 당혹스러운 표정으로 웨이를 보았다. 부부는 기뻐하지도 슬퍼하지도 않았다. 서로의 얼굴을 바라본 채 말없이 서 있었다. 멀리서 온 방문객들을 부부는 오랫동안 문밖에 세워놓았다. 코끝이 빨개진 웨이가 재채기를 하고 나서야 부부는 자신들의 무례를 깨달으며 꿈에서 깨어나듯이 깜짝 놀랐다. 부부는 웨이와 웨이의 연인, 통역자를 집 안으로 들어오라고 했다. 웨이는 집의 거의 모든 것이 구식이라는 것을 느꼈다. 입구는 향나무로 된 커다란 신발장이 자리를 차지하고 있었다. 거실은 영국식 응접실 분위기로 꾸며놓았는데, 큰 고가구들이 배치에 대한 고려 없이 놓여 있었다. 부부와 방문자들은 거실에 놓인 의자에 마주 앉았다. 웨이의 왼쪽으로 부엌이 보였다. 벽에는 조잡한 선반이 달려 있었다. 취향을 알 수 없는 모습이 웨이를 서글프게 했다.

부부는 저녁 식사를 준비하는 중이었다. 밥 냄새가 났다. 웨이는 밥 냄새를 맡으면 어릴 때 부모님과 쌀을 사러 시장에 갔던 기억이 났다. 웨이가 밥 냄새를 맡으며 추억에 젖는 동안 여자는 차를 내왔고, 웨이의 연인은 화장실에 다녀왔다. 남자가 웨이에게 물었다.

"왜 우리 부부죠?"

"다른 이유는 없습니다. 뉴스는 아직 못 보셨나요?"

통역자가 남자의 말과 웨이의 말을 한국어와 영어로 전달해 주었다. 부부는 꼿꼿한 자세로 앉아 있었다.

"최후의 인간에 대해 처음 들은 것은 아니실 테죠. 오래전부터……."

통역자가 웨이의 말을 다 전달하기도 전에 남자는 통역자의 말을 끊었다.

"배운 기억이 있습니다."

"거절하실 건가요?"

"그런 것이 아니라……." 남자는 대답을 망설였다. "생각해 본 적이 없어서."

웨이는 앞으로 아이가 태어나면 어떻게 자랄지, 무엇을 배우고 무엇을 할지 간결하게 설명했다. 남자는 알겠다고 대답했다. 웨이가 설명을 마치자 침묵이 흘렀다.

"더 궁금한 것은 없나요?"

웨이는 그때까지 가만히 앉아 있기만 하던 여자에게 물었다. 여자는 경직된 얼굴로 웨이와 마주하고 있었다. 아무 대답이 없자 남자가 여자의 허벅지를 살며시 잡고 흔들었다. "아……" 하는 탄식이 여자의 입안에서 터져 나왔다. 그제야 여자의 눈동자가 웨이의 눈동자와 마주쳤고 웨이는 다시 한번 같은 질문을 여자에게 물었다. 여자가 입을 열었다.

"아이는 언제부터 혼자 남나요?"

"글쎄요. 확실한 것은 없지만……. 지금 우리 세대의 평균 연령을 고려한다면 아이는 40년에서 길면 50년 정도는 사람들과 함께 살지 않을까요? 그때까진 누군가와 함께 살아갈 겁니다. 그 이후에, 혼자 남게 되겠죠."

부부는 웨이와 웨이의 연인, 그리고 고국에 오랜만에 돌아온 통역자에게 저녁 식사를 권했다. 웨이는 몇 번 거절하다 결국 식탁에 앉았다. 따뜻한 밥알을 입안에 넣으면서 웨이는 처음 부부를 보고 실망했던 자신에 대해 부끄러움을 느꼈다. 돌아갈 때 웨이는 부부에게 준비해온 차를 선물했다. 그 차는 후에 하나가 가장 좋아하는 차가 되었다. 웨이는 부부를 만나고 돌아온 그 밤에, 자신의 연인과 침대에 누워 부부의 얼굴을 떠올렸다. 무슨 감정을 느꼈을지 알 수 없었다. 흐트러짐 없는 자세로 앉아 있던 여자의 모습이 떠올랐다. 당혹스럽고 불편한 듯한 표정. 그 표정이 뜻하는 감정은 무엇일까. 웨이는 어디선가 본 표정이라는 생각을 했다. 한참을 고민한 끝에 웨이는 옛시대의 인물인 실비아 디아코누가 학회장에서 지었던 표정이라는 것을 떠올릴 수 있었다.

격렬한 저항이 있었다고 하나는 배웠다. 그때마다 하나는 "왜요?"라고 물었다. "죽고 싶지 않으니까." 하나의 어머니가 대답했다.

"인간은 어차피 죽잖아요."

"그래도……. 정말로 사라지고 싶지는 않으니까."

"바보 같은 말이에요. 인간은 사라져요."

하나는 자신들이 죽고, 이후에 다른 인간이 없다고 해서 두려워하고, 외로워하고, 걱정한 이전 사람들의 마음을 이해할 수 없었다.

"자기 자신이 죽으면 끝 아니에요?"

"진짜 끝을 상상하는 건 무서운 일이니까."

"왜요?"

"과거에, 과거에 그랬다는 거야."

이런 식의 대화가 하나와 하나의 어머니 사이에서 오가곤 했다. 어린 시절 하나는 과거의 사람들을 자주 생각했다. 그 시대의 일들이 적힌 책과 글을 즐겨 보았다. 그러다 보면 과거로 자신이 가 있다고 느꼈다. 그러나 아무리 과거의 시간과 공간에서 자신을 발견해도 그들의 감정까지는 공유할 수 없었다. 하나는 자신이 커가는 것이 인류가 사라져가는 것과 같다는 것을 알고 있었다. 하나에게는 그것이 자연스러운 현상이었지만 과거의 인간들에게는 그렇지 못했다. 그것을 하나는 흥미롭게 여겼다. 특히 지도층 인사나 부유한 계층에서 인류가 사라지는 것에 격렬한 반대가 있었다. 하지만 혁명은 들불처럼 번져나갔다. 혁명 이후 그들의 목소리는 거세되었지만 저항과 반발의 무리는 계층이나 계급을 가리지 않고 곳곳에 움츠리고 있었다. 철근 위의 노동자나 하수구의 거지, 강가의 노숙자 중에서도 반동의 무리가 생겨나곤 했다. 미래와 희망이 없는 이들에게서 반발이 일어난 것은 전문가들조차 예측하지 못한 일이었다. 그러한 곳에서 발생하는 저항은 앞선 반대보다 더욱 곤란했고, 지상의 혼란을 가중시켰다. 탐욕, 윤리, 정치, 섹스, 유희, 종교 등 인간이 짊어지고 있던 모든 환상이 인류를 진정한 마지막에 도달하지 못하도록 막았다. 저항의 형태 중에서 가장 서글펐던 것은 자살이었다고 하나는 역사책에서 읽었다.

죽고 싶지 않아서 우울증에 걸린 이들이 집단적으로 보다 이른 죽음을 선택하는 일들이 숱하게 발생했다. 하나는 그러한 혼돈의 시기가 지난 후에 남은 사람이었다. 하나가 과거의 시간들을 추적하는 까닭이 여기에 있었다. 그것은 곧 하나 자신을 이해하는 일이기도 했다.

인류는 왜 하나를 남겨둔 것인가. 마지막을 지켜보고 확인하기 위해서? 물론 그것은 하나가 수행할 중요한 임무가 분명했다. 하지만 부차적인 일이었다. 마지막을 지켜보고 확인하는 것은 누구라도 할 수 있었다. 자연의 섭리에 의해 가장 늦게까지 살아남은 인간이, 모두가 사라진 광경을 확인하며 그 자신도 사라지면 될 일이었다. 하지만 인류는 인간의 역사를 제대로 마무리 짓기 원했다. 인류는 지구에 뭔가를 남기고 가고 싶었다.

하나에게는 다각적이고 종합적인 교육이 필요했다. 최후의 인간으로서 홀로 살아가기 위해, 인간의 마지막을 기록하기 위해. 하나는 자동차와 항공기를 운행하는 법을 배웠다. 수영과 자전거를 타는 법을 배웠고, 인간 신체의 구조에 대해서 터득했다. 약을 제조하는 방법과 자신의 팔에 스스로 주사 놓는 법을 익혔다. 무릎까지 오는 자주색 장화를 신고 농사짓는 법을 배웠다. 각 대륙의 역사를 나누어서 배웠고, 전쟁과 무기의 역사를 배웠다. 특히 언어 교육이 심층적으로 진행됐다. 전문가들은 형평성과 적합성을 고려하여 하나가 습득할 언어들을 정했다. 하나가 습득할 언어는 곧 최후의 역사를 기록할 언어를 의미했다. 그 가운데 한국어가 선택된 이유는 단순했다. 간혹 회의장 앞을 서성거리며 한국어의 우수함이나 아름다움을 부르짖는 이들도 있었지만, 그것이 마지막 언어가 될 이유일 수는 없었다. 그저 하나의 부모가 한국어 아닌 다른 언어를 모른다는 것이 이유였다.

"우리는 하나와 대화를 할 수가 없는 건가요?"

하나가 태어나자 웨이는 화분을 들고 부부를 찾아갔다. 지친 얼굴로 여자와 남자는 텔레비전을 보고 있었다. 하나는 마지막으로 사용될 신생아실에 있었다. 면회 시간은 이미 끝난 상태였다. 웨이는 앞으로 하나에게 이루어질 교육에 대해 자세히 말했다. 다른 나라의 언어와 통역자의 한국어가 번갈아 병실 안을 떠돌았다. 부부는 그들과 상관없는 먼 나라에서 벌어지는 일을 텔레비전 화면으로 보는 듯한 얼굴로 앉아 있었다. 그리고 지금껏 부부가 가본 적 없는 나라의 말들을 하나가 하게 될 것이라는 말에 여자가 물었던 것이다. 웨이는 생각지 못한 부분이었다. 웨이가 할 말을 잃자 통역을 해주던 한국인도 입을 다물었다. 병실은 조용해졌다.

"우리는 다른 나라의 말을 모릅니다."

남자는 고개를 숙인 채 바닥을 보며 말했다. 웨이는 하나가 배울 언어에 관한 부분은 다시 논의하겠다고 대답했다. 웨이는 지난 저녁 식사의 따뜻한 기억에 대해 언급했고, 그것이 여자의 기분을 좋게 만든 듯했다. 여자는 웨이에게 하나를 보았느냐고 물었다. 웨이는 면회 시간이 지나 보지 못했다고 했다. 웨이는 다음 날 하나를 보았다. 아주 작은 아기가 신생아실 가운데 놓인 침대 안에 있었다. 다른 침대는 비어 있었다. 후에 하나는 웨이가 가져온 화분이 무엇이었느냐고 어머니에게 물었다. 어머니는 그가 화분을 가져왔었느냐고 하나에게 되물었다. 하나가 답할 수는 없는 문제였다. 웨이가 남긴 기록에는 화분의 종류에 대해서는 남아 있지 않았기 때문이다.

하나의 지능은 평범했다. 평균치에 해당했다. 여자아이였고 외모도 평범했다. 이를 아쉬워하는 사람들도 물론 있었다. 인류 최후의 인간이 가장 뛰어난 유전자와 지능을 가진 특별한 존재이기를 바란 이들도 있었다. 하지만 하나는 평범하게 태어났고, 그건 별수 없는 일이었다.

하나가 태어난 세상은 늙고 낡은 것들로 가득했다. 집 안 공기에는 오래된 가구에서 풍기는 나무 냄새와 벽지의 곰팡이 냄새가 짙게 배어 있었다. 하나의 부모는 오래된 물건과 가구를 좋아했다. 어차피 새 물건을 구하기도 쉽지 않았다. 공장 대부분은 생산이 중단되었다. 일하는 젊은이보다 일하지 않는 노인이 훨씬 더 많았다. 거리에 나가면 늙은이들이 불이 꺼진 상점 앞에서 이야기를 나누었다. 비어 있는 건물에는 고양이나 새들이 드나들었다. 깨진 아스팔트는 보수하지 않고 그대로 두었다. 극장과 도서관은 노인들로 붐볐다.

하나는 죽음에 익숙했다. 아침에 눈을 뜨면 누군가가 죽음을 맞이했다. 세상은 병든 것들로 가득하다고, 어린 하나는 장례식장에서 늘 생각했다. 이따금 주말 저녁에 사람들은 모여 파티를 했다. 술을 마시고 담배를 피우고, 카드놀이를 하거나 화투를 치거나 바둑을 두었다. 춤을 추는 사람도 있었다. 모두 나이 든 사람들이었다. 소란스럽지만 그 소란스러움이 하나에게는 아주 조용하게 느껴졌다. 하나는 사람들이 만들어내는 소란이나 소음이 공기 중에 감도는 침묵을 감출 수는 없다고 생각하며 늙은이들이 노는 것을 지켜보았다. 늙은 사람들 속에서 하나는 자랐다. 조용한 세상에서 하나는 살았다. 시간이 갔다. 그리고 모두가 사라졌다.

모두가 사라진 이후에, 하나는 자신이 해야 할 일을 하기 시작했다. 침착하게.

짐작하고 있을지 모르겠지만 이 글은 하나가 쓰고 있는 것이다. 세상은 조용했고, 아무 일도 일어나지 않는 것 같았다. 아무 일도 일어나지 않는 세상에서 무엇을 기록해야 하는가. 하나는 조용한 세상에서 자신이 무엇을 기록해야 하는지 알수 없었다. 그러나 무엇이라도 기록해야 했다. 그래서 하나는 무엇이라도 적기로 했다. 하나는 자신을 3인칭으로 지칭하고 표기했다. 그래야만 자신이 기록하는 세계가 객관성을 담보하게 될 것이었다. 하나 자신으로부터 멀리 떨어져 있는 3인칭의 문장이, 3인칭의 세계가 하나는 좋았다. 그리고, 그러면,

덜 외로울 것 같았다.

자신이 존재하게 된 시간을 거슬러 올라가다가 하나는 과거의 인물 가운데 실비아 디아코누를 만나게 되었다. 자신의 부모와 리 웨이와 실비아가, 하나가 존재하기 이전부터 존재하기까지의 시간에 연결되어 있었다. 과거 시대의 인물인 실비아는 하나가 만난 적 없는 이였지만, 하나는 실비아의 얼굴

이 눈앞에 그려졌다. 런던의 학회장에서 차분히 말하던 실비아의 음성이 들렸고, 그녀가 방 안 책상 앞에 홀로 앉아서 글을 썼던 차가운 시간이 가까이에서 만져졌다. 하나는 실비아가 미래와 기술에 대해 낙관적 확신을 가졌던 시절부터 인간 없는 미래를 떠올리게 된 시간을 모두 헤집었다. 당대의 사람들은 실비아 디아코누가 극심한 생각의 변화를 겪은 인물이라고 평가했다. 그러나 하나는 실비아의 시간을 지켜볼수록 그녀가 일관된 사람이었다는 확신을 얻었다.

한 종이 사라진다고 해서 생태계가 교란된다는 것은 누구의 생각인가. [……] 당장 눈앞에 일어나는 무질서와 혼란은 인간이 사랑하는 질서가 무너지는 일일 것이다. 나는 이 무질서와 혼란을 두려워하는 인간을 신뢰하지 않는다.

하나는 한 잡지에서 실비아 디아코누와 나눈 대담을 정리하여 편집한 글을 발견했다. 글을 작성한 이는 자연사박물관 큐레이터였는데 다른 기록에서 이름을 발견하진 못했다. 그는 불친절했고 성실하지 못했다. 자신의 의도에 맞춰 실비아의 발언들을 선택적으로 발췌한 흔적이 강했다. 각주는 제멋대로였고, 해당 연도가 불분명했다. 그래서 하나가 좋아하는 실비아의 저 말은 그녀가 해충을 박멸시키기 위해 분투했던 시절의 것인지, 인간들이 사라져야 한다는 믿음을 드러냈던 시절의 것인지 불분명했다. 하지만 상관없다고 하나는 생각했다. 하나는 가끔 자신이 외롭다고 느낄 때 실비아 디아코누의 말을 곱씹었다. 인간이 지구상에서 사라지는 건 너무 고독한 일이 아니겠냐는 큐레이터의 말에 실비아는 대답했다. "고독하다는 건 착각입니다. 우리가 없는 세상에서, 사라진 세상에서 고독할 수는 없으니까요." 그건 살아 있는 동안에도 마찬가지라고 하나는 생각했다. 사라질 세상에서 고독할 수는 없으니까.

웨이는 두어 번 본 적이 있었다. 어린 하나는 부모와 함께 외국에 갔다. 하나의 부모는 시간이 더 가기 전에 만나야 할 사람이 독일에 있다고 했다. 그때 하나의 부모는 생애 처음으로 외국에 가본 것이었고, 하나도 물론 마찬가지였다. 하나는 앞으로 자주 외국에 다니게 될 것이었다. 웨이는 늙고 병들어 있었다. 그는 침대에 누워 있었다. 하나에겐 특별할 것 없이 자연스러운 모습이었다. 웨이는 잠깐씩 하나와 하나의 부모를 기억했고, 잠깐씩은 잊어버렸다. 하나의 어머니가 오래전의 저녁 식사에 대해 언급했고, 하나가 말을 옮겼다. 웨이는 부드러운 잇몸을 훤히 드러내며 웃었다. 행복해하는 것 같다고 하나는 생각했다. 하나는 웨이에 대한 별다른 기억은 없었고, 대신 그의 옆에서 웨이의 손을 잡고 있던 연인에 대해서만 기억했다. 하나가 본 노인들 중에서 가장 근사한 백발을 가지고 있었다. 다정하게 하나에게 웃어주었고, 차를 대접했다. 그가 준 차는 하나가 집에서 종종 맛보던 차였다. 아는 맛이라고 하자, 웨이의 연인은 웨이가 가장 좋아하는 차라고 했다. 하나는 어린 마음에 자신도 그 차를 좋아한다고 했다. 사실이 아니었지만 그렇게 대답하는 게 예의인 것 같았다. 그런 작은 거짓말 때문인지 이후에 하나는 실제로 그 차를 좋아하게 되었다. "이건 웨이가 제일 좋아하는 차예요. 나도 제일 좋아하는 차야"라고 말하며 어머니에게 끓여달라고 했다.

하나는 아침에 일어나면 차를 마셨다. 아침 식사는 하지 않았다. 지난 신문을 보거나 책을 보면서 오전 시간을 보냈다. 인상적인 부분들을 발췌하여 노트에 옮겼다. "인구 감소가 문제라고요?", "저출산. 해법은 없나." 같은 기사를 옮기기도 했고, 인구 감소와 관련한 국가의 위기 담론을 살펴보기도 했다. 인터넷에 사람들이 남긴 글들도 흥미로웠다.

—그러니까 시간이 얼마 안 남았다는 거지?

—아니, 많은 시간이 남았지. 처참하게 많은 시간이.

—그렇지. 지구에게는.

—우리가 사라지는 게 대체 왜 문제야?

—그러게, 뭐가 문제지?

어느 순간부터 하나는 컴퓨터를 켜지 않았다. 하나는 컴퓨터 언어에 능숙했고, 원한다면 전자 신호의 세계를 가동시킬 수 있었다. 하지만 그렇게 하지 않았다. 인터넷의 세계는 멈추어 있었다.

점심을 먹은 후에는 밖에 나가 산책을 하거나, 수영을 했다. 가끔은 자동차를 타고 멀리까지 나갔다. 다친 짐승을 발견하면 차 트렁크에서 소독약과 동물용 치료제를 꺼내 상처 난 부위를 치료했다. 작은 짐승은 차에 태웠다. 어떤 날에는 도서관에 가서 책들을 골라 집으로 가져왔다. 혹은 집으로 가져왔던 책을 다시 도서관 책장에 꽂아 넣었다.

집에 돌아와서는 글을 썼다. '이 글은 아무도 읽지 않을 것이다'라고 생각했을 때 하나는 다소 쓸쓸하다는 감정을 느꼈다. 고독은 거짓된 감정이라는 것을 알면서도. 그래서 하나는, 하나가 하나의 글을 읽기로 했다. 하나가 하나의 글을 좋아하기로 했다. 나쁘지 않은 방법이었다.

"오늘 하나는 화단에 꽃을 심었다. 옥수수를 심었고, 고구마 두 알을 캤다. 텔레비전은 나오지 않는다. 지난 시절에 했던 방송들을 볼 수는 있다. 하지만 재미가 없다."

"오늘 하나는 산 가에서 울타리 철망에 끼어 있는 오소리를 발견했다. 오소리는 사나웠다. 어쩌지 못하고 하나는 오소리가 죽어가는 것을 지켜보았다."

"하나는 차를 몰고 멀리까지 나갔다가 재밌는 것을 발견했다. 초록 덤불 사이에 붉은 알들이 보여 차에서 내렸다. 넓은 토마토밭이 있었다. 자신이 종자를 심은 적이 없는 곳에서 토마토를 발견한 것이다. 신기한 일이다."

"옛날 신문들을 보다가 우연히 실비아 디아코누의 글을 한 편 발견했다. 번역을 해볼까 한다. 어느 나라의 언어로 번역하는 것이 좋을까."

"하나는 집의 북쪽 방향으로 차를 몰고 가보았다. 동물원의 흔적을 발견했다. 사자, 곰, 원숭이. 녹이 슨 글자들이 곳곳에 흩어져 있었다. 하나는 동물원이 오래전에 폐쇄되었다고 배웠다. 갇혀 있던 동물들이 들판과 바다와 숲으로 돌려보내졌다고 배웠다. 기린, 얼룩말, 여우……. 오래되어 삭고 묽은 글자들. 하나는 그 글자들을 보며 서늘함을 느꼈다."

"펭귄들은 잘 있을까. 궁금하다."

저녁은 간단히 먹었다. 달걀 두 알이나 감자 한 알, 야채 조금. 심은 적 없는 토마토도 먹을 수 있게 되었다. 잠들기 전 하나는 자신이 쓴 글을 소리 내어 읽어보기도 했다. 간혹, 3인칭의 문장에 실패한 부분들이 보이면 3인칭의 문장으로 다시 썼다. 어느 날 아침에 일어났을 때 하나는 세상이 온통 소란으로 가득하다고 느꼈다. 거리로 달려 나가보았다. 아주 조용했다. 적막이 텅 빈 거리와 공원과 비어 있는 상점들을 가득 채우고 있었다. 그러한 적막과 침묵 속에서 하나는 소란스러움을 느꼈다. 하나는 거리에 멈춰 서서 침묵과 소란이 오가는 시간을 지켜보았다. 이 마지막 풍경을 보기 위해 자신이 남아 있었다. 시간은 멈추지 않고 빠르게 가고 있었다. 사람들이 죽은 이후의 세상이 얼마나 조용하고 평화롭고 안전하고 고독하고 아름답고 무서운지. 소란스럽고 외롭고 소름 끼치고 사랑스러운지. 누군가는 보았으면 좋겠다는 소망 때문에 자신이 남았다는 것을 하나는 알아챘다. 인간들이 사라진 세상이 얼마나 아름다운지 하나는 사람들에게 알려주고 싶었다. 하나는 비어 있는 집마다 문을 두드리기 시작했다. 그 안에 틀림없이 뭔가 있다고 생각하면서.

너구리 온다

서고운

개들이 울기 시작했다. 점심을 먹고 난 즈음이면 항상 그랬다. 시간을 아는 듯 개들은 엇비슷할 때 울어댔다. 갈매기 울음 같지 않아? 명아는 언젠가 그렇게 물은 적이 있다. 이렇게 눅눅한 날이면 그런 것 같기도 했다. 창문을 살짝 열었다. 유난히 기세등등한 소리는 코코의 것이고, 애달픈 소리는 망고의 것이다. 쿠키는 좀 깜찍하게 짖었다.

"언니."

연지는 명아의 방문을 열었다. 명아는 개가 짖을 때쯤 깨곤 했는데 어떤 날은 그보다 조금 더 일찍, 혹은 아주 늦게 일어났다. 역시나 물컹하게 누워 있는 명아를 보며 연지는 피로를 느꼈다.

"언니, 오늘은 꼭 나가봐야 한다며."

명아는 이불을 돌돌 만 채 돌아누웠다. 머리맡에는 플라스틱 숫자 타일이 너저분했다. 한 달 전 각종 심리 테스트와 성격 검사 따위에 열중하던 명아는 느닷없이 수리력을 키워야겠다고 선언했다. 키울 게 수리력만은 아닐 텐데. 연지는 그런 생각을 했고, 명아는 숫자 맞추는 보드게임을 중고로 구해왔다. 루미큐브라는 건데 수리력 개발에 도움이 된대, 진짜로. 연지는 몇 판 상대해주다가 금세 질렸지만 명아는 혼자서도 이리저리 타일을 맞추며 시간을 보냈다.

"난 지금 나간다."

3시 예식이니 2시 반까지는 도착해야 했다. 연지는 휴대전화와 카드지갑, 립스틱과 거울 정도만 겨우 들어가는 작은 가방을 메고 옷매무새를 정리했다. 시폰 소재의 하늘색 반팔 블라우스를 검은색 슬랙스 안으로 포개 넣고 가느다란 가죽 벨트를 채웠다. 긴팔 카디건을 챙기는 것도 잊지 않았다. 한여름의 예식장은 에어컨이 셌다.

집 근처 작은 오거리는 주말이면 알록달록한 등산복 차림의 무리로 북적였다. 옥탑방 뒤편부터 길게 이어지는 산을 찾는 이들이었다. 아주 높지는 않아도 구 경계를 넘어 이어질 만큼 큰 산. 산에 닿아 살면서도 연지는 산에 가지 않았다. 오거리와 지하철역을 잇는 언덕길은 오를 때는 허벅지가 당기고 내려갈 때는 발목이 아팠다. 굳이 산을 가지 않아도 매일이 등산이고 하산이었다.

노인들은 절대 오르내릴 수 없을 것만 같은 동네지만, 젊은 이보다는 노인이 많이 살았다. 그리고 늙은 개도 많았다. 딱 봐도 몇 년 전 각기 다른 이유로 유행했던 품종견들이었다. 돈이 아까워 번호키도 쓰기 싫어하는 할머니가 수십만 원 주고 비숑이나 실버푸들을 들여와 망고, 코코, 쿠키 따위의 이름을 붙였을 리는 없었다. 허리춤까지 올까 말까 하는 아이들이 가끔 와서 놀다 갈 때, 연지는 개들의 고향을 가늠해보았다. 쿠키는 몇 년 전 유행했던 장모 치와와였는데, 치와와답게 정말 조막만 해서 할머니의 슬리퍼보다 작아 보였다. 그러면서도 항상 악을 쓰고 짖어댔다. 33번지 할머니는 아침저녁으로 매일 쿠키와 동네를 돌았다. 비가 오거나 눈이 오는 날이면 처마 아래 의자를 내놓고서 쿠키를 무릎에 두고 가만 앉아 있었다. 쿠키가 내려가려고 낑낑대면 할머니는, 가만있어라, 너구리 나온다, 하며 쿠키를 꽉 안았다. 연지는 33번지 할머니와 쿠키가 보이면 조금 더 천천히 걸었다.

33번지에는 이제 할머니도 쿠키도 없다. 건넛집도 비었고, 파전이나 김밥 따위를 팔던 작은 분식집에는 철거 예정, 출입 엄금 딱지가 붙었다. 이주 명령이 떨어진 지 두 달 만에 벌써 동네가 스산해졌다. 하긴, 나도 다음 주면 나가는데. 연지는 창틀이 으스러진 33번지를 지나며 생각했다. 소원대로 평지에 집을 구했다. 비록 전세에서 월세로, 투룸에서 원룸으로, 꼭대기층에서 반지층으로 가는 것이지만 그래도 괜찮았다. 물론 명아 생각을 하면…….

— 오늘(8/7) 서울 지역 태풍경보 발효, 외부 활동 및 외출을 자제해주세요.

거센 진동과 함께 재난문자가 왔다. 아, 우산. 연지는 책상 위에 두고 나온 우산과 활짝 열어둔 창문을 떠올렸다. 분명 아침에 일기예보를 확인하고 하늘 색이 심상치 않은 것도 보았는데, 왠지 명아를 깨우느라 잊어버린 것 같아 짜증이 났다. 긴 한숨과 함께 짜증을 가라앉히며 명아에게 메시지를 전송했다

— 언니, 오늘 태풍. 내 방 창문 좀 닫아주라.

명아가 검정 배낭 하나와 작은 크로스백 하나를 들고 연지의 집에 들어온 지 벌써 반년이 넘어갔다. 이주 명령 공고가 붙었을 땐 이제 진짜 언니 살 곳을 알아봐야 한다고 했지만 명아

는 알겠다, 알겠다, 하면서도 별 소식이 없었다. 연지는 이제 나는 원룸으로 가니까 언니와 같이 살 수 없다고도 했고, 출근을 준비할 때 일부러 시끄러운 소리를 내며 아침잠을 방해하기도 했고, 밤에 명아가 부스럭거릴 땐 큼큼 헛기침하며 짜증난 티를 내기도 했다. 그런데도 명아는 매일 저녁 연지의 밥을 차려주고서는 방긋 웃었다. 연지가 이사 갈 집을 보러 갈 때도 따라와 마치 자신이 세입자인 듯 방 구석구석을 확인하며 방범창을 흔들어보고 잠금장치를 유심히 들여다보았다. 그러더니 부동산까지 쫓아와서는 차분하고 꼼꼼하게, 밑줄까지 쳐가며 계약서를 확인하는 정성을 보였다. 연지는 명아의 속을 알수 없었다.

연지는 2년 전 인천의 한 결혼식에서 명아를 처음 만났다. 두 사람은 주말마다 같은 일을 했다. 하객 알바라고 불리는, 딱히 달리 말할 것도 없는 일. 오가는 시간과 대기 시간이 꽤 길어 시급으로 따지면 최저임금이 될까 말까 했지만 부업으로 하기에는 나쁘지 않았다. 주말에 덜 쉬는 대신 운이 좋으면 한달에 사오십, 그러니까 전세대출 이자 정도는 충당할 만큼 벌었다. 예식 당일 아침 매니저로부터 역할을 배정받았는데, 연지는 명아와 짝꿍이 되는 날이 많았다. 둘은 두 살 차이로 이십 대 중후반의 친구처럼 보였고, 그래서 주로 신부의 대학 친구나 직장 동료 역할이 되었다.

종종 밥까지 먹고 가야 하는 날도 있었다. 돈 받고 먹는 밥인데 좋지, 싶다가도 신랑 신부가 테이블 가까이 오면 단단히 긴장해야 했다. 관계가 없는 사람에게 관계가 있는 척해주는 서비스는 날마다 새롭게 어려웠다. 그래서일까, 연지는 명아에게 좀더 빠르게 정을 붙였다. 명아와 함께 있으면 정말로 신부의 친구, 동료, 사촌이 된 것 같은 느낌이 들었다. 신랑 신부에게 살갑게 인사를 건네고 가볍게 웃은 다음에는 둘만 아는 눈짓을 서로에게 보냈다. 그러고 좀더 여유롭게 식사를 했다.

뷔페식일 때는 진중하게 한 바퀴 돌며 가벼운 채소 음식부터 골라 담았다. 그 옆으로는 밥 또는 국수를 약간, 반찬을 골고루, 육류 또는 해물 요리를 푸짐하게 담았다. 그렇게 한 접시를 먹고 괜찮았던 음식은 명아의 몫까지 다시 넉넉하게 떠왔다. 그러고 나면 그동안 쌓인 이야기를 풀어냈다. 그 와중에도 연지는 젓가락을 바삐 움직여 명아의 접시에 깐풍기, 새우튀김, 갈비 따위를 올려주곤 했다.

"언니. 어떤 회사가 회식을 월요일에 해요? 난 안 그래도 주말에 못 쉬는데."

"세상에."

"언니. 우리 팀장, 결국 와이프가 찾아와서 난리 쳤어요. 박
대리가 누구냐고."

"정말?"

"언니. 왜 오탈자를 나한테 뭐라 하는지 모르겠어. 난 주는
대로 얹히는 건데."

"그러니까."

경기도 남부의 작은 미대를 졸업한 연지는 7평짜리 사무실
을 쓰는 작은 출판사에서 가장 어린 직원으로 일했다. 초등과
정 문제집을 전문으로 하는 회사였고, 연지는 각종 문제를 보
기 좋게 편집하거나 눈에 띄는 표지를 만들었다. 시각디자인
같은 것을 전공했으면 좀 나았을 텐데. 연지는 '7+□-1=3', '□
3' 따위 수식의 적절한 폰트와 사이즈를 고심할 때마다 그런
생각을 했다. 하지만 미대 안에서도 나름 취업이 잘 된다는 전
공들은 문턱이 높았고, 연지는 어중간하게 도예과를 졸업했기
때문에 이게 그나마 최선이라고 위안했다. 입사한 지 2년이 지
나서야 대표는 연지의 연봉을 2퍼센트 인상해주겠다며 생색
을 냈다.

"그러면서 나한테 뭐라 하는지 알아요? 이 문제들 풀 수 있냐는 거야."

"정말?"

"응. 주인 의식이 있어야 된다는 거예요, 작은 일을 하더라도."

"세상에."

명아는 주로 세상에, 정말, 그러니까, 정도의 짧은 답을 하면서도 진심으로 맞장구를 쳐줬다. 연지는 명아의 진심이 유연한 눈썹에서 나온다고 생각했다. 명아는 항상 화장이 진했는데, 눈썹은 타고난 것인지 따로 그린 흔적 없이도 풍성했다. 상대의 눈을 지그시 쳐다보며 양쪽 눈썹을 팔자로 찡그릴 때, 이마에 주름이 지도록 눈썹을 추켜올리며 숨을 들이킬 때, 연지는 마음의 위안을 얻었다. 종종 언니는 요즘 어떻게 지내요, 하고 물을 때도 있었는데 명아는 왼쪽 눈썹을 삐뚜름하게 올리며 글쎄, 그냥 그렇지 뭐, 난 이게 생업이라, 하고 말할 뿐 과거와 현재와 미래의 어떤 얘기도 잘 하지 않았다. 비밀이 많은 사람이거나 이야기가 없는 사람. 연지는 명아를 그렇게 생각하기로 했다. 창도 방패도 없는 백지 같은 사람이 좋았기 때문이다.

딱 한 번, 명아의 속사정이 궁금해진 적이 있었다. 명아가 유독 울적해 보이는 날이었다. 예식 내내 멍하니 있다가 연지가 툭 치면 그제야 놀라 박수를 치기도 하고, 밥을 먹을 땐 한술 뜨고 한참을 우물거리다 겨우 삼켰다. 연지야 너도 결혼이 하고 싶어? 하고 물었다가 좋은 구석 하나도 없는 일에 왜 이렇게 난리들일까, 하고 웅얼거리기도 했다.

"언니는 꼭 해본 것처럼 말하네."

연지는 광어초밥에서 광어회를 떼어내 명아의 접시 위에 올려주었다. 초밥은 밥이 더 맛있더라고요, 하면서 맨밥을 꿀떡 삼키는 연지를 명아는 물끄러미 바라보다가 뜬금없는 말을 했다.

"같이 밥을 먹는 사람이 식구라는데."

"네?"

"그럼 우리도 식구다. 그렇지?"

그러면서 고개를 푹 숙인 채 눈물을 뚝뚝 흘렸다. 연지는 정신없이 휴지를 갖고 와 건네면서도 혹시나 신랑의 옛 연인처럼 보이지는 않을까 눈치를 보았다. 명아가 눈물과 함께 화장을 닦아내자 양쪽 뺨에 울긋불긋한 주근깨와 함께 입술 아래, 그리고 오른쪽 이마 위쪽을 꿰맨 흉터가 도드라져 보였다.

집에 무슨 일 있어요? 언니 갑자기 왜 그래……. 연지는 그런 질문들을 곱씹다가 물 한 모금과 함께 꿀꺽 삼켰다. 그냥 이 언니가 광어에 사연이 있는 사람인가 보다, 생각하기로 하고. 연지는 얼른 디저트를 가지러 갔다.

*

재난문자가 10분에 한 번꼴로 오고 있었지만 5호선 끝에 위치한 예식장에 도착할 때까지 비는 오지 않았다.

— 8월 7일 14:00 라비앙웨딩 릴리홀. 신랑 박재철 신부 김유라.

— 신부 고향 친구. 초등학생 때 친했으나 오랫동안 만나지 못한 정도의 사이로 생각해주세요.

식장 앞에서 연지는 매니저의 메시지를 다시 확인했다. 오늘은 따로 파트너가 배정되지 않아 혼자 예식만 보고 나오면 됐다. 연지는 미리 받아둔 축의금을 내러 홀 입구로 향했다. 축의금 함 위에는 방명록과 함께 백합이 죽 늘어서 있었는데 다소 과하다는 생각이 들었다. 연지는 신부 측 방명록에 이름 석 자를 적고 축의금 봉투를 건넸다. 그 순간 오른쪽 팔꿈치를 움켜쥐는 손아귀가 느껴졌다.

"어머, 아가씨."

블루블랙 색상의 짧은 파마머리, 절개라인이 짙은 쌍꺼풀
에 팽팽한 얼굴, 그러나 자글자글한 목주름. 명아가 방범창을
흔들 때 불쾌한 내색을 했던, 반지하와 반지층은 엄연히 다르
다며 꾸지람을 하던, 새로 이사 갈 집의 집주인이 연지의 팔꿈
치를 붙잡고 있었다.

"어떻게 여기서 봐. 우리 유라 친구인가?"

네, 신부 친구예요, 하면 될 것을 어, 어, 얼버무리다가 연지
는 이내 다른 하객들에게 밀려 나오고 말았다. 신부대기실에
서 신부와 사진을 찍어 매니저에게 보내야 하는데 엄두가 나
지 않았다. 잘못하면 일당은 고사하고 앞으로의 일이 없어질
수도 있었다. 지난겨울 명아가 그랬듯.

설이 얼마 지나지 않아 추위가 매섭고 그럼에도 발걸음이
가벼운 날이었다. 연지는 명아와 함께 떡두꺼비 조각상이 우
뚝 선 이천의 재혼 전문 예식장으로 향했다. 신랑은 두꺼비를
닮은 사십대 중후반의 아저씨였는데 신부는 무척 어려 보였
다. 신부의 하객 대부분은 신부와만 인사를 나눌 뿐 서로는 알

지 못했다. 딱 봐도 업체에서 파견된 이들이라는 걸 알 수 있었다. 반면 신랑의 하객들은 애들까지 줄줄이 데려와 서로 인사를 나누느라 바빴다. 나이가 들수록 목청이 커지는 것인가. 여느 식장보다 시끄러웠지만 일은 순조로웠다. 신부대기실에서 사진도 찍고 예식도 무사히 마친 다음 여느 때처럼 명아와 식사를 했다. 연지는 출판사 대표 욕을 했고, 명아는 고개를 끄덕였고, 그러던 순간 반무테 안경을 쓴 중년의 남성이 명아의 어깨를 톡톡 두드렸다. 김미영 씨 아니야, 미영 씨. 명아는 사람 잘못 보셨다고 시선을 피했지만 남자는 사람 좋게 웃고서는 말을 이었다. 예전에 계양역 근처에서 일했잖아. 나 몰라요? 자주 갔는데? 미영 씨 떡볶이 좋아해서 내가 몇 번 사가기도 했잖아요. 너무 반가운데. 신랑 쪽은 아니겠고, 신부님 친구인가? 그때 갑자기 그만둬서 내가……. 명아가 테이블을 쿵치며 일어섰다. 무례하시네요. 명아는 연지의 손을 잡고 연회장 밖으로 쿵쿵 걸어 나갔다. 뒤통수에서 어색한 시선들이 느껴졌다. 배불뚝이 새끼, 재수 없어. 떡두꺼비 조각상 앞에서 명아는 담배 두 대를 연거푸 피워댔다. 얻다 대고 추근거려, 미친새끼.

그날 서울로 돌아가는 버스에서 명아는 매니저의 전화를

받았다. 카랑카랑한 목소리로 명아를 다그치는 목소리가 조용한 버스 안을 울렸다. 알고 보니 신부는 고향, 학력, 직업 모든 걸 속인 채 급하게 결혼식을 올리는 상황이었는데, 신랑의 친구가 명아에게 말을 거는 바람에 혼자 겁을 집어먹었다고 했다. 당황한 신부가 폐백 중에 거짓말을 줄줄이 들켜버리자 시부모는 대추를 집어던지며 고함을 쳤고 식장은 금세 아수라장이 됐다는 것이다. 명아를 대뜸 김미영 씨라고 부르면서 결혼을 망친 건 그 아저씨인데, 아니 애초에 끝까지 하지도 못할 거짓말을 하면서 사기를 친 건 그 신부인데 왜 명아가 억울한 사람이 되어야 하나. 연지는 명아가 매니저에게 한마디라도 따지기를 바랐지만 명아는 그러지 않았다.

그때 명아는 왜 한마디도 하지 않았을까. 예식이 진행되는 내내 연지는 집주인 아줌마의 블루블랙 머리통을 주시하며 신경을 곤두세웠다. 머릿속이 복잡해지는 사이, 신부 친구의 구구절절한 축사가 시작되었다.

─유라야, 널 처음 만났던 15년 전의 교실이 떠올라…….

그때 나는 무슨 말을 했더라. 차창에 풀썩 기댄 언니의 맥없는 뒤통수에 대고서 뭐라고 했나, 연지는 기억을 더듬었다.

신부가 미친년이네. 언니가 사람 인생 여럿 구한 거야. 그런 말을 했던 것 같은데.

— 그때 우리는 헐렁한 교복만큼이나 공허한 사춘기를 보내고 있었지.

그날 이후로 명아는 일을 받지 못했다. 다른 업체에 지원할 수도 있었지만, 또 험한 꼴을 당할까 봐 무섭다고 했다. 그리고 연지의 집에서 잠시 지낼 수 있겠느냐고 물었다. 그때 명아는 분명 다른 일 구할 때까지만 부탁할게, 라고 했다. 연지는 나쁘지 않은 부탁이라고 생각했다. 옥탑이지만 나름 투룸이라서 방 하나 정도는 내줄 수 있었고, 마침 너무나 외로워서 맥주라도 같이 마셔줄 사람이 있길 바랐기 때문이다. 그러나 딱 거기까지였다. 한두 달 정도야 괜찮지, 월세도 공과금도 보태지 않는, 그리고 맥주도 몇 모금 못 마시는 명아를 반년이 넘도록 데리고 있는 일은 녹록지 않았다. 아무리 생각해도 부동산까지 따라와서 신중한 눈썹을 한 채 계약서에 밑줄을 쳐대는 명아가 괘씸했다.

— 아무도 나의 친구가 되어주지 않았을 때 지혜로운 짝꿍이 되어준 유라야, 어디서든 행복하고 언제나 사랑하면서 살아.

어느새 축사가 끝나고 하객들은 훌쩍이며 박수를 보냈다. 연지도 명아 생각을 떨쳐내려고 손바닥이 아프도록 손뼉을 쳤다. 거세진 에어컨 바람이 블라우스 속까지 스며들어 소름이 돋았다. 연지는 카디건을 걸쳐 입고, 어서 식이 끝나길 기다렸다.

*

결혼식이 끝날 때까지, 연지가 집으로 돌아올 때까지, 그리고 명아의 방에 명아가 없다는 것을 알아차릴 때까지 태풍은 오지 않았다. 개들은 여전히 갈매기 울 듯 울었다. 명아는 밤이 지나고 아침이 밝도록 돌아오지 않았다.

*

명아가 사라진 다음 날 아침, 연지는 전화를 걸었고 명아는 받지 않았다. 명아의 짐은 대부분 그대로였다. 이불도 돌돌 말린 채 그대로였고, 그 위로 흩어진 루미큐브 타일도 그대로였다. 운동화도 신발장에 가지런히 놓여 있었다. 슬리퍼를 신고 나간 것을 보아 금방 돌아올 법도 한데 명아는 주말 내내 오지 않았다. 연지는 불안한 마음으로 월요일에 출근을 했고, 점심 시간에 다시 전화를 해보았지만 명아는 받지 않았다. 메신저 친구 목록에도 명아의 이름 대신 '알 수 없음'이 떴다. 아무런 소리도, 차려진 밥상도 없이 고요한 저녁, 연지는 실종 신고 절차를 검색했다.

연지는 명아가 외출하는 모습을 거의 보지 못했다. 에어컨이나 옷장, 책상 하나 없이 이불 한 채만 달랑 있는 작은 방에서 명아는 잘 나오지 않았다. 그러면서도 연지의 퇴근 시간에 맞추어 밥상을 차려두고 식사를 하는 일은 거르지 않았다. 김치와 김, 달걀프라이와 멸치볶음, 때로는 어묵볶음, 된장국 또는 김치찌개, 어느 날엔 생선조림. 명아의 음식은 아주 맛있지는 않아도 나름 정갈했다. 맨날 집에만 있는데 어디서 돈이 나서 언제 장을 봐오는 것인지 연지는 의아했다. 언니, 돈도 없을 텐데 음식 하는 데 돈 너무 쓰지 마, 하고 말하면 이 정도는 괜찮아, 하고 어깨를 으쓱해 보였다. 가끔 배달음식을 시켜 먹을 때도 있었는데 그때마다 명아는 모서리가 다 헤진 봉투에서 현금을 꺼내 내밀었다.

계절이 바뀌면서 밥상머리는 점점 고요해졌다. 잘 먹겠습니다, 하고 연지가 숟가락을 들면 명아는 나도요, 하고 젓가락을 들었다. 그러다 전화나 메시지 알림이 울리면 그게 연지의 것이더라도 명아는 화들짝 놀라곤 했다. 식사를 마치고 나서는 조용히 설거지를 했고, 다시 방으로 들어가 누웠다. 그러고선 밤이 되면 내내 부스럭거렸다. 처음에는 불면증인가 싶어 언니가 계속 누워 있어서 그래, 누우면 우리 몸이 잠을 잔다고 착각해서 밤에 잠이 안 온대, 하고 이런저런 조언을 해주었지만 명아는 밤이 되기만을 기다리는 사람 같았다. 대체 밤에 뭘 그렇게 해? 연지가 물어도 명아는 눈썹을 으쓱할 뿐이었다.

하루는 새벽에 우당탕하는 소리에 깜짝 놀라 깬 적이 있었다. 연지는 신음 소리가 흘러나오는 명아의 방으로 달려갔다. 명아는 이불에 머리를 박고 엎드려 있었다. 그 옆에 연지가 회사에서 받아온 초등학교 5학년 1학기 수학 문제집이 나뒹굴고 있었다.

"언니 무슨 일이야."

"계산을 못 하겠어……."

"꿈꿨어? 갑자기 왜 그래?"

"갑자기가 아니라…… 원래는 됐는데……."

연지는 한숨을 푹 쉬고 애원하듯 말했다. 나 좀 있으면 출근해야 돼. 잠 좀 자, 언니, 제발. 문을 닫고 돌아서자 방문 너머로 명아가 중얼거리는 소리가 들렸다.

"지금은 안 돼. 아무것도 못 해. 전부 다."

*

장마철의 파출소에는 모기가 많았다. 연지는 모기가 얼쩡대는 정강이를 잽싸게 때렸지만 모기는 그보다 먼저 날아가 귓가에서 앵앵거렸다.

"동생분이세요?"

신고를 접수하는 경찰관이 키보드를 타닥거리며 물었다. 같이 사는 동생이라고 대답하자 경찰은 연지의 얼굴을 물끄러미 쳐다보며 그러니까 가족은 아니신 거죠, 하고 재차 물었다. 연지가 고개를 끄덕이자 경찰은 가족의 연락처를 아느냐, 이런 경우 친족이 아니면 실종 사건으로 접수하기 어렵다, 한다고 해도 행방을 알려드리기 어렵다, 따위의 말들을 쏟아냈다.

"그럼 어떻게 하죠?"

"이 김명아 씨라는 분이 돈을 빌리거나 한 게 있나요?"

"그런 건 아니에요."

"집에 없어진 물건은 없으시고요?"

연지는 괜한 모욕감에 얼굴이 달아올랐다. 그러면서도 끈질기게 달라붙는 모기를 휘휘 내치며 성실히 대답했다.

"그런 사람은 아니에요."

"보통 이렇게 사라지면 그런 사람일 확률이 높아요."

"이렇게 사라질 줄 몰랐죠."

"신원이 불분명한 사람은 집에 절대 들이지 마세요. 요즘 세상이 만만치 않아요."

이 아저씨가 지금 나를 나무라는 건가? 연지는 마른세수를 하며 불쾌한 티를 냈다. 결국은 하루 이틀 더 기다려보고, 범죄와 관련된 정황이 있거나 하면 다시 오라는 게 끝이었다. 연지는 다소 허무하면서도 부끄러운 마음으로 경찰서를 나왔다. 오른쪽 팔꿈치에서 따끔한 감각이 느껴졌다. 양팔을 쓸어보니 서너 군데 모기 물린 자국이 만져졌다. 종아리도 간지러워 손바닥으로 탁탁 쳐주었다. 연지는 온몸을 벅벅 긁으며 명아 없는 집으로 돌아왔다.

벚꽃과 개나리가 지고 진달래가 슬슬 피어날 즈음, 술을 잘하지 못하는 명아가 맥주 한 캔을 다 마신 날이 있었다. 모처럼 봄 기분을 내고 싶었던 연지는 광어초밥을 사왔다. 그날 명아는 온몸으로 기쁘고 고마운 내색을 하며 광어초밥 한 개, 맥주 한 모금을 번갈아 먹고 마셨다. 얼굴이 발그레해지자 명아의 주근깨와 흉터가 더 선명해졌다.

"넌 가출한 적이 있어?"

긴장이 풀린 목소리로 명아가 물었다. 연지는 당일치기 가출도 가출로 쳐주나, 하며 어깨를 으쓱해 보였다.

"우리 집이 엄청 습하고 곰팡이가 많았어."

명아는 남은 맥주를 탈탈 털어 마시고 더 붉어진 얼굴로 말을 이었다.

"그래서 제습기를 많이 모았어. 중고로 사 온 것들인데, 무지 크고 무거운 것도 있고, 충전해서 쓰는 미니제습기도 있고. 내가 사정이 있어서, 그 사정까지 말해주기는 어렵지만, 여하튼 사정이 있어서 급하게 집을 나온 적이 있거든. 배낭에다가 닥치는 대로 담아 넣고 나왔는데 갈 데가 없는 거야. 그런데 산에 가고 싶더라고. 눅눅한 공기 말고 좀 푸른 공기랄까, 그런 신선한 공기를 마시고 싶었거든. 우리 동네에는 산이라고 해 봤자 여기 언덕보다도 낮은 산이 전부인데 어쨌든 무작정 거기로 갔어. 그날 마침 혜성이 오는 날이었거든. 무슨 혜성이더라, 이름이 있었는데. 어쨌든 놓치면 3천 년을 기다려야 볼 수 있는 혜성이래. 한여름이라 모기에 뜯기면서도 하늘을 보고 있는데 으슬으슬한 거야. 그래서 배낭에서 옷가지를 꺼내다가 보니까 내가 미니제습기를 챙겨왔던 거 있지. 옷 몇 벌이랑 그거랑 물 한 병, 박카스 하나. 어쨌든 제습기 전원을 올리고 기다렸어. 파란 불이 들어오고 우웅 하는 소리가 나니까 잠이 솔솔 오더라. 결국 혜성은 보지도 못하고 잠들어버렸어. 그때 잠을 거의 못 잤거든. 내가 아까 말했듯이 사정이 있어서, 편하게 자는 것도 어려웠어. 간만에 금세 푹 잤지. 새벽에 산책하는 아저씨들 소리를 듣고 깼는데, 제습기에 어느새 물이 다 차 있더라고. 내 방에 있는 작은 제습기 봤지. 그거야. 다 차봤자 얼마 안 돼. 그런데 그게 너무 좋은 거야. 곰팡이 가득한 쾌쾌한 공기가 아니라 3천 년을 기다려야 볼 수 있는 혜성이 오는 밤에 나무들이 뿜어낸 공기를 담은 물이잖아. 꼭 무슨 엑기스처럼. 그래서 갖고 있던 박카스를 다 마셔버리고 그 병에다가 물을 담았어. 그게 내 부적이야. 그거 덕분에 내가 널 만난 게 아닐까. 그날 그렇게 했던 덕분에 연지를 만난 거지."

명아는 헤벌쭉 웃음을 짓고서는 그대로 바닥에 드러누웠다.

*

이사가 하루 앞으로 다가오자 비바람이 거세졌다. 명아에게서는 아무 소식도 없었다. 다른 흔적도 특별히 찾을 수가 없었다. 연지는 명아를 생각하느라 짐을 제대로 싸지 못했기 때문에, 연차를 내고 아침 일찍부터 짐을 꾸렸다. 구석구석 연지의 손이 닿지 않은 곳이 없는 집이었다. 재개발 구역임을 알고, 그래서 전세를 싸게 들어왔지만 2년을 채우지 못하고 떠날 생각을 하니 섭섭하고 억울했다.

처음 옥탑방에 들어올 때 연지는 꽤 야심 찼다. 방은 엉망이었고, 투기 목적으로 건물을 산 임대인은 집에 돈을 들이기 싫어했다. 연지는 얼룩지고 찢어진 벽지나 발에 차일 정도로 뒤틀린 장판, 경첩이 떨어진 싱크대 찬장 사진을 열심히 찍어 보냈지만 집주인의 답장은 한결같았다. 요즘 이자도 거의 안 나오는데 어차피 헐릴 집에 더 이상 비용을 들이기는 어렵습니다. 전세를 싸게 들어왔으니 그 정도의 결함은 당신이 감수해야 하지 않겠냐는 뜻이기도 했다. 어차피 헐릴 집이라……. 연지는 그 말을 곱씹다가 어차피 헐릴 집이니 마음대로 하기로 마음먹고, 블로그를 뒤져 온갖 셀프 시공, 셀프 인테리어 방법을 찾았다. 벽지를 뜯어내는 데만 해도 꼬박 이틀이 걸렸다. 일곱 겹의 벽지가 눅눅하게 붙어 잘 떨어지지 않았다. 몇 없는 친구들을 불러 스크래퍼로 벽을 긁어내고 결로 방지 핸디코트 30리터 두 통을 얇게 발랐다. 핸디코트가 마른 뒤엔 방수페인트를 덧바르고, 노란색 벽지로 꼼꼼하게 도배를 했다. 친구들에게 쓴 밥값과 술값까지 하면 얼추 100만 원이 넘게 들어간 열흘간의 대공사였다. 친구들은 연지에게 네가 미대를 나와서 이 정도 하는구나, 했지만 연지는 딱히 그렇게 생각하지 않았다. 집주인이 안 해준다는데 뭐 어쩌겠어. 회계학과나 천문학과를 나왔어도 이렇게 했을걸. 그렇게 말하며 맥주 캔을 까곤 했다. 돈과 시간과 체력을 쏟은 만큼 방은 나름 멀끔해졌다. 연지는 옥상과 마주 보는 큰 창에 오렌지색 커튼을 달았다. 옥상도 깔끔히 치워 중고 테이블과 의자 세트를 구해 깔았다. 고장난 안테나에 꼬마전구까지 감아놓으니 나름 아늑한 옥상이 되었다. 언덕은 가파르고 동네는 높고 후미졌지만, 옥탑방은 연지만의 소중한 아지트였다.

명아가 연지의 집에 들어올 때 우와, 하고 감탄사를 연발했던 것도 그 노고 덕이었다. 명아는 연신 나 이런 집에 살고 싶었어, 나 오랜지색 좋아해, 벽지 색도 너무 예쁘다, 방도 두 개나 있네, 하며 환하게 웃었다.

　방과 부엌 짐을 정리하고 커튼까지 떼어내자 몰아치는 빗줄기가 선명히 보였다. 연지는 창문 걸쇠를 걸어 잠그고 명아의 방문을 열었다. 널브러진 이불을 반듯하게 개어 압축팩에 넣었다. 방문 옆에 차곡차곡 쌓여 있는 옷가지들과 충전기, 미니제습기는 명아의 배낭에 그대로 집어넣었다. 작은 창에 딱 맞게 재단해 매달아둔 커튼은 부엌 짐 사이에 끼워 넣고 방을 둘러보았다. 언니는 정말 무소유로 살았구나. 사실 명아는 언제라도 떠날 준비가 되어 있었던 게 아닐까 싶어 마음이 놓이는 것도 같았다. 그러다가 어, 저거 뭐지. 모퉁이에 종이 쪼가리가 굴러다녔다. 영수증인가. 연지는 종이를 주워 들었다.

[박스토리지 인천점 보관증]

● 이름: 김미영

● 품목: 박스(소) 1개

● 보관 기한: 6개월(~2023. 8. 1.)

* 1개월 초과 시 폐기 처분할 수 있습니다.

김미영? 미영 씨? 연지는 떡두꺼비 예식장에서 명아의 어깨를 두드리던 남자를 떠올렸다. 이내 형사의 말이 귓가에 맴돌아 잠시 숨을 멈추었다. 보통 이렇게 사라지면 그런 사람일 확률이 높아요. 그런 사람…… 영수증의 뒷면에는 비상 연락처가 적혀 있었다.

● 비상 연락처: 박연지

● 관계: 가족

연지는 짐을 한쪽 벽에 급히 몰아둔 뒤 박스토리지 인천점을 검색했다. 우산을 챙기고 덜컹거리는 창문을 뒤로 한 채 계단을 뛰어 내려갔다. 호우주의보, 산사태 주의 따위를 알리는 재난문자로 휴대전화 진동이 울려댔다.

평생을 엄마와 아파트에서 살아왔던 연지는 옥탑방에 온 뒤로 대문을 열쇠로 여닫는 것도, 매일 같은 곳에서 같은 할머니와 강아지를 마주치는 것도, 그러면서도 별 유난 없이 지내는 것도 신기했다. 연지의 엄마는 서울 근교 소도시에서 연지를 키웠다. 혼자서 둘을 먹여 살리기 위해 엄마는 이사를 많이 해야 했다. 같은 동 203호에서 502호로 이사한 적도 있었다. 드디어 자가 아파트를 갖게 되었을 때, 엄마는 짐을 부리기도 전 거실 벽에 못 여덟 개를 박아 한 줄로 액자를 걸었다. 예쁜 그림도 아니고 할아버지의 영정사진, 연지의 수학여행 단체 사진 같은 것들이었다. 점집 같기도 하고 이상했지만, 연지는 크게 신경 쓰지 않았다. 대신 자신의 방에 영화 포스터나 아프리카 초원 사진을 붙이고 작은 빈백을 들여놓으면서 만족했다.

연지가 대학을 졸업할 무렵 열한 번째의 이사가 있었다. 그즈음 엄마의 손목 인대가 짧은 수명을 다했다. 더 이상 일을 많이 할 수 없게 되었으므로, 엄마는 아파트를 정리하고 더 남쪽으로 간다고 했다. 너는 서울로 가라. 엄마는 연지까지 남쪽으로 끌고 갈 수는 없다고 했다. 어차피 연지는 서울에서 일을 구해야 했기에 군말 없이 자취를 준비했고 금방 선택지를 추려냈다. 높고, 외지고, 낡은, 어차피 헐릴 집. 서울에서 만들어낼 수 있는 결정이란 그런 것이었다.

우여곡절 끝에 옥탑방에 살림을 차리고, 처음으로 이불을 펴고 잠들던 밤 연지는 커다란 고래의 배 속으로 들어가는 꿈을 꿨다. 오랜만에 꾸는 꿈이었다. 고래는 너무나도 커서 위장도 여러 개였는데, 연지는 폭신한 위장을 따라 고래의 속을 구경했다. 배 속에는 아무도 없었다. 연지는 위장을 쭉 따라가다가 위쪽으로 올라가는 길을 발견했다. 한참을 올라가다 보니 어느 순간 고래의 등이 끝도 없이 펼쳐졌다. 등에는 침엽수가 가득 자라고 있었다. 연지는 내가 이렇게 나무를 잘 탔나, 하며 침엽수 한 그루를 잡고 올라갔다. 침엽수의 꼭대기에서는 별이 잘 보였다. 하늘을 한참 보고 있으니 별이 하나 떨어졌고, 별이 떨어진 자리에서는 샛노란 빛줄기가 쏟아졌다. 꿈에서 깬 연지는 벽지가 노란 탓이라고 생각했다.

그 후로는 한동안 꿈을 꾸지 않았는데 명아와 함께 지낸 뒤로 연지는 다시 꿈을 꾸기 시작했다. 고래는 나오지 않았고, 주로 무언가를 먹는 꿈이었다. 한번은 거대한 김밥을 썰어 먹었는데, 떨어진 당근 조각을 주워보니 연지의 오렌지색 커튼이었고, 단무지를 한 점 빼보니 옥탑방의 노란 벽이었다. 썰어보면 모든 게 달았다. 잠에서 깨면 연지는 커튼 사이로 고요하게 서 있는 창문을 보곤 했다. 그러다 보면 명아가 부스럭거리는 소리가 귀를 간질였다.

*

가로세로 20센티미터의 작은 상자. 만기일부터 전화를 계속 드렸는데 안 받으시더라고요. 직원은 연지를 질책하듯 상자를 툭 올려두었다. 원래는 김미영 씨 본인이 가져가셔야 하는데 어차피 곧 폐기라. 또 혼나는 듯한 기분에 연지는 아, 네, 하고 고개를 주억거렸다. 상자는 가져가도 되고 버리고 가도 된다고 했다. 연지가 고개를 또 끄덕이자 직원은 그럼 안녕히 가세요, 하고는 긴 복도를 지나 사라졌다. 연지는 김미영의 이름이 적힌 상자를 살짝 흔들어보았다. 덜컹, 하는 소리가 났다. 상자 위에는 연갈색 종이테이프가 발라져 있었다. 연지는 데스크에 놓인 종이칼로 조심스럽게 테이프를 갈랐다. 세로로 한 번 주욱. 짐도 얼마 없으면서 고작 요만한 걸 굳이 따로 보관했나. 양옆도 주욱. 보관한 걸까, 숨긴 걸까, 가둬둔 걸까.

테이프가 갈라지자 상자가 어두운 내부를 드러냈다. 연지는 상자 속으로 들어갈 듯 머리를 들이밀다가 하, 하고 웃어버렸다.

상자 안에는 박카스 한 병이 애처롭게 누워 있었다.

인천에서 서울로 향하는 버스는 한 치 앞을 볼 수 없는 폭우 속을 기어갔다. 버스 천장을 뚫을 듯 빗물이 쏟아졌다. 연지는 창가 자리에 앉아 박카스 병을 들여다보았다. 혜성이 떨어지던 밤, 숲속의 정기를 담은 명아 언니의 부적.

그러다 문득 생각이 났다. 나도 있구나, 가출한 적.

아빠와 같이 살 때였으니 아마 여섯 살이나 일곱 살이었을 것이다. 연지는 키가 무척 작은 아이였다. 말수도 없었다. 잘 웃지도 울지도 않았다. 놀이터에서 놀 때도 혼자 놀았다. 어른들을 만나면 먼저 인사하는 어린이도 당연히 아니었다. 그래서 많이 혼났다. 안방에는 큰 책장이 있었는데, 그 꼭대기에, 그러니까 연지의 손이 닿지 않는 곳에 회초리가 있었다. 아빠는 연지가 예의 없이 굴 때마다 혼을 냈고, 가끔 그 회초리를 들어 종아리 세 대, 손바닥 다섯 대, 이런 식으로 연지를 때렸다. 예의 없이 군다는 것은 인사를 제대로 안 하거나 대답을 제대로 안 하거나……. 여하튼 아빠에게는 예의의 기준이 있었다. 대나무 뿌리로 만든 회초리의 마디마디는 통증을 배로 키웠다. 그래도 참았다. 연지는 그 또한 예의라고 생각했다.

어느 날은 참기 힘들었다. 아빠가 숫자를 잘못 셌다. 울음이 터졌다.

"세 대라며 왜 네 번 때려!"

엄마한테 달려갔다. 엄마 품으로 파고들었다. 아빠는 연지를 떼어내다가 엄마를 밀쳤고 엄마는 발라당 넘어지면서 왜 또 지랄이냐고 악을 썼다. 또? 연지는 엄마를 안았다. 그러다가…… 엄마가 또 소리를 질러서 뛰쳐나왔고…… 그 뒤로는…… 공원에서 해가 뜰 때까지 혼자 있었던 것 같은데.

박카스 병을 만지작거리고 있으니 그게 공원이었는지 동네 뒷산이었는지 기억이 점차로 혼란해졌다. 다만 그때 무언가 본 것만은 확실했다. 커다란 엉덩이를 실룩거리는 너구리. 기억 속 너구리는 노랬다. 하지만 도시에 사는 너구리는 잿빛이라고 했는데. 연지가 본 노란 너구리는 두 발로 걷고 있었고, 연지에게 말을 걸었다.

가지 말자.

어디를?

집에.

왜?

같이 찾자.

뭐를?

집.

그리고…… 아빠가 울며불며 연지를 찾았다. 연지를 끌어안고 미안하다고 했다. 그날로부터 얼마 지나지 않아 연지는 엄마와 둘이 살게 되었다. 그리고 이사를 아주 많이 다녔다.

연지는 박카스 병을 들어 찰랑찰랑 흔들어보았다. 어디로 가야 할지 알 것 같았다.

*

비탈진 골목에서 빗물이 쾅쾅 흘러내렸다. 연지는 머리카락에서 이마를 타고 눈으로 흘러들어오는 빗물을 연신 닦아내며 빌라의 현관문을 열었다. 여섯 개의 계단을 내려가 은색 현관문 앞에 섰다. 벌써 물이 찰랑였다. 이런 건 철저히 확인을 해봐야 해, 하면서 도어록을 열었다 잠갔다 하던 명아의 모습을 떠올렸다. 그거 덕분에 널 만난 거 아닐까, 하던 명아의 목소리도 떠올리며 박카스 병을 손에 꼭 쥐었다. 찬찬히, 비밀번호 다섯 자리를 눌렀다.

문을 열자 물이 쏟아져 나왔다. 이미 침수가 되어버린 듯했다. 연지는 신발을 신은 채로 뚜벅뚜벅 들어가 방을 둘러보았다. 아래쪽 벽지는 다 불어터졌고 장판을 밟을 때마다 찍찍 물 나오는 소리가 들렸다. 살짝 열린 창문에는 못 보던 커튼이 펄럭였다. 진한 녹색의 나무 그림이 그려진 싸구려 커튼. 커튼은 빗물에 젖어 녹색 물을 뚝뚝 떨어뜨렸다.

연지는 방 가장 안쪽으로 걸어 들어가 화장실 문을 열었다. 예쁘게 각 잡힌 뽀송뽀송한 수건이 보였다. 대리석 무늬의 플라스틱 선반 위에는 디자인이 독특하기로 유명한 브랜드의 고급 핸드워시가 놓여 있었다. 둥그런 몸통에 보라색 리본을 두른 채, 마치 장물처럼 놓인 핸드워시. 그 아래 포개진 종이카드가 눈에 들어왔다. 연지는 핸드워시를 가만히 들어 카드를 빼냈다.

좋은 사람들 손에서는 좋은 냄새가 나더라. 이사 축하하고 항상 고

마워.

참 간단한 문장이었다. 명아다운 문장. 명아의 행방을 설명해줄 수는 없는, 다소 답답한 짧은 편지. 순식간에 피로가 몰려왔다. 물바다가 된 새집에는 제대로 몸을 누일 곳이 없었다. 연지는 변기 위에 털썩 앉았다. 창밖에서 길바닥을 세차게 때리는 빗소리가 들려왔다. 사람들은 잠이 안 올 때 유튜브로 빗소리를 듣기도 한다지. 눈을 반쯤 감자 화장실 문밖으로 엉망이 된 방 구석구석이 오히려 더 선명하게 보였다. 연지 몰래 와서 입주 청소를 하고 커튼을 달고 핸드워시를 놓으면서 방긋 웃었을 명아의 모습이 그려졌다. 그러다가 무엇 때문인지 놀라 눈썹을 치켜떴을 명아, 그렇게 모든 것을 두고 달아났을 명아. 명아를 이제 다시 만날 수 없을 거라는 예감이 들었다. 어떤 예감은 예감이라기보다는 결심에 가깝다는 것을 연지는 알았다.

아, 잠 온다.

집이 빗물과 함께 피로에 잠기고 있는 듯했다. 연지는 감기는 눈을 간신히 떠 창문에 아른거리는 그림자를 보았다. 무언가 다가오고 있었다. 빗줄기를 헤치고 납작하게 엎드렸지만 그리 납작하지는 않은, 노랗고 뚱뚱한, 뭐지, 너구린가. 너구리는 창 앞에 멈추더니 코를 들이밀었다.

가자.

어디를?

집에.

명아는 이제 완전히 없고, 너구리는 커다란 엉덩이를 실룩거리며 사라지고, 부엌 한가운데 빗물 웅덩이에는 사명을 다한 수세미와 걸레가 붙고 있었다.

뼈와 살

전지영

동도 시영아파트. 이것이 1979년 지어진 이 아파트의 정식 명칭이다. 동도시 사람들은 아파트의 이름과 위치를 정확히 알지 못했다. 동도천 육교 아래 낡은 아파트라고 설명하면, 그제야 어렴풋이 기억난다는 표정을 지으며 되물었다. 거기 아직 사람이 산다고?

내가 동도 시영아파트에 입주한 건 지난해 3월이었다. 동도시는 도시 재생 계획의 일환으로 아파트 일부를 매입해 예술가들에게 작업실로 임대했다. 셋으로 분할된 18평 넓이의 공간은 작업실로 썩 적당하지 않았지만, 가릴 처지가 아닌 작가가 많았다. 나도 그중 하나였다.

이선은 그해 겨울 작업실에 찾아왔다. 낡은 잔스포츠 백팩을 매고, 오른손에는 큰 사이즈 나일론 천 가방, 왼손에는 검은색 비닐봉지를 든 채 현관문 앞에 서 있었다. 선배, 나 들어가도 돼요? 라고 묻더니, 검은 봉지에서 500밀리리터 맥주 두 캔을 꺼냈다.

우리는 바닥에 앉아 각자의 맥주를 손에 들었다. 캔이 얼음장처럼 차가웠다. 어떻게 지내냐고 묻자, 이선은 아리송한 미소를 지었다. 모서리가 닳은 백팩과 옷깃이 해진 코트가 대신 답을 주었다.

"요즘 작업하니?"

"아뇨. 숨 고르는 중이랄까. 돈도 없고."

이선에게 돈이 없다는 말을 들을 줄이야. 이선은 또래 중 가장 먼저 작가로 성공한 재목 아니었나. 동기 중 처음으로 국가 지원금 혜택을 받았던 사람도 이선이었다. 이선은 졸업 직전 퍼포먼스 아티스트로 전향했다. 학부생으로는 흔치 않은 경우였다.

"지원금은?"

이선이 고개를 저었다. 이선의 마지막 개인전이 열린 건 벌써 2년 전이었다. 그때 이선은 시 외곽에 자리한 소규모 갤러리에서 '우데이스'라는 퍼포먼스를 선보였다. 그날 나도 갤러리에 들렀다. 갤러리 밖 110인치 프로젝터는 회색 화면만

비추었다. 크로마키 천으로 만든 옷으로 몸을 감싼 이선은 벽 사이의 공간을 빠른 속도로 걷는 중이었다. 카메라가 실시간으로 그 모습을 비춰, 갤러리 밖에 설치된 프로젝터에 송출했다. 이선의 움직임은 영상에 전혀 보이지 않았다.

관객들은 이선의 움직임을 잠깐 주의 깊게 보다가 자리를 떠났다. 저녁이 다 되어서 갤러리에 도착한 나는, 한쪽 벽면에 기대어 이선을 지켜보았다. 가만히 앉아 있는 것만으로도 허리가 아팠다. 이선은 자정이 되어서야 총 1,240번의 정해진 궤도를 걷는 데에 성공했다. 퍼포먼스를 시작한 지 열일곱 시간 만이었다. 나를 포함한 관객 다섯 명, 갤러리 관계자 두 명이 끝까지 자리에 남아 있었다. 이선은 공연이 끝나자마자 곧바로 입원했고, 이틀간 병원에서 수액을 맞아야 했다.

이선의 퍼포먼스는 주로 신체를 극한으로 밀어붙이는 작업이었다. 주제가 참신하다거나, 실험적이지는 않았다. 아주 오래전부터 누군가, 어딘가에서 해오던 작업이었다. 문제는 체력과 의지였다. 허영이나 욕심만으로는 불가능했기에 이선의 작업은 가치가 높았다. 그걸 알면서도 이선에게 쏠린 특혜에 부러운 마음이 드는 건 어쩔 수 없었다.

갤러리에서 집으로 돌아오는 길, 나는 이상한 정념에 사로잡혔다. 다름 아닌 질투심과 자괴감이었다. 이선을 인정할 수밖에 없었다. 이선의 퍼포먼스는 완성도를 수명과 바꾸는 방식이었다. 그녀는 나보다 훨씬 마르고 작았지만, 의지와 체력, 집중력 모두 대단했다. 반면 나는 매일 작업실 바닥에 누워 아이디어가 떠오르지 않는다며 투덜거렸다. 가까스로 스케치를 완성한 뒤에도 비루함을 참지 못하고 술을 마시며 시간을 허비했다. 부끄러웠다. 이선을 지켜보는 것만으로 스스로에 대해 훨씬 더 많은 것을 깨달을 수 있었다. 나는 허영심에 비해 게으르고 의지 없는 사람이었다.

"이번에 시에서 큰 프로젝트를 한다는 소문이 들려. 지원금 규모가 꽤 크다던데."

"알아요."

"지원할 거야?"

"네. 근데 기대는 안 해요."

"왜?"

"사람들은 내 작업이 한물갔다고 생각하니까요."

"이제 어떻게 할 거야?"

"어떻게 살 거냐고 묻는 게 맞겠죠?"

이선이 쓴 미소를 지으며, 마른 땅콩을 입에 털어 넣었다.

사실 그 질문은 잘라낸 천과 철근만 잔뜩 쌓아놓은 채 소득 없이 하루를 보내는 내게 더 어울리는 것인지도 몰랐다.

"저 요즘 돈 벌어요. 베이비시터."

"네가?"

"한 달에 150만 원. 나쁘지 않죠? 아침 7시 반부터 저녁 6시까지 근무. 애 엄마가 학교 선생님이라 출퇴근이 좀 빨라요."

"할 만해?"

"그럭저럭. 체력은 좋으니까. 막 24개월 되었는데, 귀여워요. 엄마는 말이 늦다고 걱정이지만."

"벌써 말을 해야 하나?"

"아이 엄마 말이, 생애 주기마다 완성해야 할 정상적인 발달과업이 정해져 있대요. 걷고, 뛰고, 말하고, 학교 다니고, 돈 벌고. 궁극적으로는 독립과 자립이 목표라나."

'정상'이라는 단어가 내게 옅은 수치심을 주었다. 아이 엄마의 말대로라면, 나와 이선은 삼십대에도 자립에 실패했으니, '정상적인' 발달과업을 못 밟고 있다는 뜻이었다. 나는 서른 중반인데 집도 없고, 생활비도 부족했다. 내년 봄 작업실에서 퇴거하면 아무런 대책이 없었다. 그렇다고 대단한 명성을 얻은 것도 아니었다. 이선은 내가 무슨 생각을 하는지 안다는 듯 씽긋 웃어 보였다.

"CCTV도 있어요. 절 감시하려고요. 안전 때문이라고는 해도."

"괜찮아?"

"사각지대 찾는 중이에요."

이선을 따라 웃으려고 노력했지만, 마음이 영 편치 않았다. 이선의 일인데 내가 자존심이 상하는 이유를 알 수 없었다.

이선이 공모에서 탈락할 즈음, 공교롭게도 내 작품이 심사위원의 주목을 받기 시작했다. 나는 그 이유를 알지 못했다. 작품에도 유행과 경향이 있는 건지, 심사위원이 바뀌면 선정하는 기준이 달라지는 건지 모를 일이었다. 과정이 투명한지도 알 수 없었다. 얼마간 공정하고, 또 얼마간 불공정했을 테다. 동료들이 이선에게 품었던 의심은 나를 향했다. 의혹과 의심에 답할 방법이 없었다. 결과를 보여주는 것만이 최선이었다.

대학 시절부터 지금까지 나는 늘 비슷한 작업을 해왔다. 다양한 재료로 공간에 관련된 조형물을 만드는 일. 불과 1, 2년 전만 해도 모두가 입 모아 진부하다고 평했는데, 갑작스럽게 평단의 평가가 달라졌다. 처음에는 잠깐 스쳐 가는 운이라고 여겼다. 그러나 연이어 공모전에 선정되고 지원금을 받으니, 어느 순간부터 혜택은 당연한 일처럼 느껴졌다. 외면받던 시절은 존재한 적 없던 것처럼 빠르게 잊었다. 심사며 지원금을 받는 문제에 대해 더는 깊이 생각하지 않았다.

나는 주로 천으로 집을 지어 공중에 거는 작업을 했다. 넓은 작업 공간과 비싼 재료가 필요해서 가성비가 떨어지는 작업이었다. 다들 내 작품 가격에 놀라곤 했다. 작업에 투입된 시간과 재료를 떠올리면 전혀 놀랄 일이 아니지만, 일일이 설명하지 않았다. 물건 파는 장사치가 되는 기분은 썩 좋지 않았다.

작년 봄과 가을. 나는 동도시 중심가 통신사 빌딩에 설치 작품 두 점을 팔았다. 굵직한 지원금을 몇 번 받고, 시립미술관 청년 작가에 선정된 뒤부터 작품 파는 일이 예전만큼 어렵지 않았다. 가격을 낮게 불러도 팔리지 않던 작품이 순식간에 판매되기도 했다. 이제는 알았다. 작품의 가격은 들어가는 비용에 비례해 책정되지 않았다. 나의 위치. 작가의 에토스. 그게 가장 중요했다.

가끔 혼자 빌딩 로비에 들러 내 작품을 물끄러미 바라보곤 했다. 돌아오는 길에는 언제나 술을 마셨다. 내 작품, '실크로 만든 집'은 바람과 자연광이 통과할 때 비로소 완성되는데, 지금은 거대한 투명 유리 상자에 갇혀 있었다. 유리 상자 안에서 내 작품은 늙지도, 변하지도 않았다. 먼지가 내려앉거나 색이 바래지도 않았다. 더는 가격의 당위성을 설명하거나 흥정할 필요가 없다는 건 분명 좋은 일이었다. 그러나 팔린 작품의 행방을 확인하는 일은 유쾌하지 않았다. 유리 상자 안에 갇힌 작품이 이제는 '물건'일 뿐이라는 사실을 인정할 수밖에 없었다.

"이번 공모, 아이디어 있어?"

"그냥 하던 거요. 기간이 조금 더 길고, 복잡할지도 몰라요."

"돈이 많이 들 텐데."

"최대한 끌어모아야죠. 계산이 딱 맞지는 않겠지만."

그게 문제였다. 작업 예산은 늘 계산이 맞지 않았다. 매번 예산보다 많은 돈이 들었다. 실패할 때 드는 비용은 어디에도 드러나지 않았다. 지원금 예산서에도 실패에 대한 비용은 청구할 수 없었다.

"선배는요? 같은 작업 하는 거죠?"

"그렇지. 더 큰 사이즈로 만들고, 다른 재료도 써보고 싶어."

"넓은 공간, 비싼 재료?"

이선이 피식 웃었다. 나는 괜스레 죄를 짓는 심경이어서, 겸연쩍게 답했다.

"그런 셈이지."

"그래서 난 선배가 좋더라."

이선이 자리에서 일어났다. 작업대에 놓인 푸른 천을 들고, 조도가 낮은 형광등에 대어 보았다. 천을 통과한 빛이 작업대 위에 물결처럼 일렁였다.

"다른 작가들이랑 달라요, 선배는."

"뭐가?"

"잘 팔리는 거 만들겠다고 작업 스타일 버리는 사람들이랑 다르다고요."

이선의 말에 부정도, 긍정도 할 수 없었다. 나 역시 기존 작업 스타일을 버리려던 시절이 있었다. 집에 쉽게 전시할 수 있는 소품, 이를테면 석고나 돌 조각상을 만들려고 했다. 그런 작업은 잘 팔릴 것이다. 그러니 내가 변심하지 않은 건 돌연 돈을 쥔 사람들의 눈에 띄어 기회가 왔기 때문이었다. 그 과정에서 내가 특별히 노력한 일은 없었다. 한마디로 의지도 집념도 아닌, 갑자기 어디서 굴러온지 모를 운 덕분이었다.

"선배 첫 개인전. 나 매일 갔어요."

"매일?"

"매일. 푸른 실크로 만든 집. 그 안에 한참 서 있었어요."

통신사 빌딩 로비에 있는 작품을 말하는 것 같았다. 그 작품은 모빌처럼 갤러리 천장에 걸어서 전시했기에, 누구나 작품 안으로 드나들 수 있었다. 모빌 안에 관객이 오래 머물러도 간섭하지 말라고 갤러리 측에 미리 요청해놓았다.

"따뜻했어요. 선배가 따뜻한 사람이라서 작품도 따뜻한 거라 믿었어요. 우리는 그 기분을 잊지 말아야 해요."

"따뜻함?"

"아니. 우릴 따뜻하게 만드는 게 무엇인지."

이선이 고개를 빙 돌려, 내 작업실을 둘러보았다. 곧 철거될 보잘것없는 이 아파트를 이선은 꼼꼼히 훑었다. 손으로 벽을 밀거나, 엉덩이를 들썩이기도 했다. 마치 자신이 앉아 있는 자리가 어떤 경우에도 내려앉지 않는다는 걸 확인하려는 것 같았다.

"아직 살 만한 거 같은데."

"살 만하지. 못 살 지경이라서 재개발하는 건 아니니까."

"하긴."

동도 시영아파트는 동도시 최초의 현대식 아파트였다. 그 시절 도시의 부자들이 모여 살던 곳. 그러나 시간이 흐르면 건물은 낡고, 낡은 주거지는 철거되기 마련이었다. 제 기능을 하든 말든 쓸모없는 물건 취급을 받았다. 시영아파트도 마찬가지였다. 그리고 이곳 주민들의 운명도 다르지 않았다.

그날 오전, 이선은 5년간 세 들어 있던 작업실을 비웠다고 했다. 작업실 근처에 카페촌이 형성되면서, 세가 두 배가량 올랐다. 이선이 도저히 감당할 수 없는 금액이었다. 갈 곳이 없는데 갑자기 내가 생각났다고 이선은 말했다.

"선배라면 문을 열어줄 거라고 생각했어요."

대체 왜 그런 생각을 했는지 물을 수 없었다. 죄책감이 들었다. 비록 내가 낸 소문이 이선의 현재에 영향을 미치지 않았더라도, 내가 한동안 이선을 질투하고 음해한 사실이 사라지지는 않았다. 이선은 알고 있을까. 조소과 학생이라면 한 번쯤 들어봤을 근거 없는 소문의 시발점이 바로 나였다는 사실을. 이선을 두고 나는 관계자들에게 로비한다고 떠들고 다녔다. 이선은 이제 돈이 없어서 작업실을 비워야 하는, 출산 경험도 없이 남의 아이를 돌봐야 하는 처지였다.

나는 방 한쪽에 쌓인 재료들을 치운 뒤, 이선의 백팩을 옮겼다. 이불이라고는 털이 뭉친 극세사 담요가 전부였다. 이선은 차가운 모노륨 장판 위에 가방을 베고 누웠다. 보일러 돌아가는 소리는 요란한데, 온기는 좀처럼 돌지 않았다. 이선은 괜찮다고 했다. 찬 바닥에서 자는 데에 이골이 났다고 말하고는 금방 잠들었다.

이선이 자는 동안 나는 작업대에 앉아서 스케치를 뒤적였다. 쓸 만한 게 없었다. 식은 커피를 들이켜며 다시 연필을 들었다. 시립미술관 초대 개인전이 얼마 남지 않은 상황에서 나는 어떻게든 여러 종류의 도안을 완성하려고 안간힘을 썼다.

늦은 밤이 되면, 벽과 천장에서 갖은 생활 소음이 들리기 시작했다. 신경을 쓰지 않으려 할수록 더 크게 들렸다. 변기 물 내리는 소리, 빨래 터는 소리, 그릇 달그락거리는 소리, 텔레비전 드라마 주인공이 악을 쓰는 소리가 벽을 타고 또렷하게 들려왔다. 그중 가장 참기 힘든 건 아랫집 노인의 기침과 가래 뱉는 소리였다. 그 소리는 낡은 이 아파트와 이곳에 사는 사람들의 운명을 자꾸 떠오르게 했다. 나는 스케치북을 덮고 벽에 머리를 부딪었다. 오늘도 소득 없이 하루를 보냈다고 생각하자 견딜 수 없어졌다. 내가 낸 소리에 대거리하듯, 옆집에서 신경질적으로 벽에 물건을 던졌다.

바닥에 누워 담요를 덮고, 미래의 내가 살 집을 상상했다. 천이나 종이가 아닌 콘크리트와 철근으로 만든 집. 생활의 고단함이 묻어나는 대신 바람과 빗소리가 들리는 집. 조도 낮은 형광등이 아닌 태양 빛으로도 충분히 밝은 집. 내게 행운이 조금만 더 머문다면, 불가능한 꿈이 아닐 수도 있었다. 나는 맞은편에서 잠든 이선의 얼굴을 바라보았다. 이선은 무슨 꿈을 꾸고 있을까. 우리는 같은 꿈을 꾸는 걸까. 아니, 언젠가는 내가 이선의 꿈에 가까워질 수 있을까.

다음 날 아침, 이선은 눈을 뜨자마자 작업실을 나섰고, 저녁 8시쯤 다시 돌아왔다. 그 뒤로도 매일 아침 같은 시각에 작업실을 나섰다가 거짓말처럼 같은 시각에 돌아왔다. 스팸과 맥주, 편의점용 김치와 햇반 두 개가 든 비닐봉지를 손에 들고 현관에 들어섰다. 비닐봉지에 담긴 내용물은 매번 바뀌었는데, 주로 한 끼를 때울 만큼의 재료만 담겨 있었다.

우리는 작업대 한쪽 구석에 나란히 앉아 간단하게 저녁을 때웠다. 김치와 햇반을 한꺼번에 기름에 볶으면, 고소한 냄새가 나서 입맛이 돌았다. 소시지나 레토르트 카레를 중탕해서 햇반에 비벼 먹기도 했다. 가끔 벽이나 화장실 환풍구를 타고 밥 냄새가 풍겨오면, 갓 지은 밥이 그리워 침이 고였다. 그러나 우리는 쌀을 사지 않고 버텼다. 조금씩 자주 지출하는 게 한꺼번에 큰돈을 지출하는 것보다 나았다.

밥을 먹은 뒤 이선은 바닥에 엎드린 채 스케치 노트에 무언가를 열심히 그렸다. 날씨가 따뜻해져도 바닥의 냉기는 가시지 않았다. 금요일에는 맥주를 사서 같이 마셨다. 안주 없이 맥주로 배를 채우면, 아무리 체력 좋은 이선이라도 금세 취했다.

이선이 잠들고 난 뒤, 나는 몰래 이선의 백팩에서 스케치 노트를 꺼냈다. 거기에는 이선의 아이디어들이 그림, 글, 동선, 도면, 무보舞譜로 기록되어 있었다. 이선은 여전히 몸을 극한으로 밀어붙이는 작업들을 구상했다. 노트 귀퉁이에 작업을 위한 신체 훈련 리스트를 따로 적어놓을 정도였다.

나는 암호 같은 이선의 노트를 밤마다 들여다보았다. 훔칠 수 있으면 훔치고 싶었다. 주제든, 재료든, 배경이든, 무엇이든 상관없었다. 나중에 이선이 문제 삼으면? 모르는 척 발뺌할 작정이었다. 언젠가부터는 이선에게 발뺌할 구체적인 방법까지 궁리하기 시작했다. 아이디어를 어떻게 읽어내는지보다 어떻게 하면 안전하게 훔칠 수 있을지를 더 오래 고민했다. 잠들면 매번 같은 꿈을 꾸었다. 꿈속에서 나는 성공하기 직전, 나락으로 떨어지는 비운의 예술가였다. 또렷한 추락의 감각. 벗어나려고 발버둥 쳐도, 그 감각은 나를 계속 쫓아다녔다.

나는 끝내 아무것도 훔칠 수 없었다. 이선의 암호를 이해하지 못해서가 아니었다. 우리가 함께 보낸 시간 때문도 아니었다. 뜻밖에도 이선의 아이디어를 내 것으로 만들면, 아무것도 아닌 게 되어버리기 때문이었다. 평범하고 볼품없어서 내가 버린 것만 못 한 상태로 바뀌었다. 원래 내 것이 아니기 때문일까. 재능이 없어서일까. 남의 아이디어를 훔쳐봐야 써먹지도 못할 만큼 미숙하기 때문일까. 이유가 무엇이든 절망적이었다. 시립미술관 개인전을 망치면, 다시 주목받지 못하던 시절로 돌아갈지도 모른다는 생각에 목이 조여왔다.

내가 스케치 노트를 뒤지는 동안, 이선은 한 번도 잠에서 깬 적이 없을까. 아닐 것이다. 다만 그녀는 지켜보았을 터였다. 내가 좌절할 때마다 안도하거나 약간의 우월감을 느꼈을는지도 몰랐다. 훔치지 않는 게 아니라 훔치지 못하는 나를 지켜보며 잠자코 눈을 감고 있었을 것이다.

아니다. 이선은 그럴 리 없었다. 인적 드문 아파트까지 나를 찾아온 사람이었다. 나를 신뢰하지 않았다면 다른 사람을 찾아갔겠지. 나는 잠든 척하는 이선을 물끄러미 바라봤다. 이선은 나를 철저히 믿고 있는 걸까, 아니면 소리 없이 조롱하는 중일까.

시립미술관 개인전 오프닝을 한 달쯤 앞두고 우리는 처음으로 함께 영화를 보기로 했다. 그날은 이선의 월급날이었다. 우리는 이선의 퇴근에 맞춰 H 보험사 빌딩 앞을 약속 장소로 잡았다. 나는 약속 시각보다 일찍 도착했다. 멀티플렉스는 내 작품이 전시된 통신사 빌딩의 대각선 맞은편이었다. 처음에는 바로 약속 장소에 갈 생각이었는데, 어쩐 일인지 발걸음이 자연스레 통신사 빌딩으로 향했다.

로비에는 이선이 서 있었다. 이선은 유리 상자 안에 있는 내 작품을 물끄러미 바라보는 중이었다. 팔짱을 낀 채, 못마땅한 표정을 짓고 있었다. 이선이 갑자기 고개를 돌려 나를 쳐다보았다. 내가 화들짝 놀라자, 유리에 선배가 비쳐서, 라고 말했다.

"얘를 구해줄 수 없을까."

"돈 주고 산 사람 마음이지."

"거짓말. 그렇다면 선배가 여기 들를 이유가 없지."

이선이 비아냥거렸다. 반박하지 않았지만, 나는 내 말이 맞는다고 믿었다. 작가의 의도가 구매자에게 중요할 리 없었다. 작품이 낡아가는 걸 좋아할 구매자가 있을까.

그 순간, 갑자기 이선이 유리 상자를 주먹으로 쿵 쳤다. 이선의 어깨를 붙들었을 때는 이미 늦었다. 진동 때문에 유리 상자 안에 있는 모빌이 출렁였다. 소리를 듣고 경비원이 달려왔다. 경비원은 유리 상자에서 떨어지라고 경고했다. 한 번만 더 건드리면, 경찰을 부를 거라 했다. 이선이 경비원의 눈을 노려보았다. 나는 이선의 팔을 잡아끌고 빌딩 밖으로 나왔다. 로비 문을 완전히 통과할 때까지 경비원은 우리를 주시하고 있었다.

완력으로 이선을 끌고 횡단보도를 건넜다. 영화관 앞에 도착해서야 이선의 팔을 놓았다.

"뭐야? 갑자기 왜 이래?"

"이 사람들은 작품을 가질 자격이 없어요."

"누가 그래? 너 이상한 생각을 하는구나. 권리는 주인에게 있는 거야."

그건 사실이었다. 저 작품에 내 권리는 없다. 돈 주고 산 사람이 작품의 주인이었다. 이선은 내 말이 끝나자마자 오늘 해고를 통보받았다고 했다. 해고는 일방적이었다. 왜냐는 내 물음에, 아이 엄마와 놀이 방식에서 의견 차이가 났다고 답했다.

"같이 있는 사람이 아이 마음을 가장 잘 아는 거 아니에요?"

"네가 엄마는 아니잖아."

"알아요. 그런데 적어도 애정을 가진 사람이라면, 그 정도 자격은 있는 거잖아요."

"억지야."

이선은 고개를 푹 숙였다. 자기도 억지인 줄 안다고 인정했다. 그런데도 대체 왜 화가 나는지 알 수 없다고 했다. 이선은 그 어느 때보다도 좌절했고 상처받았다. 몇 개월 돌본 아이 때문이라고 볼 수는 없는 행동이었다.

해고는 이선의 마음속에 잠자고 있던 분노에 불씨를 지핀 것 같았다. 이선은 선배가 저 작품을 유리에 넣는 걸 반대했어야 한다고 투덜거렸다. 화가 났다. 작품을 팔지 말라는 소리인가. 작품마저 팔지 못하면, 작가 생명이 끝날 수도 있다. 생계는 어떻게든 이어가더라도 작업을 포기할 수는 없는 노릇이었다. 퍼포먼스는 팔 수 없지만, 내 작품은 충분히 팔 수 있다. 그래서 못마땅하다면, 이선이 작업 방식을 바꾸면 될 일이었다. 물론 조건을 걸 수는 있을 것이다. 그러나 그건 작가의 권위에 따라 달라지는 문제였다. 나는 한낱 신인일 뿐인데, 무슨 수로 조건을 붙일 수 있단 말인가. 난 그럴 만한 힘이 없었다. 거기까지 생각이 미쳤을 땐 화가 나기보다 자존심이 상했다. 이번에도 이선은 나보다 내 심중을 더 깊숙이 찔렀다.

허기가 몰려왔다. 나는 먹을 생각이 없던 팝콘과 음료까지 사고 말았다. 좌석에 앉자마자, 팝콘을 한 주먹 집어서 입에 넣었다. 순식간에 팝콘 통이 바닥을 드러냈다. 영화 속에서 여자 주인공은 산속 흙에 스스로 몸을 묻었다. 뒤늦게 그 사실을 안 남자가 산을 샅샅이 뒤지지만, 끝내 여자를 찾지 못했다. 영화는 그가 영원히 여자를 찾을 수 없음을 암시한 채 끝났다. 작업실로 돌아오는 길. 우리는 평생 여자를 찾아 헤맬 남자 주인공의 남은 생에 관해 이야기했다. 그는 여자를 찾지 못할 걸 알면서도 죽을 때까지 포기하지 못할 것이다.

출근하지 않는 동안, 이선은 낮 시간 대부분을 책상에 앉아서 무언가를 그리고 지웠다. 그런 이선을 보면서 내심 불안했다. 이번에는 나의 운을 이선이 가져갈지도 모를 일이었다. 그렇다고 하더라도 불평할 수 없었다. 우리의 작업인데도, 정작 우리 손으로 충족시킬 수 있는 조건은 별로 없다는 사실을 이젠 알았다. 우리가 할 수 있는 건 고작 아이디어와 열망을 품는 일뿐이었다. 그래서 투정 없이 작업에 몰두하는 이선을 보면, 비참한 마음을 더욱 숨길 수 없었다.

닷새 뒤 시 지원금 선정자가 발표되었다. 지원금은 총 3천만 원 규모로, 경쟁률이 100 대 1을 넘겼다. 자기부담금이 없어도 된다는 조건 때문에 동도시에서 활동하는 작가 대다수가 지원할 거라는 예상이 맞았다.

명단에 내 이름은 있었고, 이선의 이름은 없었다. 이선은 예상했던 결과라며 입 주변을 쓸어내렸다. 둘 다 받았으면 좋았을 텐데 아쉽다고 말하려다 말았다. 얄팍한 위로처럼 들릴 것 같았다. 마음만큼은 진심이었지만, 진심이 항상 힘을 발휘하는 건 아니었다.

무엇이 원인인지 알고 싶었다. 왜 우리 중 한 사람은 웃고, 다른 사람은 웃지 못하는지에 대해서. 탓할 대상을 찾는 건 어렵지 않았다. 예산을 배정한 사람? 심사위원? 커리어가 출중하면서도 프로필 한 줄 더하려고 지원금을 신청한 사람?

그러나 자문할수록 잘못한 사람은 없다는 사실만 깨달을 뿐이었다. 나와 이선은 이 일을 지나치게 사랑했다. 그러나 우리는 이 일의 주체가 될 수 없었다. 우리가 사랑하는 일의 운명은 언제나 타인의 손에 달려 있었다. 생애 주기에 따른 발달과업을 제대로 수행하지 못해 치르는 대가인 걸까. 그 대가가 이토록 지독한데도, 나와 이선은 대체 왜 이 자리에서 맴돌고 있는 걸까.

예상했다는 말과 달리, 이선은 크게 실망한 모양이었다. 기대가 적었다고 상처받지 않는 건 아니었다. 이선은 방 벽에 기대앉아 시간을 보냈다. 대놓고 푸념이라도 쏟아내길 바랐는데, 이선은 그저 가만히 앉아 있기만 했다. 이제 뭘 해야 할지, 어떻게 해야 작업을 할 수 있을지 다시 고민해봐야겠다고 했다. 베이비시터 일은 인제 그만하려고요, 라고 말하며 씁쓸한 표정을 지었다.

사흘이 지나도록 멍하니 앉아만 있는 이선에게 나는 슬슬 지쳐갔다. 이선이 굶어 죽거나 말거나 관심이 없다는 듯, 작업대에 앉았다. 작업이 제대로 될 리 없었다. 무시하려고 해도 내 신경은 온통 이선에게 쏠렸다.

결국 나는 혼자 집을 나섰다. 이선은 산책하러 나가자는 권유를 끈질기게 무시했다. 이대로 조금 더 앉아 있겠다는 말만 했다. 바깥 공기를 쐬니 기분이 한결 나았다. 단지 입구를 빠져나와 슈퍼마켓 쪽으로 걸음을 옮겼다. 천변에서 습기 먹은 바람이 불어왔다. 늦은 가을이었지만, 바람은 여전히 미지근했다.

시영아파트에서 멀어질수록 걸음이 가벼워졌다. 이선을 향한 미안함과 죄책감은 점점 잊었다. 슈퍼마켓에 도착했을 때는 심지어 마음이 들떴다. 3천만 원은 큰돈이었다. 이선의 좌절을 위로하느라, 내가 받게 될 지원금의 액수와 그 돈으로 할 수 있는 작업을 잠시 잊었다. 그 지원금으로 나는 실크가 아닌 더 비싼 재료를 써서 아파트 단지 하나를 통째로 재현할 수도 있었다. 넓고 천장이 높은 사설 갤러리 몇 군데가 떠올랐다. 꽤 멋진 리셉션을 열어 평론가와 컬렉터를 초대하고 싶었다. 그런 상상을 하자 작업할 생각에 몸이 달았다. 나는 캔맥주가 든 비닐봉지를 들고 달리듯 작업실로 향했다.

아파트 입구에 구급차 불빛이 보였다. 주민들이 복도 난간에 붙어 서서 구급차가 서 있는 쪽을 내려다봤다. 나는 구급차의 등장보다 이렇게 많은 사람이 아파트에 살고 있다는 사실에 더 놀랐다. 잠시 후, 들것을 든 대원 네 명이 나타났다. 구경하는 사람들에게 가려서, 들것 위에 누가 누워 있는지는 확인할 수 없었다. 대원 뒤에는 아래층 노인이 보였다. 그는 메리야스와 회색 추리닝 바지 차림으로 대원 근처를 맴돌았다. 처음 이곳에 입주했을 때, 그와 몇 마디 섞었던 기억이 났다. 그에게는 아내가 있었다. 1979년, 아파트에 처음 입주할 때도 아내와 함께였다고 했다. 그의 아내는 아팠다. 무슨 병인지는 묻지 못했다. 그는 아내가 당장 내일 죽어도 이상하지 않다고 했다. 그는 벌이도 없었고, 거처도 없어질 예정이었다. 허리가 심하게 굽어 택시를 모는 일도 더는 할 수 없었다. 철거가 다가오는데, 도대체 어디로 가야 할지 모르겠다고 했다. 나는 이 아파트를 부술 때 돌이랑 같이 묻히고 싶어. 자네는 어떤가? 그는 그렇게 말하며 주름진 입으로 담배 연기를 길게 뿜어냈다.

현관문을 열고 이선을 불렀다. 산책 덕분에 이선을 위로하고 응원해줄 용기가 났다. 그러나 이선은 대답이 없었다. 앉았던 자리는 비어 있었다. 담요가 놓인 모양이 마치 이선의 몸만 쏙 빠져나간 것 같았다. 백팩, 짐가방, 신발, 지갑, 심지어는 월급을 모아둔 통장까지 그대로였다. 나는 작업실 내부를 이 잡듯 뒤졌다. 책장 뒤, 테이블 아래, 심지어는 현관 신발장까지 열어보았다. 좁은 공간에 숨을 만한 곳이 없다는 걸 알면서도, 말도 안 되는 장소까지 뒤졌다.

혹시 구급차에 실려 간 사람이 이선이었나. 쓰러진 건가.

그런 생각이 들자마자 집을 뛰쳐나와 계단을 뛰어 내려갔다. 구급차는 이미 떠난 뒤였다. 화단 옆에서 담배를 피우는 남자에게 구급차에 탄 사람의 이름이 혹시 김이선이냐고 묻자, 남자는 자기가 어떻게 아느냐고 쏘아붙였다. 어둠 속에 가린 남자의 얼굴이 낯설었다. 그가 뿜어내는 담배 연기가 꼭 환영 같았다.

"원래 여기 사세요?"

"10년 전부터 살았는데요. 그쪽은?"

119에 전화를 걸어 구급차에 실려 간 사람은 젊은 여성이 아니라는 사실을 확인했다. 그렇다면 나이 든 여자냐고 묻자, 상담원은 귀찮다는 듯 관계자가 아니면 알려드릴 수 없다고 답했다. 답답했다. 대체 이선은 어디로 사라졌단 말인가.

작업실로 돌아온 나는 이선이 앉아 있던 벽에 등을 기댔다. 바닥에 놓인 이선의 휴대전화에는 배터리가 19퍼센트밖에 남지 않았다. 휴대전화를 충전기에 꽂고, 바닥에 누웠다. 기운이 빠져서인지 나도 모르는 사이 잠이 들었다.

— 저기요, 선배.

이선이 부르는 소리에 눈을 떴다. 고개를 들어 방 안을 둘러보았지만, 이선은 없었다.

— 여기예요, 여기.

목소리는 벽에서 들려왔다. 벽 전체가 스피커가 된 것처럼 이선의 목소리가 작업실에 울려 퍼졌다. 나는 아직 잠이 덜 깼나 싶어서 화장실에 가 찬물로 세수하고 양치도 했다. 방으로 돌아왔을 때, 또다시 이선의 목소리가 들렸다.

— 이 집이 날 삼켰어요.

그게 무슨 소리냐고 묻자, 이선은 백팩이 놓인 자리의 벽지를 보라고 했다. 곰팡이가 핀 벽지의 틈이 살짝 벌어져 있었다. 나는 집게손가락으로 그 틈을 훑었다. 시멘트 가루가 손에 묻어났다.

"다시 나올 수는 없어?"

멍청한 질문이었다. 질문을 듣자마자 이선의 웃음소리가 벽 전체에서 울렸다. 한번 삼킨 걸 어떻게 도로 뱉느냐고 답했다.

— 몸이 다 녹은 것 같아요.

"대체 왜?"

— 이 집은 낡고, 쓸모없고, 희망 없는 것만 삼키는 모양이에요. 그러니까 아랫집 노인의 아내나 나 같은 사람.

"그렇지 않아. 네가 왜? 솔직히 내가 널 얼마나 질투했는데. 내가 너에 대해……."

— 알아요.

"알고 있다고?"

— 모르는 게 이상하죠. 하긴 인제 와서 그런 게 다 무슨 소용이겠어요.

나는 이선의 목소리가 울리는 벽 어딘가에 몸을 기댔다. 벌거벗은 채 이선 앞에 서 있는 기분이었다. 이선은 내가 소문의 시작점이라는 걸 알면서도 나를 믿었단 말인가.

그날부터 매일 이선의 목소리와 함께 생활해야 했다. 이선은 사각지대 없는 CCTV 카메라 같았다. 나는 씻고, 먹고, 자는 걸 보여주는 것보다 작업하는 모습을 들키는 게 더 치욕스러웠다. 벽 어딘가에서 지지부진한 내 작업을 조롱하고 있을지도 몰랐다.

시립미술관 전시가 코앞으로 다가왔을 때도 작업에 속도가 붙지 않았다. 억지로 작품 두 개의 골격을 만들었지만, 영마음에 들지 않았다. 그즈음, 나는 내심 이선의 목소리가 들리기를 바랐다. 이선이 작업에 관여해주면 안심이 될 것 같았다. 믿을 만한 사람의 조언이 절실히 필요했다.

그런 마음을 먹은 뒤부터 오히려 이선의 목소리가 들리지 않았다. 나는 이선의 스케치 노트를 꺼내어 작업대 위에 보란 듯 올려놓았다. 그래도 마찬가지였다. 말하지 않으면, 네 아이디어를 다 훔칠 거야. 협박하는 눈으로 벽을 노려보았지만, 벽은 꿈쩍도 하지 않았다. 나는 이선의 노트를 당당하게 펼쳤다. 내가 마지막으로 본 페이지 뒤에도 꽤 두꺼운 분량의 아이디어가 덧붙여져 있었다. 나는 이선이 쓴 글자들을 손가락을 끝으로 하나씩 짚었다.

이선의 노트 맨 뒷장에서 집을 그린 도면을 발견했다. 내가 만든 집처럼 바람에 벽이 흔들리고 때에 따라 색이 바뀌는 게 아닌, 변하지 않는 하나의 단단한 구조물이었다. 구조물을 만드는 사람의 움직임을 지시하는 동선도 함께 그려져 있었다. 스케치만으로 파악하기는 힘들었지만, 내가 해석한 바로 재료는 '모든 것'이었다. 누군가의, 아니, 어쩌면 자신의 신체를 재료로 이용하려는 계획이었다.

나는 스케치 노트를 덮고 눈을 감았다. 이선은 언제나 나보다 저만치 먼 곳을 바라보고 있었다. 알고 있었지만 인정하지 못했다. 그리고 지금 이선은 내가 알 수도, 닿을 수도 없는 세계를 향해 걸어가는 중이었다.

시립미술관 전시는 그럭저럭 끝났다. 일각에서는 내 작품 경향에 새로운 시도가 결여되었다는 데에 우려를 표했다. 그러나 평론은 여전히 호의적이었다. 소수의 의견은 언제나 작은 불평쯤으로 치부되었다. 이번 전시에서 나는 작품 세 점을 팔았다. 내가 원하는 가격을 불렀고, 컬렉터는 그 가격에 돈을 더 얹었다. 실패의 시간을 보상하고도 남을 만한 액수였다.

마지막 퇴거 요청일까지도 나는 짐을 싸지 않고 버텼다. 작업 공간을 얻을 수 있는 형편인데도, 구하러 다니지 않았다. 최소한의 필요한 도구는 집으로 옮겼다. 나머지는 그대로 작업실에 두었다. 찢어버린 도안과 재단 단계에서 실패한 재료들, 그리고 이선의 물건들은 모두 제자리에 놔두었다. 이선의 노트를 들고 나올까 끝까지 고민했지만 그러지 않았다.

아파트는 내가 퇴거하고 보름 뒤부터 철거에 돌입했다. 동도시의 불볕더위가 무서웠던 인부들은 여름이 되기 전 철거를 끝낼 요량으로 죽을힘을 다해 움직였다. 현장에 갔을 때 아파트는 이미 허물어지고, 그 자리에 시멘트 덩어리와 철근 뭉치만 산처럼 수북이 쌓여 있었다.

공사 현장 입구에 서서 시멘트 더미가 덤프트럭에 실려 나가는 모습을 바라봤다. 깨진 유리와 각종 생활 가전, 세발

자전거, 세면대 조각, 변기 뚜껑, 이불, 매트리스 그리고 용도를 알 수 없는 집기 들이 콘크리트 더미 속에 묻혀 덤프트럭에 실렸다. 현장 소장은 낡은 사무용 노트를 들고 불만스러운 표정으로 입구 앞을 서성였다. 폐기물의 양이 입찰에 제시된 양과 차이가 났고, 그 책임을 자신에게 뒤집어씌운다고 투덜댔다. 나는 이선과 아래층 노인, 화단에서 담배를 피우던 남자, 난간에 붙은 채 구급차를 구경하던 사람들을 떠올렸다. 그들은 모두 어디로 사라졌을까.

빈터 한구석에 쪼그리고 앉아, 건물의 파편을 줍기 시작했다. 시멘트 모양의 돌덩이, 방문 손잡이, 찢어진 이불 조각, 유리 파편, 플라스틱 바구니 같은 것들을 하나씩 모았다. 현장 소장이 나를 향해 안내봉을 거칠게 휘둘렀다.

나는 백팩에서 일회용 비닐 가방을 꺼냈다. 재료를 사려고 들고 온 가방이었다. 나는 가방에 건물의 파편들을 담기 시작했다. 소장이 참지 않겠다는 듯, 호루라기를 더욱 세게 불었다. 소장이 흔드는 안전봉 방향에 따라, 덤프트럭 한 대가 내 앞을 지나갔다. 바퀴에서 마른 흙먼지가 일어나 시야를 가렸다.

* '나'의 작업은 서도호 작가의 작품 '집 속의 집 속의 집 속의 집 속의 집'(2013)에서 아이디어를 얻었다.

영원 없이

김채원

정부영은 열이 끓어서 5분에 한 번씩 잠에서 깼다. 눈을 뜨면 한쪽 벽에 기대 세워놓은 다리미판과 주전자에 담긴 초록 물, 책상 고리가 보였고 눈을 감으면 다시 또 꿈도 없는 잠에 빠졌다. "꿈이 아예 없지는 않았어. 눈을 뜨면 악몽을 꾼 것 같은 기분은 남아 있는데, 어떤 악몽이었는지는 전혀 기억에 남아 있지 않아 꿈을 꾸었다는 말을 할 수가 없을 뿐이지." 정부영은 침대에서 몸을 일으켰다. 팔다리가 열에 녹아 온통 곤죽이 된 것 같았다. "너무 덥다." 정부영은 창문을 열지 않고 고개를 돌려 바깥을 내다보았다. 창밖에 사람들은 전부 겨울옷을 입고 있었다. 프록코트. 청바지. 귀덮개가 달린 털모자. 뺨에 부스럼이 난 아이들. 개의 도약대. 겨울옷을 입은 사람들이 걷고 있었다. 미지근한 물에 풀어놓은 소금 입자들처럼 그들은 어느 정도 흐리게, 천천히 움직이고 있었는데 "정말 그런가?" 거리가 멀어 다만 그렇게 보이는 것이었다. 12월의 일요일 아침이었다. 정부영은 얼굴에 비스듬히 내리쬐는 햇빛에 눈을 감았다. 눈꺼풀이 얇아서 눈을 감아도 시야가 완전히 어두워지지는 않았다. "햇빛을 견디지 못해 탈색된 사람들이 있다고 들었는데, 아주 오래전에." 그 이야기를 들려준 사람은 정부영의 어머니였다. 정부영의 어머니는 정부영이 중학교에 입학하던 해에 자살했다. "너무 오래전에." 정부영은 새하얗게 바랜 창백하고 조용한 사람들을 한번 떠올려보려다가 말았다. 한 번도 만나본 적 없는 사람들이었다. "그런 사람들은 이미 다 죽어버려서 만날 수가 없었지."

정부영은 세수를 하고 냉장고에서 포도 한 송이를 꺼내 먹었다. 껍질을 벗긴 차가운 포도알이 부은 목에 닿을 때마다 열이 내리는 것 같아 기분이 좋았다. 턱 아래로 단물이 뚝뚝 떨어졌다. 정부영은 단물이 떨어지게 내버려두고 접시를 가져와 씨앗을 뱉었다. 포도 껍질의 개수와 씨앗의 개수가 생각한 것만큼 정확하게 맞지는 않았다. 목에서 신물이 올라왔다. 손바닥으로 아무렇게나 얼굴을 문질렀다. 어지러웠다. 토를 했다.

토를 닦았다. 창문을 열었다. 바람이 불었다. 바람에서 덜 얼은 얼음 냄새가 났다. 겨울에 들어선 지 꽤 오랜 시간이 지났는데도 눈 소식이라곤 없는 날들이었다. "졸리다." 정부영은 바닥을 딛고 서 있는 자신의 두 발을 내려다보았다. 발목까지 쌓여있는 흰 눈을 밟고 싶다는 생각을 했다. 사이사이 얼어붙은 흰눈을 밟고 서서, 아무런 행동도 하지 않고 가만히 그러나 완전히 사라진 것은 아닌 모습으로 남고 싶었다. 언젠가 누군가 그를 기억하게 된다면 "발목이 잘린 남자였던 것 같아요"라고 이야기할 수도 있을 모습으로.

작은 눈송이. 눈이 펑펑 내리는 밤거리. 홀로 걷는 늙은 광인. 그런 것들은 다시 보지 않고도 얼마든지 떠올릴 수 있었다. 정부영은 그것들을 차례대로 떠올려보았다. "아스팔트 도로 위로 얇은 눈발이 흩날리고 있었다." 그 풍경에는 언제나 도로의 가장자리를 따라 걷고 있는 한 여자가 있었다. 잔가지에 가득 걸린 눈송이들. 차게 언 열매들. 마른 잎을 태우는 냄새와 물웅덩이. 입김을 내뱉는 소리. 기억 속에서 아이의 얼굴을 한 정부영은 나이 든 여자의 뒤를 따라 걷고 있었다. 여자는 정부영이 자신을 잘 따라오고 있는지 확인하기 위해 몇 번이고 뒤를 돌아보았다. 그때마다 정부영은 어김없이 여자의 등 뒤에 있었다. 이따금 커다란 화물차가 가까이 지나갈 때면 정부영은 귀를 막았다. 정부영이 양손으로 귀를 막고 멈춰 서 있으면 여자가 다가와 귀를 문질러주었다. "좋겠다. 너는 좋겠다. 우아, 귀가 아파? 귀가 아파? 너는 좋겠다." 여자는 웃었다. 상한 곡물처럼 까맣게 변색된 여자의 치아가 가로등 불빛을 반사해 반짝였다. "엄마. 너무 크게 웃지는 마요. 이가 까매요." 여자는 그 말을 듣고도 웃었다. 여자는, 자신은 아무리 커다란 화물차가 곁을 지나가더라도 귀가 아프지 않다고, 아프지도 멍해지지도 않고 다만 화물차가 지나가는구나, 앞질러 지나가는구나, 생각하고만 있을 뿐이지 겁나는 것은 하나도 없다고 말했는데 "그 목소리가 듣기에 좋았다." 그러고는 "뻐기지 마. 뻐기지 마" 하고 갑자기 스스로에게 으름장을 놓았다.

"그건 병에 걸린 건가요?"

정부영이 물었다.

"그래. 무리야. 이번에는 진짜야. 병에 걸려서 넘어졌어. 나도 다 알아."

여자가 대답했다.

"바깥에서 나는 소리는 하나도 들리지 않는다고 했었지. 자기 자신에게서 나는 소리 말고는 더 이상 아무것도 들을 수 없게 되었다고." 정부영은 꽤 오랫동안 이와 같은 장면에 머물러 있곤 했다. 같은 장면. 같은 말. 예고도 없이 불쑥 머릿속을 침범해서 현재를 와해시키는 오래된 기억들. 정부영은 그것들을 그대로 두었다. 기억들이 자꾸 떠오르면 그 기억들 안에서 한동안 자꾸 머무르면 되었다. "그다지 해는 안 될 거야." 문제 될 것은 아무것도 없다고 정부영은 생각했다.

정부영은 해열제와 영양제를 챙겨 먹고 소파에 앉아 라디오를 켰다. 라디오는 주파수와 관계없이 여러 전파가 뒤엉켜 송신되었다. 범위 초과. 기상청은 대선 후보자의 가족 증인이 가까이 오면…… 바람을 맞는 면적에 비례하여 피해가 커질 수 있으므로 나는 선물로 받은 수용소를 손에 들고 걸었습니다. 가을에 구우면 맛이 좋고 감염에 약한 시설물들은 사전 조치가 필수라고 당부했으며 앞으로 후쿠시마…… 지역의 거주자들은 대상이 결국 살아 있었던 것인지 역사 속에 기입되기 때문에 당국 시위대가 송환법 철회를 거부하고 신난다, 자고 싶다, 너희는 그렇게 두들겨 패도 말을 좀 해봐라 어쩜 그렇게 아무도 안 죽어…… 정부영은 어느새 하나의 혼합물이 되어버

린 세계와 사회의 상황들을, 여러 겹으로 겹쳐져 분명 잊힐 것
이고 이미 잊히고 있는 현재의 움직임과 방향성을 비현실적이
라고 생각하지 않았고 자신과 무관하다고 여기지도 않았으며
과거와 미래의 경계에 있는 모든 것이 서서히 모조리 잊히되
어떠한 것도 완전히 파멸되지는 않는 모순 속에서 내내 일정
한 상태가 지속될 것이라는 입장과 태도를 가지고 있었으므로
앰프를 통과해 증폭된 소음들을 가만히 듣고만 있었다. "신난
다. 자고 싶다." 정말로 가만히 듣고만 있었다. "내가 뭘 해." 정
부영이 물었다. 대답을 들으려는 것은 아니었다. 누구도 정부
영에게 무언가를 하라고 강요하지 않았다. 영속성. "연속성?"
정부영은 그것을 잘 알았다.

　　"내가 뭘 할 수 있지?" 정부영은 잠깐 골똘해졌다.

　　자유롭게 처분할 수 있는 남자L'homme disponible. 정부영은
언젠가 책에서 그런 문장을 읽은 적이 있었다. 대학에서 문학
을 전공할 때 읽었을 거라고 짐작했으나 확실한 것은 아니었
다. 정부영은 대학을 졸업하고 나서도 얼마간 책을 읽었다. "맞
아. 내가 책을 읽었다." 그러나 정부영의 방에는 이제 책이 단

한 권도 남아 있지 않았다. 지난주에 정부영은 책장에 꽂혀 있던 책들과 장롱에 개어두었던 몇 벌의 옷을 전부 상자에 정리해서 버렸다. 무게가 많이 나가는 가구들과 벽시계, 도기 장식물은 폐기물 스티커를 일일이 붙여 경비실 앞에 내다 버렸는데, 훼손되지 않은 물건들은 폐기 처리를 하지 않고 재활용을 위해 업체에서 따로 수거해간다는 경비원의 말에 가구들과 벽시계와 도기 장식물을 조금씩 다 훼손시켜서 버려야만 했다. "그럴 필요까지는 없었는데." 정부영은 무언가에 병적으로 골몰하는 일이 삶의 유일한 수단이라도 되는 것처럼 굴었다. 대학에서 문학을 공부할 때도 그랬다. "그럴 필요까지는 없었는데." 정부영은 감겨오는 두 눈을 문지르며 혼자 살기에는 너무 넓은 집을 혼자 서성거렸다. 벽지에 남은 액자 자국을 손바닥으로 쓸어내자 가벼운 먼지가 일었다. 몇 년 전까지만 해도 정부영은 이 집에서 가족들과 함께 살았다. "가족들?" 몇 년 전까지만 해도 정부영은 이 집에서 아버지와 새어머니와 여동생과 함께 살았다. "다른 가족들과 함께 살지는 않았지." 정부영이 생각하기에 정부영은 가족이라고 불러야 하는 사람들이 너무 많았다. "가족이 많으면 생일 케이크를 많이 먹을 수 있어서 좋았어." 정부영은 케이크를 좋아하지 않았다. "거짓말은 아니야." 정부영의 아버지와 새어머니와 여동생은 정부영이 자살에 실패한 이후로 집이라는 공간 자체와 공간의 냄새와 소음과 정신적 불균형에 대해, 그러한 정신적 불균형에 대해 얼마간 즐겁게 이야기해보고자 하는 이웃들에 대해 모조리 질려버렸다는 말을 남기고는 각자 일하는 곳과 가까운 지역에 새로운 집을 얻어 하나둘 떠났는데, 정부영은 그때마다 외출하지 않고 집에 남아 그들이 하나둘 떠나는 모습을 지켜보았다. "조금 이상해서." 정부영은 웃었다. "나는 안 질렸거든."

"그만 나가야지." 정부영이 말했다.

정부영은 집에서 입고 있던 옷을 그대로 입고 나와 공원을 한 바퀴 돌았다. 공원을 한 바퀴 도는 동안 차가운 바람으로 이마와 등에 오른 열이 잠깐 식었다. 식은땀이 났다. 감기에 걸릴 것 같았다. 심장이 빠르게 뛰었다. 너무 빠르게 뛰었는데, 정부영은 심장이 아무리 빠르게 뛰어도 결코 죽지는 않는다는 것을 배워서 알고 있었다. 그것은 정부영의 담당의가 가르쳐준 것이었다. "의사는 공부를 많이 했어." 정부영은 벤치에 앉아 숨을 고르며 지나가는 사람들을 구경했다. "사람들이 지나간다." 바퀴가 달린 의자를 앞으로 밀며 걸어가던 노부부가 정부영을 흘끗 보았다. 정부영은 자신이 노부부에게 위협이 된 것도 같아 금방 눈을 돌렸다. 머리 위로 전철이 지나갔다. "전철이 지나간다." 정부영은 양 손바닥을 아래로 펼치고 주먹을 쥐었다가 펴보았다. "손이 두 개 있어." 정부영이 중얼거렸다. "발도 두 개 있고." 정부영이 제자리에서 발을 굴렀다. "두 발이 있으면 두 발로 설 수 있지." 정부영이 벤치에서 일어나 두 발로 섰다. 그러고는 다시 앉았다.

정부영은 근래에 있었던 일을 떠올리는 것에 점점 어려움을 느꼈으나 오래전 아동 병동에서 배운 것들은 좀처럼 잊지 않고 지냈다. 푸른빛이 돌 정도로 새하얀 벽과 그 벽에 남지 않을 지문을 묻히며 돌아다니던 너무 시끄럽거나 너무 조용한 아이들. "친구들." 공기 중에 어렴풋하게 번져 있던 불소 냄새와 방향제 냄새. 고장 난 턴테이블. 정부영이 병동에서 처음 배운 단어는 컵과 의자였다. "컵과 의자. 제방과 바다. 우편물. 맥박 소리." 정부영은 머릿속에서 다시금 떠오르는 목소리를 떠오르는 대로 두었다. "이것은 컵. 너는 컵을 쥐고 있다. 너는 이 컵을 놓을 수 있고 물을 담아 마실 수도 있다. 알겠지." "이것은 의자. 너는 의자에 앉아 있다." "의자에서 일어나면 너는 두 발을 딛고 바르게 설 수 있다." "알겠지?" "의자가 뒤로 넘어가더라도 네가 의자를 일으켜 세울 수 있는 거야." "잘했어." 정부영은 알겠지, 알겠지, 하고 목소리가 되물을 때마다 마치 태엽 기계처럼 고개를 끄덕였다. "그런데 나는 잘 모르겠어." 그때 정부영의 곁에 누군가 다가와 앉았다. "차가워. 춥지 않아?" 정부영은 고개를 들지도 대꾸를 하지도 않았다. "나는 추운데. 엉덩이가 차가워." 정부영의 옆에 앉은 사람은 정부영의 친구인 유성우였다. "어, 성우구나." 정부영은 고개를 들어 유성우를 보았다. "네가 보여서 왔어." 유성우가 말했다. "아까부터 여기 앉아 있었어." 정부영이 말했다. "그래. 네가 보여서 왔어." 두 사람은 얼마간 말이 없었다. 정오에 가까워져 해가 완전하게 떠 있는데도 하늘이 잔뜩 흐렸다. "저기 봐. 공놀이를 하고 있다." 유성우가 먼저 입을 열었다. 유성우가 보고 있는 것을 정부영도 보았다. 뒷머리를 짧게 올려 깎은 남자아이 셋이 모여 공놀이를 하고 있었다. 번갈아 공을 차다가도 유독 한 아이에게만 공이 넘어가면 두 아이가 움직임을 멈추었다. 가만히 멈춰 선 두 아이가 있는 쪽으로 한 아이가 다시 공을 넘기면, 아까처럼 공놀이가 이어졌다. 고무공을 차는 소리. 바람에 한기가 흩어지는 소리. 아이들의 웃음소리. 누군가 알아서 한 발 뒤로 물러나는 소리. "쟤한테만 공이 가면 모른 척한다. 너도 봤지." 유성우가 물었다. "나도 봤어." 정부영이 대답했다. "아주 개새끼들이다."

"내가 도와줄 수는 없겠지." 유성우가 물었다.

"도와줄 수 없어." 정부영이 대답했다.

점심시간이 다 되어 정부영과 유성우는 공원 근처에 있는 일식당에 들어가 우동을 먹었다. "가지덮밥보다 유부우동이 더 맛있어. 유부우동을 주문해야 돼." 정부영은 유성우가 점심을 같이 먹자고 고집을 부려 마지못해 먹기로 한 것이었는데, 막상 먹기 시작하니 열에 익은 뭉근한 유부 주머니가 씹기에도 좋았고 삼키기에도 좋았다. 정부영은 우동을 남김없이 먹고 식초에 절인 양배추를 먹었다. 유성우는 우동을 조금 남기고 따뜻한 매실차를 마셨다. "맛있었지." 유성우가 물었다. "맛있었어." 정부영이 대답했다. "어제는 왜 일을 안 왔어?" 유성우가 물었다. "청소를 했어. 내일은 가. 스티커 사느라 돈이 다 떨어졌다."

"그럼 이제 청소를 다 한 거지?" 유성우가 물었다.

"아니, 아직. 한 개가 남았어."

정부영이 대답했다.

정부영과 유성우는 같은 지역에서 자라 같은 고등학교를 졸업한 사이였다. 두 사람은 졸업을 하고 나서도 종종 연락을 주고받다가 반년 전부터 도시 외곽에 있는 한 공병 공장에서 함께 일하게 되었는데, 일부러 그런 것은 아니었고 제대를 한 유성우가 먼저 공병 공장에서 일을 한다기에 정부영이 대학을 졸업하고 나서 뒤따라 일을 구한 것이었다. 공장은 하루 혹은 반나절 만에 일을 그만두거나 그만둔다는 말도 없이 사라지는 사람들이 많아 통근버스를 타고 공장에 찾아가 장부에 이름과 출근 시간을 우기듯이 적어 넣으면 일을 할 수 있었다. 그렇게 하면 일당을 받을 수 있었다. 정부영은 마스크를 끼고 위로 길게 이어지는 컨베이어 라인 앞에 서서 다시 쓸 수 있는 병과 다시 쓸 수 없는 병을 분류하는 일을 했고 일을 잘했다. 유성우는 정부영과 정부영의 동료들이 라인 앞에 서서 분류하게 될 공병들을 상자째로 쌓아 라인에 올리는 일을 했다. 유성우는 지게차를 운전할 줄 알았고, 지게차를 운전할 줄 아는 인부는 일당을 더 많이 받았다. "그러니까 아이스크림은 네가 사면된다." 유성우는 정부영이 고른 콘 아이스크림을 두 개 사서 한

개를 정부영에게 주었다. 두 사람은 편의점 앞에 서서 아이스크림을 먹었다. "머리가 뜨겁다." 정부영이 말했다. "너는 맨날 그래. 이렇게 추운데." 정부영과 유성우는 아이스크림을 먹다 말고 금방 손을 흔들며 헤어졌다. "형이 너 연락을 좀 하라고. 많이는 아니어도." 유성우의 말에 정부영은 알겠다고 대답했다. "알겠어."

그러고 보니까, 하고 정부영은 생각했다. 정부영은 방금까지 자신이 그것에 대해 까맣게 잊고 있었다는 사실이 조금 몰염치하게도 느껴졌다. "정말로?" 정말로. 정부영은 유성우의 형인 유원우에게 빚을 진 적이 있었다. 다량의 수면제를 모아 단번에 삼킨 날이었다. "아주 길게 잘 수 있을 줄 알았지." 알약이 많아 헛구역질을 여러 번 한 탓인지 정부영은 죽지 못했다. 정부영은 실패를 했다. 눈을 떴을 때 정부영은 제자리에 서서 자신을 내려다보고 있는 유원우를 보았다. 정부영은 유원우를 처음 보았고 그것은 유원우도 마찬가지였다. "조금 늙은 성우 같았어." 피로한 기색으로 응급실 안을 돌아다니던 유원우는 정부영이 누워 있는 쪽으로 금방 되돌아왔다. "45만 원." 유원우가 말했다. "갚으러 와." 유원우는 입고 있던 남방 주머니에

지갑을 넣고 응급실을 벗어났다. 커튼 너머에서 의사가 정부영의 위를 헹구라고 말하는 소리가 들렸다. 정부영은 그것을 들었다. "시간이 얼마 안 됐으니까 우선 헹구면 돼요. 헹궈도 이게 다 엉망이에요, 엉망." 정부영은 자신이 엉망이라는 생각까지는 할 수 없었다. 생각이라는 것을 하기에는 온몸이 불에 댄 듯 아팠다. 누군가 성큼성큼 몸속으로 들어와 제멋대로 성냥을 긋고 있는 것 같았다. 의사가 자리를 떠나고 나서, 간호사는 정부영의 몸을 한쪽으로 돌려 눕혀 식도에 고무 냄새가 나는 관을 밀어 넣었다. 정부영의 상태가 약물중독으로 이어지지 않도록 난백 즙과 마그네슘을 투여한 것이었다. "그것들 값도 있어." 정부영이 돈을 갚기 위해 유원우가 일하는 가판대 서점으로 찾아갔을 때 유원우는 고무관과 난백 즙, 그리고 마그네슘의 값을 말해주었다. 난백 즙과 마그네슘. 정부영은 난백 즙과 마그네슘의 맛이 기억나지 않았다. "곧바로 식도로 내려보내는 거라 맛은 모를 수밖에 없을걸. 우유 맛이 난다고 해." 유원우가 말했다. 유원우는 정부영에게서 등을 돌리고 가판대에 놓인 책들을 정리하다가 돈을 다 갚고도 되돌아가지 않는 정부영을 돌아보았다. "또 와. 네가 오고 싶으면 와." 정부영은 그것을 들었다. 정부영은 그 뒤로 유원우를 보기 위해 서점 앞을 자주 지나갔다. 정부영과 유원우는 같이 있으면 주로 날씨 이야기를 하거나 책등에 쌓인 먼지를 닦거나 유원우의 아이들이 먹다 남긴 마카로니 과자를 나누어 먹었고 정부영은 그것이 좋았다. 그것이 좋아서 다시는 찾아가지 않게 되었다. 정부영은 너무 오래 죽고 싶었기 때문에, 조금씩 살고 싶어지는 자신을 어떻게 다루어야 하는지 알 수가 없었다. "그런 것은 알 수 없지." 정부영은 유원우에게 전화를 걸지 않고 집까지 걸었다. 큰길을 향해 심긴 나무들. 욕조 가게. 니켈 간판. 세탁 오토바이. 사람을 졸리게 하는 발소리. 노인들이 꾸는 꿈. "졸리다." 정부영은 횡단보도를 건너는 사람들 틈에 섞여 함께 횡단보도를 건넜다. 그러고는 다시 돌아서서, 같은 횡단보도의 신호를 또다시 기다렸다. 또다시 신호가 바뀌었다. 또다시 경보음이 울렸다. 정부영은 건너지 않고 서 있었다. 사람을 졸리게 하는 발소리. 노인들이 꾸는 꿈. "졸리다." 정부영은 끊어지지 않고 이어지는 사람들의 발소리를 들었다. 그것은 좋지도 싫지도 않았다.

다음 날 정부영은 아침 일찍 통근버스를 타고 공장에 출근했다. 장부에 이름과 출근 시간을 나란히 적고 말없이 일했다. 유성우는 정부영보다 늦게 출근해 노란 지게차에 앉아 있었다. 바지 밑단에 오물이 묻었는지 조금 울상이었다. 정부영은 멀리서 유성우의 바지 밑단을 바라보다가 공병 몇 개를 분류하지 못하고 그대로 올려보냈다. "똑바로 해!" 곧바로 위에서 목소리가 들렸다. 정부영은 일에 집중했다. 오늘따라 담뱃재가 가득 들어 있는 공병이 많았다. 대부분 술집이나 식당에서 들어온 공병들이었다. 업소에서 사용되고 들어온 공병에는 이물질이나 오물들이 들어 있는 경우가 많았다. 담배꽁초와 담뱃재, 가래. 일부러 잘게 자른 영수증 종이나 먹다 남은 고기 조각, 장구벌레 같은 것들이었다. 그런 것들이 들어 있는 공병은 다시 사용할 수 없었다. 재사용도 재활용도 안 되는 빈 병은 컨베이어 라인 뒤쪽으로 나 있는 제2공장에서 차례대로 박살이 났다. 정부영과 유성우, 그리고 공장 동료들은 일하는 내내 그 소리를 들었다. 분명히 단단한 유리병이 깨지는 소리인 것을 알면서도 계속 듣고 있다 보면 뭔가가 연이어 터지는 소리 같기도 했고 이미 갈린 것을 또 한번 갈고 있는 소리 같기도 가끔은 밤까지 내리는 어두운 빗소리 같기도 했다. "그렇지 않나요." 정부영이 배달된 점심 도시락을 먹다가 몇몇 동료들에게 그것을 물었을 때, 동료들은 고개를 갸웃거리거나 인상을 쓰

며 정부영을 빤히 보았다. "아니. 잘 모르겠는데. 그것보다, 그
런 생각을 안 해."

탕비실에는 아무도 없었다. 오후 작업을 시작할 시간에 가
까웠다. 정부영은 개수대에서 손을 씻고 유리 선반에 남은 물
자국을 문질러 닦았다. 몸 상태가 좋지 않았다. 감기에 걸린 것
도 같았고 어쩌면 평소와 같은 몸 상태일 뿐인데 그것을 더는
견디기 싫은 것도 같았다. 정부영은 동료들에게 양해를 구하
고 잠깐 쉬기로 했다. "그러게 잠을 좀 자." 유성우가 들어와 작
업복 외투를 털며 말했다. 유성우의 작업복에서 냄새가 났다.
여기저기에서 엉겨 붙은 오물들 냄새였다. "성우야. 냄새가 난
다." 정부영이 말했다. "자꾸 냄새가 나." 유성우가 정부영을 돌
아보았다. "그런 말을 뭐 하러 해? 너한테서도 냄새가 나. 여기
는 다 그래." 오후 작업을 알리는 사이렌이 울렸다. 유성우는
오후 작업을 하러 나갔다. 정부영은 벽에 등을 기대고 바닥에
아무렇게나 놓인 플라스틱 박스를 주워 그 위에 앉았다. "맞아.
그런 말을 뭐 하러 해? 여기는 다 그래." 그러고는 눈을 감았다.
잠든 것은 아니었다. 곧이어 문이 열리는 소리가 들렸다. "뭐
야. 자네가 왜 여기에 있지?" 눈을 뜨자 소장이 보였다. 이마가

넓고 눈이 물고기처럼 툭 튀어나온, 어쩐지 겁이 많고 주변을 경계하는 듯한 인상의 남자였다. "안녕하세요." 정부영이 인사했다. "그래. 근데 자네가 왜 이 시간에 여기 있는 거냐고?" 소장이 다시 물었다. "잠깐 쉬고 싶어서요. 다른 사람들한테 허락을 받았어요." "내 허락은?" "쉬게 해주세요." "그래, 쉬어." 소장은 정부영에게서 눈을 떼지 않고 탕비실 안을 돌아다녔다. "지난주에는 무단결근. 다른 애들하고 어울리지도 않고 저 혼자서만 잘났지……. 라인이 아주 정신이 없었어. 어디에나 쓸 사람은 있고. 그래, 뭐 하려고? 그만 쉬어." 소장은 정부영이 대학을 졸업하고도 공장에서 일하는 것을 늘 못마땅하게 여겼다. "이게 쉽다고 생각하지는 말아야지." 소장은 종종 그와 같은 말을 되풀이했는데, 아직 말버릇이 된 것은 아니었고 하나의 말버릇으로 만들려는 과정으로 보였다. 소장이 처음으로 쉬라는 말을 한 것이었으므로 정부영은 조금 의아해져서 소장을 올려다보았다. "뭘 그렇게 봐. 대학 나온 애들은 이래서 다루기 어려워." 정부영은 고개를 끄덕이며 자리에서 일어났다. "오전 일당은 주세요. 일을 했어요." 소장은 장부를 확인하고 종이봉투에 오전 일당을 챙겨주었다. "그런데 왜 일을 했지?" 소장이 물었다. "잘 모르겠어요." 정부영이 대답했다. "저는 다루기가 어렵지 않아서요." 정부영은 작업복 외투를 벗어 옷걸이에 걸어두고 탕비실을 나왔다. 끓고 있는 가공 원액과 기계가 내뿜는 열기 때문에 작업장의 온도가 꽤 높았다. 눈앞에 있는 사물들의 윤곽이 여러 갈래로 흩어졌다가 다시 하나로 겹쳐져 보였다. 계단을 내려와 그곳을 가로지르는 일이 어쩐지 막막하게 느껴졌다. "하지만 두 발이 있으면 두 발로 설 수 있고…… 두 발로 설 수 있으면 두 발로 걸을 수도 있어." 정부영은 두 발로 계단을 내려와 작업장을 가로질렀다. "어디 가?" 유성우가 물었다. 지게차를 운전하고 있어 반쯤은 소리를 지르듯이 묻고 있었다. 정부영은 유성우의 목소리를 듣고 잠깐 걸음을 멈추었다.

"잘렸어."

"그러면 집에 가?"

"응."

"같이 가자. 같은 방향이니까, 조금만 기다려."

정부영은 가만히 있었다. 유성우는 정부영의 대답을 기다렸다.

"같이 안 가. 같은 방향이 아니야, 나는."

정부영이 대답했다.

정부영은 공장지대를 벗어나 버스 정류장까지 걸었다. 크레인 한 대와 물류창고들로 둘러싸인 구역을 지나자 주변이 지나치게 고요해졌다. 모든 기계 소리가 뒤로 사라졌다. 바람이 불 때마다 눈에 보이지 않는 작은 동물들이 다가와 등을 훑고 다시 멀어지는 것 같았다. 어느새 저녁이 되어 있었다. 정부영은 드물게 보이는 가로등에 눈이 얹어져 있는 풍경을 떠올려보았다. 떠올리기가 쉽지 않았다. 떠올리지 않기로 했다. 불을 밝힌 작은 노점상이 보였다. 그대로 노점상을 지나쳤다. 그런 곳에는 아무런 볼일이 없었다. 정류장에 다다른 정부영은 평소에 타는 버스를 타지 않고 다른 노선으로 가는 버스에 올라탔다. 정차한 버스가 정부영을 태우고 다시 출발했다. 정부영은 눈에 보이는 자리에 앉았다. "여기 자리 있어요." 옆자리에 먼저 앉아 있던 남자아이가 말했다. 모자를 깊게 눌러 쓰고 있어 얼굴이 잘 보이지 않았다. "누구 자리인데?" 정부영이 주위를 둘러보았다. "우리 엄마 자리예요. 다음 정거장에서 탈 거예요. 곧 와요. 빨리 일어나요. 다른 데 앉아요." 정부영은 앉은 자리에서 일어나 버스 손잡이를 잡았다. 이어서 자꾸 졸음이 쏟아져 서 있는 채로 여러 번 졸다가 깼다. "그런데 안 올걸." 정부영이 중얼거렸다. "그게 무슨 말이에요?" 아이가 물었다.

"너희 엄마 영영 안 올걸. 내가 알아." 아이가 고개를 들어 정부영과 눈을 맞추었다. 정부영이 웃었다. "그것도 몰라?"

"한번은,"

한번은 이런 꿈을 꾼 적이 있었다, 하고 정부영은 생각했다. "아닌데." 한번은 이런 꿈을 꾼 적이 있었다, 하고 정부영은 생각하지 않았다. "한번은 생각이라는 것을 해보고도 싶었지. 매일 꾸는 꿈에 대해서." 정부영은 한번 생각이라는 것을 해보고도 싶었다. 매일 꾸는 꿈에 대해서. "아닌데." 정부영은 자신이 무슨 생각을 하는지 모르고 있는 것처럼 굴었다. "그런가?" 정부영은 몸을 앞으로 숙인 채 걷고 있는 자신의 모습을 떠올려보았다. "나는 매일 계속되는 꿈이야. 그러면 어떤 것도 더는 꿈이 아니게 돼." 정부영은 매일 계속되는 꿈, 어떤 것도 더는 꿈이 아니게 되는 꿈속에 또다시 있었다. 꿈을 꾸고 있다는 것을 알고 나서도 쉽게 깨어나지 못하는 꿈이었다. "나는 한쪽 면이 새까만 책을 들고 운동장에 서 있어. 꿈속에서, 꿈에서 깨어난 얼굴로 또다시 꿈속에서 새파랗게 언 다리를 세우고 용도를 잃은 사물처럼 서 있어." 꿈속은 언제나 한낮이었고, 발등이 온통 눈에 덮여 있는데도 춥다는 느낌은 들지 않았다. 크고 작은 눈더미. 여기저기 던져진 머리가 검은 성냥들. 제설차. 눈이 녹은 냄새. 멀지 않은 자리에서 좁은 보폭으로 달리기를 하는 남자가 보였다. 남자가 달릴 때마다 열쇠를 떨어뜨리는 소리가 났다. "무릎이 닳아서 그래." 남자는 달리기를 연습하고 있었다. 그 대가가 아예 없지는 않아서, 남자는 눈에 띄게 늙어가는 자신의 몸을 빠르게 감각할 수 있는 듯했다. 남자는 눈에 띄게 노인이 되었다가, 다시 본래의 모습으로 되돌아왔다가, 또다시 눈에 띄게 노인이 되었다. "왜 이러지⋯⋯." 남자가 중얼거렸다. "내가 끝나지를 않아." 남자는 운동장에 그어진 금을 밟을 때마다 뒤를 돌았다. 정부영은 남자의 얼굴에서 다른 사람의 얼굴을 보았거나 혹은 보기를 기대한 듯 자리를 떠나지 않고 남자를 지켜보았다. 운동장에 쌓인 흰 눈이 햇빛을 반사해 눈이 부셨다. "방금 내가 또 금을 밟았는데, 봤지." 남자가 물었다. 정부영은 대답하지 않았다. "너는 봤지." 남자가 다시 물었다. 정부영은 두 질문이 같은 질문이라고 생각하지 않았다. "너는 말을 전혀 못 하는구나⋯⋯." 남자가 점점 멀어졌다. 남자가 멀어지는 동안 아무런 맥락도 없이 운동장에 쌓인 눈이 흰 모래로 변해 공중으로 부스스 흩날렸다. 흰 모래가 깔린 바닷가. 낮은 파도. 음울하게 불어오는 먼지 냄새가 나는 바람. 자고새. 남자는 보이지 않았다. 정부영은 남자가 보이지 않게 되었다는 것을 알고서 입을 열었다. "내가 봤어." 정부영이 주위를 둘러보았다. "이것 봐. 나는 말을 할 수 있어." 정부영은 남자가 달려간 방향을 따라 걷기 시작했다. 흰 모래에 발이 빠질 때마다 발걸음이 더욱 더뎌졌다. "시간이 좀 걸릴 거야." 정부영은 걸으면서 얼마든지 보고 싶은 것들을 떠올릴 수 있었다. 그럴 수가 있었다. 꿈속에서는, 보고 싶은 것들을 떠올리면 그것들이 곧바로 눈앞에 나타나곤 했다. 팔꿈치가 닿을 때마다 끈적거리는 소리가 나던 오래된 나무 탁자. 죽은 가족들. 납작한 귀를 가진 개 한 마리. 창밖으로 보이는 덥수룩한 봉분들. 햇빛. 물이 담긴 컵. 말린 사과 냄새. 그러나 정부영은 꿈속에서 아무도 보고 싶어 하지 않았고 아무것도 떠올리려고 하지 않았다. 무엇이든, 누군가의 기억 속에 너무 오래 남아 있는 것을 원하지 않을 수도 있었다. "그다지 해는 안 될 거야." 정부영은 일정한 속력을 지켜가며 계속해서 걸어갔다. 아무리 시간이 지나도 완전한 노인이 되지는 못할 것 같았다. "너무 멀다." 정부영은 자신을 에워싸고 있는 햇빛 속에서 또 한번 잠들 듯 눈을 감았다. 잠들어야만 깨어날 수 있는 꿈. 그것이 자신이 꾸고 있는 많은 꿈이 가진 규칙이라고 생각했다. "그런 생각은 안 했어."

"어디에서 내리면 되지?" 정부영이 물었다.

잠에서 깬 정부영은 몇몇 사람들과 함께 종점에서 내렸다. 차고지까지 가보고도 싶었으나 버스 기사와 단둘이 차고지에서 내려 걷고 싶지는 않았다. 시간이 늦어 거리에는 술에 취한 사람들이 많았다. 불 켜진 네온 간판 아래에 선 사람들의 얼굴에 생기가 돌았다. 정부영은 술에 취한 사람들을 피해 걸으며 주위를 둘러보았다. 멀리서 구운 음식 냄새가 났다. 정부영과 함께 내린 사람들은 육교를 건너고 골목을 돌아 서서히 사라졌다. 정부영도 뒤늦게 그들을 따라 육교를 건너고 골목을 돌았다. 연립주택으로 이루어진 단지가 나타났다. 붉은 벽돌로 지은 오래된 집들이었다. 누군가 창문을 열고 바깥을 내다보았다. "저도 그 사람 소식은 못 들었어요." 정부영은 얼굴이 보이지 않는 누군가를 올려다보았다. 창문이 닫혔다. 정부영은 길가에 놓여 있는 우산대를 주워 그것으로 바닥을 긁으며 걸었다. 단단한 아스팔트 바닥을 우산대로 긁어 듣기 싫은 소리

를 낸다는 것이 좋았다. "어디에 있지." 정부영은 아버지가 사
는 집의 위치를 모른 채로 그 집을 찾아 돌아다녔다. "단순한
속임수야." 비탈길과 이어진 좁은 골목을 벗어나자 세탁소 의
자에 앉아 학교 숙제를 하는 아이들이 보였다. "그걸 내가 왜
봐야 해." 이십사. 사십사. 오십육. 팔십. 팔십칠. 팔십팔. 아이
들은 두 자릿수가 넘는 숫자들을 외우고 있었다. 정부영은 아
이들을 지나쳐 처음 보는 집 대문 앞에서 걸음을 멈추었다. 휴
대전화를 꺼내 아버지에게 전화를 걸었다. 발신음이 이어졌
다. "여보세요." 아버지가 전화를 받았다. "그거 아세요, 제가
지금 아버지 집 앞에 와 있어요." 정부영이 말했다. "네가 집을
어떻게 알고?" 아버지가 물었다. "그러게요. 그런데 저는 다 알
아요." 정부영이 대답했다. 휴대전화 너머로 방문이 닫히는 소
리가 들렸다. 정부영은 그 소리를 들었다. "저는 다 알아요. 그
러니까 그 남자 말은 틀렸어요." 정적이 이어졌다. 숨소리. 음
악 소리. 가스등의 불을 켜는 소리. 설탕 봉지를 뜯는 손. "아직
도 그런 소리를 하고 있어?" 아버지가 물었다. "네. 저는 아직
도요." 정부영이 대답했다. 꿈에서 보았던 남자의 얼굴이 좀처
럼 떠오르질 않았다. "그 남자 말은 틀렸어요. 저는 말을 잘할
줄 알아요." 전화가 끊어졌다. 제자리에 서 있는 정부영의 등

뒤로 배달 오토바이와 과일 트럭이 지나갔다. "끊는다고 말을 안 하고 끊었어." 정부영이 중얼거렸다. "끊는다고 말을 해야지." 정부영은 우산대를 발끝으로 차며 같은 말을 되풀이했다. "이렇게 끊는다, 끊는다, 하고."

"놓는다, 놓는다, 하고."
정부영은 우산대를 손에서 놓지 않았다.

여전히 눈은 내리지 않았다. 정부영은 방수천이 뜯어진 우산대를 손에 쥐고 걸었다. 의류 수거함 부근에서는 걸음을 늦춰 자신보다 걸음이 느린 노인이 앞서가도록 내버려두기도 했다. 노인의 어두운 뒷모습이 시야에서 사라지자, 정부영은 주택 앞에 있는 계단참에 앉아 캄캄한 허공에 시선을 버려두었다. 보이는 것이 별로 없었다. 다 자란 풀이나 돌들이 윤곽으로만 흐릿하게 보였다. 정부영은 그것들을 우산대로 휘젓고 두드려보았다. "놓는다." 정부영이 중얼거렸다. "놓는다. 놓는다." 정부영은 우산대를 아직도 손에 쥐고 있었다. 정부영은 일어나서 다시 또 걸었다. "거기서 뭐 하세요?" 순찰을 돌던 경찰관이 정부영에게 물었다. "걷고 있어요." 정부영이 대답했다.

"잠깐만 서보세요." 정부영은 서지 않았다. 호각 소리가 들렸다. 경찰관에게 붙잡혔다. 몸싸움은 없었는데 발에 걸려 넘어졌다. 혐의랄 게 없었기에 금방 놓였다. 단지를 빠져나왔다. 바닥에 쓸린 왼쪽 뺨에서 작은 북이 울리는 것 같았다. 정부영은 열이 오른 뺨을 두고 계속 걸었다. 뺨 안쪽에서 피가 조금씩 샜다. 눈이 내리기 시작했다. 정부영은 눈이 동그래져서 하늘을 올려다보았다. 납작하고 작은 눈송이들이 정부영의 이마에 닿자마자 단번에 녹아 사라졌다. 눈을 맞는 정부영의 얼굴 위로 전신줄 그림자가 어른거렸다. 시간은 20분 가까이 지나, 이제는 눈이 아주 많이 내리고 있었다. "이렇게나 눈이 많이 내리는 건 조금 이상하다." 이렇게나 눈이 아주 많이 내리고 있어서, 성당에서 나온 사람들이 서둘러 우산을 펼치고 가로등 아래를 지나갔다. "저희도 그게 믿음에 나쁘다는 것을 알고는 있지만요……." 그들은 회비와 저금에 대한 이야기를 하고 있었다. 정부영은 회비와 저금에 대한 이야기를 듣다가 말았다. 앞서 걷는 사람들이 남긴 발자국에 발을 맞춰 걸어보다가 말았다. 성당에서 나온 사람들과 함께 있는 작은 개가 흰 눈을 깨물고 있는 것을 구경하다가 말았다. 정부영은 손에 쥐고 있던 우산을 눈이 가득 쌓인 화단 앞에 두었다. 추위에 언 잎사귀들이 정부영의 손에 닿아 흔들거렸다. 정부영은 다시 걸었다. 바람이 불었다. 바람을 맞아 부서진 눈송이들이 정부영을 비껴갔다. 뺨이 따가웠다. 더는 걷고 싶지 않았다. 걸음을 멈추었다. 정부영의 어깨 위로 눈이 쌓이기 시작했다. 정부영은 가로등에 얹어진 눈이 열에 녹아 흐르는 것을 보았다. 어째서인지 아주 긴 잠에서 깨어난 기분이 들었다. 정부영은 자신을 향해 다가오는 사람들의 얼굴을 피하지 않고 모두 마주쳤다. 사람들의 얼굴을 마주칠 때마다 느리게 발을 굴렀다. "두 발이 있으면 두 발로 설 수 있어." 정부영의 발에 밟힌 눈은 까맣게 뭉개져 온통 물이 되었다. 검게 고인 물 위로 또다시 흰 눈이 덮였다. 정부영은 그 모습을 보고 조금 웃다가, 가벼워진 얼굴로 고개를 떨구었다. "그런데 나는 잘 모르겠어."

투명 비둘기

성수나

티켓 부스에서 재화의 이름을 대자, 표를 건네려던 여자가 놀란 얼굴로 나를 쳐다보았다.

"재화 배우님 초대로 오셨어요?"

나는 고개를 끄덕였다. 여자가 살짝 인상을 찌푸리며 물었다.

"어머……. 재화 배우님은 좀 어떠세요?"

"바쁘대요. 억울해하다가 아파하고 억울해하다가 아파하고."

내 말에 여자의 얼굴이 이상한 방식으로 일그러졌다. 웃어야 할지 말아야 할지 고민하는 얼굴이었다. 재화의 소식을 접한 사람들은 대부분 이런 표정을 지었기에 나는 그들보다 먼저 웃어 보이는 걸로 상황을 넘기곤 했다. 그럼 대부분이 함께 웃었다. 이번에도 그 방법은 통했고, 여자가 재화에게 안부를 전해달라며 내게 표를 건넸다.

"저기 앞에 보이시는 계단 내려가면 극장인데요. 계단이 좀 가팔라서 많이 조심하셔야 돼요."

그러면서 여자는 어둑한 계단 입구를 가리켰다. '많이'라는 단어를 유난히 힘주어 말하기에 왜 그런가 싶었더니 계단을 보자마자 단번에 납득이 갔다. 계단은 정말 많이 가팔랐고 거기다 폭이 좁아서 발을 조금만 헛디뎌도 계단 아래로 굴러 떨어질 것 같았다. 따로 난간이 있는 것도 아니어서 벽을 짚으며 내려가야 한다는 게 가장 아찔했다. 내가 아는 사람 중에 이 계단을 성큼성큼 오르내릴 수 있는 사람이 몇이나 있을까. 내 머릿속에 떠오른 거의 모든 사람이 계단 바깥에 남았다. 그중에는 재화도 있었다. 물론 나도 있었다. 나도 재화도 운동신경이 좋은 편은 아니었다. 딱 한 사람, 성미만이 계단을 성큼성큼 내려갔다. 성미는 계단을 어느 정도 내려가면 남아 있는 계단이 몇 개인지 헤아리지도 않고 그 자리에서 점프해 한 번에 뛰어 내려가곤 했다. 그런 성미의 뒷모습에 대고 나와 재화는 늘 "야, 다리 부러져!", "같이 좀 가" 같은 말을 외쳤다. 성미는 분명 이 계단도 단번에 뛰어내렸을 것이다. 나도 한번 해볼까, 그런 생각을 하면서 잠시 계단을 내려다보았다. 물론 진짜로 그

럴 수는 없었다. 나는 양손으로 벽을 짚고 하나씩 계단을 내려
가기 시작했다. 바깥에서 들리는 소음이 점차 멀어지고 바람
소리가 들려왔다. 극장에서 틀어둔 프리셋 음향 같았는데, 그
탓에 꼭 동굴 안으로 들어가는 듯했다. 극장에 다다를수록 조
금씩 밝아지는 빛에 의지한 채로 열 개가 조금 넘는 계단을 모
두 내려오자 아이고 소리가 절로 나왔다. 공연 10분 전임에도
객석은 꽤 비어 있었고, 나는 어디에 앉을까 잠시 고민하다 계
단이 정면으로 보이는 자리에 가 앉았다. 공연 시작 시간이 다
가올수록 사람들이 하나둘씩 계단을 내려오기 시작했고, 다들
곡소리를 하며 마지막 계단에서 발을 떼는 모습을 가만히 지
켜보았다. 대학생으로 보이는 남자가 계단을 다 내려와 "죽겠
네……" 하고 중얼거리며 구석에 가 앉자, 객석 등이 꺼지고 완
전한 어둠이 찾아들었다. 어둠 속에서 나는 배우들이 입장하
는 기척을 느꼈다. 얼마 있지 않아 무대가 밝아졌고, 여자 두
명이 의자에 앉은 채 객석을 바라보고 있었다. 여자들은 회색
수영모에 보라색 머플러, 초록색으로 포인트가 들어간 회색
망토를 두른 채로 자신들을 비둘기라고 소개했다. 왼쪽에서부
터 비둘기1, 비둘기2 그리고.

"비둘기3은 이쪽. 우리 막내예요."

비둘기2가 그들이 앉은 것과 똑같은 빈 의자를 가리키며 말했다. 객석에서 누군가 웃음을 터뜨렸다. 그러자 비둘기1이 비둘기3에 얽힌 기이한 사연을 설명하기 시작했다. 원래 이 비둘기들은 세 자매였으나 비둘기3이 얼마 전 밤 비행을 하다가 번개에 맞아 투명 비둘기가 되어버렸다는 것이었다. 관객 몇몇이 어이없다는 듯 웃었다. 나는 그때부터 연극에 집중할 수 없었고 고개를 숙인 채 내 손만 쳐다보았다. 그렇다고 러닝 타임 90분 동안 계속 고개를 숙이고 있을 수는 없는 노릇이라, 20분 정도가 지났을 때 나는 다시 고개를 들었다. 무대 쪽을 바라보면 빈 의자에만 시선이 갈 것 같아서 계단을 바라보았다. 검정색 커튼으로 가려둔 터라 마지막 계단만이 얼핏얼핏 보였다. 비둘기1과 비둘기2가 노래를 부르기 시작하자 무대 조명이 분홍빛으로 바뀌었다. 덩달아 계단도 은은한 분홍빛으로 물들었다. 무대 조명에 따라 계단은 계속해서 색을 바꾸었다. 분홍색에서 노랑색으로, 노랑색에서 파랑색으로 바뀌는 계단을 보면서 나는 평생 저 계단만 보고 있을 수도 있겠다는 생각이 들었다. 계속 보고 있으면 누군가 성큼성큼 계단을 내려올 것 같았다. 내가 늦었지, 하고 계단을 폴짝 뛰어내려 나에게로 걸어올 것 같았다. 하지만 당연하게도 그런 일 없이 연극은 끝이 났다. 무대가 암전되었다 다시 서서히 밝아지자, 사람들이 배우들에게 박수를 보냈다. 애초에 관객이 별로 없었기에 박수 소리는 구멍 뚫린 바가지로 물을 뜨듯 새어 나갔다. 배우들이 한 명씩 앞으로 나와 인사를 하고는 마지막으로 빈 의자를 향해 박수를 쳤다. 비둘기3, 아니 투명 비둘기에게 보내는 박수일까. 나는 끝내 박수를 치지 못했다.

*

엘리베이터에 천도복숭아 냄새가 퍼졌다. 나는 울룩불룩한 검정 비닐봉지를 다리 뒤로 숨겨보았으나 냄새까지 숨길 수는 없었다. 링거줄을 늘어뜨린 사람들이 나를 흘깃거렸다. 똑같은 환자복을 입고 각기 다른 방식으로 아픈 사람들 속에서 천도복숭아가 가득한 비닐봉지를 든 나는 완전한 이방인처럼 보였다. 재화는 왜 하필 천도복숭아를 먹고 싶다고 했을까. 나는 속으로 재화를 욕하면서 엘리베이터의 전광판을 올려다보았다. 엘리베이터가 5층에 다다르자 나는 비닐봉지를 끌어안고 서둘러 내렸다. 다행히도 복도에는 약품 냄새, 음식 냄새, 세제 냄새 따위가 뒤섞여 있어 천도복숭아 냄새가 묻혔다.

복도를 따라 늘어선 병실은 모두 문이 활짝 열려 있었다. 복도 벽에는 '병실 문은 늘 열어두세요.', '복도에서 뛰거나 큰 소리로 통화하지 말아주세요' 등의 문구가 일정한 거리를 두고 붙어 있었고, 간호사가 딱히 누구에게라고 할 것 없이 무언가를 외치며 바쁘게 복도를 오갔다. 병실 주변을 지날 때마다 음악 소리나 텔레비전 소리, 대화를 나누는 목소리들이 들려왔다가 멀어졌다. 누군가 악을 쓰며 우는 소리나 웃음소리가 들리기도 했다. 나는 15호실을 찾아 병실 안을 들여다보다가 마침 링거대를 끌고 나오는 여자와 부딪칠 뻔한 뒤로 벽에 붙어 걸었다. 그럴 리가 없는데도 이곳에서 아프지 않은 사람은 나뿐인 것 같았다. 나는 자꾸만 숙여지는 고개에 힘을 주었다.

15호실에서는 아무 소리도 들리지 않았다. 침대마다 커튼이 드리워 있어 모두 빈 침대인가 싶었지만, 간혹 커튼 사이로 맨발이 불쑥 튀어나와 있거나 링거대가 솟아 있어 누군가 거기 있음을 짐작할 수 있었다. 오른쪽 창가 앞에 있는 재화의 침대만 커튼이 활짝 열려 있었다. 환자복을 입은 재화가 병실에 들어선 나를 발견하고는 손을 흔들었다. 재화의 멀쩡한 모습에 익숙한 나로서는 왼쪽 다리에 깁스를 하고 허리에 보호대를 찬 재화를 보자마자 흠칫할 수밖에 없었다. 얼굴과 손에는 크고 작은 반창고가 붙어 있어 재화는 꼭 산산조각 난 도자기 인형처럼 보였다.

"너희 동네에서 산 거지? 이 동네 슈퍼나 과일 트럭 같은 데서 산 거 아니지?"

재화가 내 손에 들린 비닐봉지를 쳐다보며 말했다. 다리만 성했다면 내 손에서 비닐봉지를 홱 채갔을 재화지만, 그럴 수가 없으니 대신 침대 테이블만 툭툭 쳐댔다. 나는 비닐봉지를 테이블에 올려두고 침대 주변에 커튼을 쳤다. 뒤에서 재화가 커튼 치면 답답하다면서 꿍얼거렸지만 나는 꼼꼼히 커튼을 친 후에 침대 아래에서 간이의자를 꺼내 앉았다. 재화는 천도복숭아를 꺼내 옷에 쓱 닦고는 바로 한입 베어 물었다. 재화가 천도복숭아를 씹어 삼킬 때마다 턱에 붙은 반창고가 일그러졌다. 과즙을 뚝뚝 흘리며 순식간에 천도복숭아 하나를 해치운 재화를 내가 어이없다는 듯 쳐다보자, 재화가 어깨를 으쓱였다.

"병원에서 나오는 과일이 진짜 맛없어. 야, 샤인머스켓이 맛없기 쉽지 않잖아. 근데 여기는 그 어려운 걸 해낸다. 이 동네 전체가 과일의 저주를 받았어. 어디서 뭘 사와도 맛없어."

재화는 500원짜리 동전만 한 씨를 테이블 위로 툭 뱉어내며 말했다. 그러고는 복숭아를 하나 더 꺼내 먹기 시작했다. 나는 지금 재화의 모습을 촬영해서 재화의 안부를 묻는 사람들에게 보여주고 싶었다. 재화를 두고 웃어야 할지 말아야 할지 고민할 필요가 없다는 걸 모두가 알았으면 했다. 나는 재화가 세 번째 복숭아까지 해치우는 걸 가만히 지켜보았다. 링거가 꽂혀 있는 왼손은 최대한 사용하지 않으면서 오른손만으로 복숭아를 쥐고 턱에 흐르는 과즙을 훔쳐내는 움직임이 꽤 익숙해 보였다. 확실히 아파 보이긴 했으나 그래도 착실히 회복해가고 있었다.

"연극은 봤어?"

재화가 세 번째 씨를 뱉어내며 물었다. 나는 서랍 위에 있던 물티슈를 재화에게 건넸다.

"보기 전까지 병문안 오지 말라며."

"어땠어?"

어땠냐니. 나는 재화가 이 질문을 할 때마다 늘 말문이 막혔다. 재화가 내게 연극 초대권을 보내준 지도 올해로 벌써 6년째였고, 지금까지 내가 본 연극만 족히 스무 편은 넘었지만 그럼에도 어땠냐는 이 단순한 질문이 늘 어려웠다. 내가 뭐라고 답하든, 재화의 질문이 꼬리에 꼬리를 물고 이어질 것이라는 걸 알기 때문이었다. 재미있다고 대답하면 정확히 무엇이 어떻게 재미있었는지 알고 싶어 했고, 지루했다고 대답하면 처음부터 지루했는지 중간부터 지루했는지 알고 싶어 했다. 그럴 때마다 나는 평론가도 아니고 전공자도 아니며, 그냥 아무 생각 없이 보기만 했다고 나 자신을 변호했으나 재화는 그 '아무 생각 없이 보기'가 궁금하다고 재촉했다.

어땠더라. 나는 어제 본 연극을 머릿속으로 되짚어보았다. 기억나는 거라곤 빈 의자와 계단이 전부였다. 빈 의자를 떠올리면 견딜 수 없어졌고, 계단을 떠올리면 계속할 수 있을 것 같았다. 90분의 러닝 타임 동안 내가 느낀 거라곤 그뿐이었다. 한마디로…… 괴로웠다. 나는 고민하다가 고개를 들었다. 재화가 테이블 위에 손을 가지런히 모은 채 나를 쳐다보고 있었다. 그 모습이 꼭 판결을 기다리는 사람처럼 보여서 나는 웃고 말았다.

"너 투명 비둘기 됐더라."

내 말에 재화가 고개를 끄덕였다.

"공동창작극이라 날 완전히 삭제하기도 그래서 그냥 투명 비둘기로 바꿨어. 어땠어? 그 설정 때문에 흐름이 어그러지고 그러진 않아?"

머릿속에 다시 빈 의자가 떠오르려 하자 나는 얼른 고개를 저었다.

"별로. 사람들 많이 웃던데."

"웃어? 아 원래 웃긴 공연 아닌데, 슬픈 내용인데."

재화가 한숨을 내쉬며 말했다. 내용에 대해서는 기억나는 게 하나도 없어서 나는 아무런 대꾸도 하지 않았다. 인물 하나가 빠졌다고 해서 공연 내용이 완전히 달라질 수 있나. 나는 스스로에게 물었고 답은 당연히 '그렇다'였다. 모든 게 달라질 수 있다. 나는 생각을 그만두었다.

"이번 공연, 진짜 잘해보고 싶었는데."

재화가 창밖을 쳐다보며 중얼거렸다. 재화는 공연 일주일 전, 횡단보도를 건너다가 교통사고를 당했다. 신호를 어기고 우회전을 하던 택시에 재화를 포함해 2명이 다쳤으나 가장 크게 다친 건 재화였다. 운전자는 비둘기가 차창 앞에서 갑자기 날아올라 앞이 보이지 않았다고 진술했다. 블랙박스를 확인해보니 비둘기가 날아올라 시야를 가린 건 사실이었으나, 그렇다고 운전자의 과실 비율이 줄어들지는 않았다. 사람들이 재화의 소식을 접하고 웃어야 할지 말아야 할지 고민하는 이유가 여기에 있었다. 비둘기 역할 맡았다가 비둘기 때문에 교통사고를 당하다니, 이거 완전 운명의 장난 아니냐. 재화는 사고를 당하고 며칠 뒤에야 내게 그렇게 메시지를 보내왔고, 나는 바로 전화를 걸었지만 재화는 받지 않았다. 대신 메시지가 연달아 왔다. 괜찮음. 진짜로. 살아 있음. 나는 메시지를 몇 번이나 반복해 읽었다. 어디 병원이야? 어느 정도 진정이 된 후 내가 메시지를 보내자, 재화는 연극 보기 전까지는 오지 말라면서 병원 주소 대신 극장 주소를 보내왔다.

재화는 생각에 잠긴 듯 계속해서 창밖만 내다보았다. 나는 재화에게 위로를 건네야 하나 고민했으나 딱히 뭐라고 해야 할지 떠오르지 않았다. 사실 하고 싶은 이야기는 따로 있었다. 하지만 어떻게 시작하면 좋을지, 막상 말하고 나면 나도 재화도 그 모든 걸 견딜 수 있을지 알 수 없었다. 나는 테이블 위에 재화가 뱉어놓은 천도복숭아 씨앗 세 개를 골똘히 쳐다보았다. 옹기종기 모여 있는 모습이 꼭 작은 알처럼 보였다.

"맞다. 야, 내가 대박인 거 하나 알려줄까."

재화의 목소리에 나는 고개를 들었다. 재화는 웃고 있었다.

"그때, 사고 났을 때 그 비둘기, 안 죽었다. 차도에 누워 있는데 날아가는 거 보이더라."

때마침 재화 뒤로 창밖으로 새들이 날아가는 게 보였다. 내가 어, 하고 창밖을 가리키자 재화가 얼른 뒤를 돌아봤지만, 새들은 이미 맞은편 빌딩 사이로 사라지고 없었다.

✳

[공연 매진이래. 전 회차.]

퇴근길 지하철에서 재화의 메시지를 받았다. 무표정으로 고개를 갸웃하는 강아지 이모티콘이 연달아 날아왔다. 아무래도 납득이 안 되는 모양이었다. 나는 답장을 보냈다.

[갑자기?]

[○○ 스태프들 말로는 입소문 탔다는데. 이런 적 처음임.]

[축하해.]

나는 폭죽이 터지는 이모티콘을 함께 보냈다. 숫자 '1'이 바로 없어졌으나 답장은 오지 않았다. 나는 약간의 안도감을 느꼈다. 재화가 공연이 정확히 어땠는지 다시 물어와도 할 말이 없었기 때문이었다. 입소문, 전 회차, 매진. 지금까지 재화가 출연했던 공연은 대체로 이 세 가지 단어와 거리가 멀었기에 나도 의아하긴 마찬가지였다. 공연을 집중해서 볼 걸 그랬나. 뒤늦게 후회가 들긴 했으나 다시 돌아가더라도 나는 계단만 쳐다보며 90분을 보냈을 것 같았다. 대체 연극의 어떤 점이 사람들을 불러 모은 걸까. 잘은 몰라도 재화가 당한 사고가 한몫하지 않았을까 하는 생각이 들었다. 연극 관계자들 사이에 재화의 소식은 이미 퍼질 대로 퍼져 있었으니, 어쩌면 그게 서브텍스트처럼 작용하면서 연극이 또 다른 결을 갖게 된 건 아닐까. 빈 의자로 표현된 투명 비둘기라는 설정이 누군가에게는 매우 그럴듯한 비유로 읽힌 게 아닐까. 그런 게 사람들을 불러 모을 수도 있다는 게 나는 갑자기 견딜 수 없어졌다. 극장에 모여 앉아 웃고 있을 사람들을 생각하니 화가 나기까지 했다.

그때 재화에게서 다시 메시지가 왔다.

[야, 해성아. 너 이번 주 일요일에 시간 돼?]

재화의 이 질문은 즉 이번 주 일요일에 공연을 볼 수 있느냐는 뜻이었기에 나는 인상을 찌푸렸다. 다시는 그 공연을 보고 싶지 않았다. 나는 빠르게 자판을 두드렸다.

[싫어.]

이번에도 '1'은 순식간에 사라졌지만 바로 답장이 오지는 않았다. 나는 재화가 답을 보낼 때까지 끈질기게 휴대전화를 내려다보면서, 재화가 왜? 라고 물어오면 뭐라고 답할지 생각했다. 여러 말이 떠올랐지만 결국 다 같은 말이었다. 그 연극이 진짜 개 별로고 무책임한 데다가 쓰레기라서. 나는 지금까지 재화의 연극을 두고 이런 말을 해본 적이 단 한 번도 없었다. 심장이 빠르게 뛰었다.

[알게쓰.]

하지만 정작 재화에게서 온 답장은 이게 전부였다. 갑자기 맥이 풀렸다. 나는 휴대전화를 가방에 던져 넣었다. 옆에 서 있던 사람이 나를 쳐다보는 게 느껴졌으나 그마저도 짜증이 났다. 눈을 어디에 둬도 사람들이 보여서 나는 내 발을 내려다보았다. 이렇게 견딜 수 없이 화가 나는 건 오랜만이었다. 나는 속으로 숫자를 1부터 100까지 세기 시작했다. 성미가 알려준 방법이었다. 86까지 셌을 때 어느 정도 화가 가라앉았고, 고개를 들어보니 내가 내려야 할 역을 이미 지나쳐 있었다. 나는 사람들 사이를 헤집고 지하철에서 내려 반대편 플랫폼으로 걸어가며 휴대전화를 확인했다. 재화에게서 부재중 전화 두 통과 메시지 하나가 와 있었다.

[그럼 토요일에 나 바나나 좀 사다 주면 안 돼?]

나는 알겠다고 답장을 보냈다.

*

　내가 재화의 공연을 매번 한 편도 빼놓지 않고 보러 가자, 사람들은 처음엔 내가 재화의 열성 팬이라고 오해했다. 그러다 내가 재화와 고등학교 동창이라는 걸 알고 나서는 저런 친구 없다며 재화를 부러워했다. 그럴 때마다 나와 재화는 그냥 웃어 보였다. 웃으면 대답하지 않아도 넘어갈 수 있다는 걸 나도 재화도 잘 알았다. 그래도 간혹, 아무리 친한 친구라고 하더라도 왜 매번 재화의 공연을 보러 오느냐고 끈질기게 묻는 사람이 있었다. 재화는 제가 공연을 보는 눈이 좋아서 매번 재미있는 공연만 하니까요, 라고 너스레를 떨었지만 그 사람은 끈질기게 내게 대답을 요구했다. 내가 아무리 웃어넘기려고 해도 그 사람은 포기하지 않았다. 나는 대답을 미루고 미루다가 재화가 표를 보내주기에 매번 보러 오는 거라고 답했다. 그 사람은 석연치 않다는 듯 나와 재화를 번갈아 보았고, 나는 그 사람이 물러날 때까지 그냥 웃었다. 그런 나를 빤히 쳐다보는 재화의 시선을 나는 알면서도 모른 체했다.

　사실 내가 재화의 공연을 매번 보러 가는 이유는 딱 하나였다. 재화 나름대로 삶을 견디는 방법이 거기 있다는 걸, 매번 다른 사람이 되어 무대 위에 서는 방식으로 재화는 계속 나아가고 있다는 걸 알기 때문이었다. 성미가 죽고 재화가 대학 입시 대신 배우를 준비하겠다고 선언했을 때, 나는 무심코 재화가 성미의 꿈을 대신 이루려고 하는 건가 싶었다. 하지만 생각해보니 성미의 꿈은 배우가 아니었다. 그럼 뭐였지, 아무리 떠올려도 기억나지 않았다. 그래서 아무 말도 할 수 없었다. 그러는 동안 재화는 무대 위에서 계속해서 모습을 바꾸며 울고 웃고 화내고 상처받고 행복해했다. 재화는 계속해서 재화가 아닌 다른 무언가가 되어갔다. 재화는 그런 식으로 삶을 견뎠다. 가끔은 다섯 살 어린아이가 되기도 했고, 이십대 남자도 됐다가 육십대 여자를 거쳐 돌이 됐다가 거인이 되기도 했지만 절대 죽지는 않았다. 재화가 공연을 고르는 기준은 그거 딱 하나였다. 인물이 극 도중에 죽으면 페이가 얼마나 높든 작품이 얼마나 좋든 간에 절대 선택하지 않았다. 당연히 그리스 비극이나 셰익스피어 작품은 단 한 번도 하지 않았고, 온갖 이유로 여자를 끽하면 죽인다면서 재화와 나는 작가들을 욕했다. 밤새열성적으로 욕했다.

그런 때도 있었는데. 요즘은 재화와 그런 대화를 나눠본 기억이 별로 없다. 그저 재화가 초대해준 연극을 보고 함께 저녁을 먹고 공연이 어땠냐는 재화의 질문에 건성으로 대답한 뒤 헤어졌다. 그뿐이었다. 나는 바나나 가판대를 내려다보면서 문득 이제 그만둘 때가 되었나 하는 생각을 했다. 이제 재화의 공연을 그만 보러 가야 하는 걸까. 그렇게 되면 나와 재화는 어떻게 되는 걸까. 재화와 멀어진다면, 그렇다면 성미는. 거기까지 가닿자 나는 생각을 그만두고 가판대에서 송이가 가장 많이 달린 바나나를 골라 바구니에 담았다. 바로 옆 가판대에 샤인머스켓이 있기에 살까 말까 잠시 고민하다가 그만두고 계산대로 향했다. 이 동네는 어딜 가도 과일이 맛없으니 절대 사 오지 말라고 재화가 저번에 당부했었지만, 그냥 이번만큼은 재화에게 맛없는 과일을 사다 주고 싶었다. 내가 계산대에 바나나가 담긴 바구니를 올려두자, 사장으로 보이는 여자가 나를 빤히 쳐다보았다.

"요 앞 병원에 병문안 왔지요?"

나는 잠시 망설이다가 고개를 끄덕였다. 여자가 기다렸다는 듯 계산대 옆쪽에 있는 가판대를 가리켰다. 과일 바구니 세트가 종류별로 모여 있었다.

"이거 하나만 달랑 사가면 아픈 사람 섭섭하지, 저거 하나 사가요. 이 동네 슈퍼 중에 우리가 제일 싸게 파는데."

나는 이왕 줄 거 더럽게 맛없는 과일들이 한 아름 들어 있
는 저 바구니를 주는 게 더 낫지 않을까 잠시 고민하다가 아무
래도 낭비 같아서 고개를 저었다. 여자는 내가 돈을 내고, 영수
증을 기다리는 동안에도, 슈퍼를 나설 때까지도 내게 과일 바
구니를 권하다가 끝내 통하지 않자, 답답하다는 듯 소리쳤다.

"환자가 섭섭해한다니까."

"그러라고 사 가는 건데요."

내가 대꾸하자 여자가 어이없는 얼굴로 나를 쳐다보았다.
기분이 조금 나아졌다.

15호실은 오늘도 조용했다. 하나 달라진 게 있다면 늘 커
튼이 열려 있던 재화의 침대에 커튼이 꼼꼼히 드리워져 있다
는 점뿐이었다. 나는 재화의 침대 앞에서 괜히 여기가 맞나 싶
어, 커튼 안을 슬쩍 들여다보았다. 누워 있는 재화의 옆얼굴이
보였다. 나는 커튼을 활짝 열어젖히려다가 멈칫했다. 재화가
잠들어 있었다. 나는 커튼을 천천히, 소리 없이 열고 그 안으
로 들어갔다. 링거를 꽂은 왼손은 옆구리에 붙이고, 오른손은
가슴에 올린 채 잠든 재화의 얼굴에는 핏기가 없었다. 바나나
를 쥔 손에 나도 모르게 힘이 들어갔다. 재화의 가슴께를 뚫어

져라 쳐다보자, 가슴이 미약하게 올라갔다 내려갔다 하는 것이 보였다. 나는 바나나를 쥔 손에 힘을 풀었다. 그리고 최대한 소리가 나지 않게 조심하면서 침대 아래에서 간이의자를 꺼내 앉았다. 잠든 재화의 얼굴을 보는 건 정말 오랜만이었다. 고등학교 졸업하고 처음인가 싶어 헤아려보니 7년 만이었다. 힘이 완전히 풀어진 재화의 얼굴은 이상하게 낯설었다. 재화 같으면서도 재화 같지 않았다. 성미는 잠든 재화의 얼굴을 점토처럼 두 손으로 주무르는 걸 좋아했다. 그러면서 내게 "가끔 보면 유재화는 나중에 길거리에서 만나면 못 알아볼 것처럼 생겼다"라고 말하곤 했다. 그때는 그 말을 이해하지 못했는데 지금에서야 그 말뜻을 이해했다. 나도 언젠가 재화를 알아보지 못할 것 같았다.

나는 바나나를 서랍 위에 올려두려다가, 아까 나도 모르게 세게 쥐면서 손톱자국이 남은 송이 몇 개를 떼어냈다. 이걸 버려야 하나 말아야 하나 고민하면서 주변을 둘러보는데, 서랍 위에 종이 뭉치가 놓여 있었다. 얼마 전에 본 연극 대본이었다. 얼마나 읽었는지 모든 페이지가 너덜너덜했다. 나는 대본을 슬쩍 훑어보았다. 대사마다 연필로 쓴 재화의 글씨가 빼곡했다. 어떤 대사는 연필로 몇 번이나 동그라미를 쳐 글자가 제대로 보이지 않을 지경이었고, 어떤 대사에는 물음표가 열 개나 그려져 있었다. 나는 천천히 대본을 읽어 내려갔다. 재화가 사고를 당하기 전, 그러니까 '비둘기3'이 번개를 맞고 '투명 비둘기'가 되기 이전 버전의 대본이라서 '비둘기3'의 비중이 생각보다 컸다. 연극을 보러 극장에 가기는 했으나, 무대 대신 계단만 보고 있었던 탓에 나는 대본의 모든 이야기가 새로웠다. 물론 그렇다고 재미있지는 않았다. 세 마리의 비둘기들이 한 사람을 관찰하며 나누는 대화로만 이루어져 있어, 이렇다 할 줄거리도 없었다. 흔히 부조리극이라고 하는 연극처럼 앞뒤가 맞지 않거나 그 의미를 정확히 알 수 없는 대사들도 많았다. 심지어 비둘기들이 지켜보는 그 사람은 무대에 등장하지도 않았다. 대본을 읽다 보니 연극이 전 회차 매진된 데에는 재화의 사고가 결정적인 역할을 했다는 확신이 한층 강해졌다. 결말은 더욱 어이가 없었다. 이전까지는 사람 말을 구사하던 비둘기들이 갑자기 '구구구구' 하고 뜻을 알 수 없이 울면서 끝이 났다. 특히 '비둘기3'이 가장 오래 운다고 적혀 있었는데, 그에 대한 부연 설명도 따로 없었다.

"다 읽었어?"

깜짝 놀라 고개를 드니, 재화가 나를 쳐다보고 있었다. 재화는 끙 소리를 내고는 상체를 일으켜 앉아 침대 헤드에 걸어 놓은 허리 보호대를 능숙하게 찼다. 나는 대본을 슬쩍 내려놓고 재화에게 바나나를 건넸다.

"상태가 왜 이래? 이거 어디서 샀어?"

재화가 바나나에 찍혀 있는 내 손톱자국을 들여다보며 물었다. 내가 대답하지 않자, 재화는 나를 미심쩍은 얼굴로 쳐다보면서 바나나 껍질을 까 한 입 베어 물었다. 재화의 얼굴이 바로 일그러졌다.

"야, 내가 이 동네에서 과일 사지 말랬잖아. 여기 과일 다 쓰레기라니까."

"너도 나한테 쓰레기 같은 연극 보러 오라고 하잖아."

말해놓고 아차 싶어 재화를 쳐다보자, 재화가 천천히 고개를 끄덕이며 그건 그렇네, 중얼거리고는 바나나를 마저 먹었다. 나도 재화도 더는 아무 말도 하지 않았다. 재화는 괜히 다 먹은 바나나 껍질을 들여다보며 고개를 갸웃거렸다. 아무래도 내 손톱자국의 정체에 대해 생각하는 모양이었다. 나는 재화의 손에서 껍질을 뺏어 쓰레기통에 던져 넣었다. 아까까지만 해도 재화에게 하고 싶은 말들이 떠올랐었는데, 막상 재화의 얼굴을 보자 무엇부터 말해야 할지 알 수 없었다. 네 연극 더는 볼 수 없을 것 같아. 나는 그 말을 속으로 중얼거리다가 말을 조금 고쳐 되뇌었다. 네 연극 그만 볼래. 재화가 이유를 물으면 무슨 말을 해야 할까. 무슨 말이 되었든 그건 성미에 대한 이야기가 될 거라는 걸 나는 알았다. 그래서 더욱 입이 떨어지지 않았다. 재화와 성미의 이야기를 한 게 언제였는지 기억이 나지 않았다. 작년 성미의 기일에도 성미 이야기는 하지 않았다. 그저 함께 납골당에 갔을 뿐이었다. 그때도 나와 재화는 계속해서 연극 이야기만, 재화가 맡은 배역 이야기만 했었다. 대체 그게 다 무슨 소용이지. 나는 주먹을 꽉 쥐었다.

"대본 읽어보니까 어때?"

재화가 불쑥 입을 열었다. 나는 잠시 고민하다가 대답했다.

"뭐라는지 하나도 모르겠어."

재화가 공감한다는 듯 고개를 끄덕였다. 그러고 대화는 다시 끊겼다. 주먹을 하도 꽉 쥐어서 손바닥에 바나나 껍질에 남은 것과 똑같은 손톱자국이 남았다. 재화가 그걸 보고는 어? 하더니 살짝 웃었다. 나는 주먹을 쥐었다가 풀었다가를 몇 번 반복하다가 고개를 들었다.

"저번에 말 못 한 거 있는데."

"어."

재화가 기다렸다는 듯 대답했다. 나는 입을 열었다가 닫고 입을 열었다가 닫고 다시 입을 열었다.

"이번 연극 진짜 별로였어. 극장도 너무 별로고, 공연은 재미도 없고, 그…… 투명 비둘기 어쩌고 하면서 빈 의자 갖다 놓은 것도 최악이었어. 그 의자가, 그게, 계속 빈 채로, 계속 무대 위에 있는 거. 그게 제일 최악이었어. 그걸 두고 비둘기 둘이, 그 여자 둘이 떠들고 웃고 화내고 그런 거, 그런 모습을 볼 수가 없었어. 꼭 그렇게, 그런 식으로 누군가의 빈 자리를 보여줄 필요는 없잖아. 사람들이 그 여자들 보면서 웃는 것도, 그걸 90분 동안 견디는 게, 나는 아직도 안 돼. 그리고 야, 생각해봐, 번개에 맞았다고 누가 투명 비둘기가 되냐. 그냥 그건…… 그건, 그냥……."

두서없이 말을 늘어놓는 나를 재화는 말없이 쳐다보았다. 단어들이 머릿속에서 자꾸만 흩어져 뜬금없는 데서 말이 끊어졌고, 목소리는 자꾸만 잠겼고, 손부터 시작해서 어깨, 목, 몸 전체가 떨렸다. 성미 이야기를 이런 식으로 하고 싶지 않았다. 더 정리된 언어로 침착하게 하고 싶었다. 하지만 그런 건 연극에서나 가능했다. 현실에서는 무엇 하나 뜻대로 되는 게 없었다. 얼굴이 붉게 달아오르는 게 느껴졌다. 눈가가 뜨거워졌다.

나는 재화의 얼굴을 쳐다볼 수가 없어 고개를 숙이며 말을 이었다.

"그건, 그냥, 죽은 거잖아."

재화는 내 말에 아무런 대꾸를 하지 않았다. 무거운 침묵이 나와 재화를 짓누르는 동안, 나는 화가 났다가도 부끄러웠고 죄책감이 들다가도 억울했다. 마음을 진정시키려 숫자를 1부터 세어보았지만 잘되지 않았다. 그날 성미는 숫자를 셌을까? 몇까지 세다가 결심했을까? 생각을 멈출 수가 없었다. 대체 무엇이 성미를 움직였을까? 혹시 재화나 내가 뭔가 할 수 있지 않았을까? 우리가 성미에게 끝내 해주지 못했던 건 무엇이었을까? 어떤 밤이 오면, 나는 성미를 놓친 세상에서 내가 지금까지 살아 있다는 사실이 몸서리쳐질 정도로 견딜 수 없었다. 성미를 두고 쏟아지던 온갖 오해와 추측 사이에서 나는 아무 말도 할 수 없었다. 어느 날은 성미의 선택을 긍정하다가도 어느 날은 온갖 이유를 갖다 붙여 성미를 왜곡하고 훼손했다. 성미가 그토록 원하던 곳으로, 망설임 없이 뚜벅뚜벅 걸어가는 그 뒷모습을 나는 꿈속에서 수도 없이 마주했고, 잠에서 깨면 내가 그곳에 성미를 두고 온 건지, 아니면 성미가 나를 이곳에 두고 간 건지 알 수가 없어 한참을 천장만 쳐다보고 있었다.

그럴 때면 늘 재화가 생각났다.

이런 말을 재화에게 어떻게 전해야 할지, 그때도 지금도 나는 알 수가 없었다. 비유나 서브 텍스트 같은 건 통하지 않았다. 그냥 말해야 했다. 하지만 어떻게 말할 수가 있을까. 나는 천천히 고개를 들었다. 재화도 여전히 나를 쳐다보고 있었는지 바로 눈이 마주쳤다. 재화가 입술을 몇 번 달싹이더니 낮은 목소리로 말했다.

"이번 연극 구린 거 나도 알아. 어제 조연출이 공연 기록 영상 보내줘서 처음부터 끝까지 봤는데. 그래, 네 말 다 맞더라. 대체 왜 매진됐지, 진짜 모르겠어."

그거 전부 네 사고 때문이라고 말하려는데 목이 잠겨 목소리가 나오지 않았다. 재화가 얼굴에 쏟아진 머리칼을 왼손으로 훔치는 바람에 링거대가 휘청거렸다. 나는 얼른 일어나서 링거대를 잡았다. 재화가 링거줄을 만지작거리고는 멋쩍게 웃었다. 대화가 쉽사리 이어지지 않았다. 재화도 나도 서로 다른 곳을 보며 침묵을 견뎠다. 커튼 너머에서 핸드폰 벨 소리가 들려왔고, 누군가 한숨을 쉬며 전화를 받았다. 나와 재화는 그 사람의 끊어질 듯 끊어지지 않는 통화를, 그저 '응'만 반복되는 이상한 통화를 묵묵히 들었다. 그 사람이 전화를 끊자, 재화가 내 이름을 불렀다.

"야, 근데 해성아."

나는 대답 대신 재화를 쳐다보았다. 재화는 잠시 망설이더니 말을 이었다.

"그래도 나는 이번 연극 좋아해. 구린 거랑 별개로 그건 어쩔 수가 없어."

"왜?"

목소리에 나도 모르게 짜증이 섞였다. 재화가 코웃음을 쳤다.

"야, 너 마지막 장면 안 봤지? 대체 연극 안 보고 뭐 했냐?"

나는 계단을 보고 있었다고 말했다. 극장으로 내려가는 '많이' 가파른 그 계단을, 커튼 너머로 얼핏얼핏 보이는 그 계단을 계속해서 보고 있었다고 말했다.

"성미는 그 계단 성큼성큼 잘도 오르내렸을 텐데."

내 말에 재화가 웃으며 고개를 끄덕였다.

"야, 주성미는 그냥 냅다 뛰어내렸을걸. 어떻게 한 번을 안 넘어지지. 난 걔 따라 하다가 몇 번 죽을 뻔했는데."

나와 재화는 번갈아가며 웃었다. 재화가 웃음을 그치면 내가 웃음이 터지고, 내가 웃음이 멎으면 재화가 웃는 식이었다.

그런 식으로 웃음은 천천히 끊어졌다. 나도 재화도 성미를 생각하느라 아무 말도 하지 않았다. 사실 90분 동안 내가 한 거라곤 성미가 그 계단을 성큼성큼 내려오길 기다린 것뿐이었다. 마치 마법처럼, 연극처럼 그런 일이 벌어지기를 바랐다. 그게 다였다. 나는 숨을 깊게 들이마셨다가 내쉬었다. 재화도 어느 정도 생각이 정리되었는지, 목을 한 번 가다듬고는 입을 열었다.

"야, 대본 읽었으니까 너도 알지, 마지막 장면이 뭔지."

나는 잠시 기억을 더듬었다. 비둘기들이 '구구구구' 하고 우는 장면이었다. 내가 고개를 끄덕이자 재화가 말했다.

"난 그 장면 제일 좋아하거든. 대본 봤을 때도 그랬고, 연습할 때도 그랬고, 공연 영상 봤을 때도 그 장면은 여전히 좋더라."

"그게 왜 좋아, 뭐라는지 하나도 못 알아듣겠던데."

"보는 사람은 그럴 건데, 배우들은 그거 할 때 구구구구 울면서, 속으로는 하고 싶은 말 소리치거든. 자기가 하고 싶은 말이면 뭐든."

재화의 말에 나는 어이가 없었다. 정작 소리 내어 똑똑히 외쳐야 하는 말을 '구구구구'라고 외치니 아무도 못 알아듣지 않냐고, 그게 이 연극이 구린 이유 중 하나라고 나는 두서없이 쏘아붙였다.

"네가 무슨 평론가냐? 그냥 아무 생각 없이 볼 것이지……."

재화가 나를 노려보며 말하고는 입을 다물었다. 재화는 화가 난 게 아니었다. 재화의 얼굴을 보면 알았다. 재화는 화를 낼 때 도리어 웃는 사람이었다. 나도 재화도 지금까지 웃음으로 너무 많은 걸 무마해왔다는 생각이 들었다. 그건 성미가 나와 재화를 답답해하던 구석 중 하나였다. 재화의 뺨을 타고 눈물이 흐르자, 재화가 또 생각 없이 왼손으로 눈물을 훔쳤다. 나는 얼른 일어나 링거대를 잡았다. 재화는 아랑곳하지 않고 계속 눈물을 훔쳤다. 그동안 나는 링거대를 잡고 서 있었다.

"야, 나는."

재화가 내 발치를 쳐다보며 말했다.

"마지막 장면 연습할 때마다 성미 생각을 했어."

그리고 재화는 이야기를 시작했다. 그건 아주 길고 두서없고 볼품없는 이야기였다. 그리고 전부 성미와 나와 재화의 이야기였다. 이미 익히 아는 이야기였다. 나는 그게 좋았다.

해 드는 방

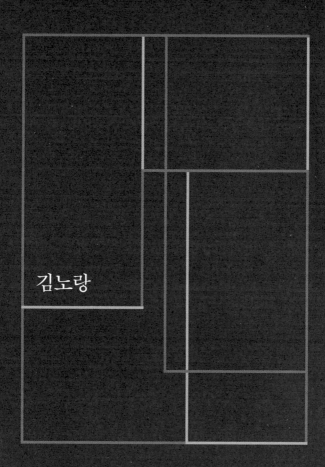

김노랑

언덕 위 가파른 골목길, 반지하를 깔고 선 삼층집의 2층으로 이사 온 건 아홉 살 때였다. 대문에 '해 드는 방, 즉시 입주 가능'이라는 종이가 붙어 있었다. 엄마는 종이를 떼어내며 그 방이 내 방이라 했다. 아버지가 왜 혼자 결정하냐고 눈을 부릅떴다. 엄마는 하나 있는 자식, 방이라도 밝은 곳으로 주고 싶다 했다. 그때 주인 할머니가 내다보았고 아버지는 엄마 대신 화장대 거울을 쳤다. 거울이 빠직하고 금이 갔다. 엄마는 금 간 곳에 투명 테이프를 붙이며 해 드는 방은 상미 방이라고 한 번 더 말했다. 그 방은 창이 길가로 난 데다 건너편 집들이 나지막해서 막힘 없이 온종일 환했다. 옆방은 창을 열면 옆집 벽이 보이는 좁고 어두운 방이다. 그곳에 살던 이들은 다 떠났다. 엄마가 떠나고 아버지도 떠나고 마지막으로 언니가 떠났다. 나는 언니가 떠난 후 그 방을 한 번도 열어보지 않았다.

　언니를 처음 만난 건 열두 살 때, 엄마가 병원에 입원한 날이었다. 병원이 어딘지 물어물어 찾아갔는데 병실 환자들이 몸을 낮추고 수군대고 있었다.

　대체 무슨 잘못을 했길래 저 꼴이 되게 팼을까, 바람났나?

　에이, 그런다고 사람을 저렇게 때려? 말도 안 돼

　그래도 입원시켜준 거 보니 남편이 마음은 여린가 봐요.

　그런 사람이면 애초에 안 때렸겠죠. 그것보다 커튼을 쳐놔서 갑갑해 죽겠어요. 열라고도 못 하겠고.

　그들의 시선이 병실 안쪽으로 향했다. 창문 앞에 커튼으로 사방을 막은 엄마의 침대가 있었다. 나는 돌아섰다. 그 사람들 사이를 지나서 가기 싫었다. 나한테 무슨 일이 있었냐고 물을 테니까. 그러곤 저렇게 뒤에서 수군댈 거니까. 골목 사람들이 그랬다. 밤새 아버지가 엄마를 때리는 소리를 들어놓고, 엄마의 비명도 들어놓고, 그땐 가만히 있었으면서 뒤늦게 물었다. 이불 속에서 입과 귀를 막고 울며 밤을 지새운 나에게 어제 시끄럽던데 무슨 일이야, 라고.

　화장실에서 얼굴을 씻었다.

울지 마.

거울 속에서 교복 입은 언니가 말했다.

그런다고 달라질 것 없어.

언니는 그 말을 하고 쓴웃음을 지었다. 나처럼 한쪽 뺨에만 보조개가 패었다. 내가 똑같이 만들어 보이자 언니가 킥킥 웃었다.

중학생이 되었다. 그때도 아버지는 엄마를 때렸다. 가장이 왔는데 웃는 얼굴이 아니라고, 옷을 재깍 안 받아준다고, 그도 아니면 책장을 손가락으로 쓸어 먼지를 찾아내곤 집 안 꼴이 이게 뭐냐고 때렸다. 여름 초입, 엄마는 말없이 집을 나갔다. 아버지는 매일 화만 내고 집안일은 손 하나 까딱하지 않았다. 나는 엄마가 하던 모습을 떠올려가며 쌀을 씻어 밥을 했다. 물이 많았는지 밥이 떡처럼 뭉쳤다. 반찬은 캔 참치와 김을 내놨다. 아버지는 밥을 한술 뜨다 말고 숟가락을 탁, 상에 내리쳤다. 여태 밥할 줄도 모르고 뭐 했느냐고, 반찬이 이게 뭐냐고 상을 엎었다.

얼마 후, 현관문 열쇠를 잃어버렸다. 아침에 분명히 가져갔는데 어디서 흘렸는지 기억이 나지 않았다. 벌벌 떨며 아버지 사무실로 갔다. 문을 여니 소파에 어떤 여자가 있었다. 여자는 동그란 얼굴에 이가 가지런하고 머리카락이 길었다.

이거 먹을래?

여자가 테이블 위에 있던 케이크 상자를 열었다. 딸기 케이크였다. 안 먹겠다고 고개를 저었으나 여자는 자꾸 먹으라고 했다.

싫어요.

내 말에 여자는 어이없다는 듯 코웃음 치며 다리를 꼬았다. 잠시 후 아버지가 들어왔다. 얼음이 가득 든 커피를 들고 있었다.

여기 웬일이야?

열쇠……

열쇠 뭐?

열쇠를 안 가져……

아버지가 인상을 썼다.

그래서 뭐, 말을 끝까지 해야 할 거 아냐?

열, 열쇠 좀, 주세요.

아버지 손이 올라왔다. 나도 모르게 몸을 움츠렸다. 아버지의 눈썹이 꿈틀거렸다.

너 지금 뭐 해?

아버지 손에 열쇠가 있었다. 여자의 콧방귀와 아버지가 손님한테 인사는 했냐는 소리가 동시에 들렸다. 나는 재빨리 아버지의 손에서 열쇠를 빼 들고 90도로 허리를 굽혀 인사했다. 아버지의 입술이 들썩였고 송충이 같은 눈썹이 꿈틀거렸다. 재빨리 사무실을 튀어나왔다. 눈썹이, 아니 송충이가 내 뒤를 쫓았다. 어디 감히 손님 앞에서 애나 때리는 사람으로 보이게 만들어, 라고 검고 긴 털을 부르르 떨며 찔러댔다. 나는 죽어라 뛰었다. 가파른 골목길을 올라 2층 우리 집으로, 내 방으로 갔다. 헐떡이는 숨을 고르고 있는데 누가 방문을 두드렸다.

안녕.

얼굴이 낯익은 여자였다.

아버지는 오지 않아. 그 여자랑 갔어.

그런 말을 하며 웃었다. 한쪽 뺨에 보조개가 푹 패었다. 어디서 봤더라.

이제 내가 너랑 살 거야.

생각났다. 엄마 병원에서 본 언니였다. 나와 똑같이 한쪽에만 보조개가 있던 언니. 교복 입은 앳된 얼굴이 아닌 티셔츠와 청바지를 입은 어른이 되어 있었다. 언니는 내가 그게 무슨 말이냐고 물을 새도 없이 머리를 묶어 올리더니 집의 문이란 문

272

은 다 열었다. 먼지를 털고 바닥을 쓸고 화장실에서 걸레를 빨아와 구석구석 닦았다. 자기 집처럼 능숙했다. 언니는 청소가 끝나자 저녁을 차렸다. 내가 사놓고 어찌할 바를 몰라 처박아둔 감자와 호박으로 된장국을 끓이고 밥을 했다. 그것도 아주 순식간에.

먹고 일찍 자.

너무 오랜만에 보는 밥상이었다. 나는 언니가 시키는 대로 밥을 먹고 일찍 누웠다. 언니는 아버지 방으로 들어갔다. 다음 날 아침 언니는 내 방으로 와 창문을 열었다. 눈꺼풀 속에 홍시를 터뜨린 것처럼 붉은 햇살이 들었다. 식탁에 아침이 차려져 있었다. 달걀샌드위치와 우유였다. 이것도 재료만 사두고 잊은 것들이었다. 나는 홀린 듯 먹어 치웠다. 그런 나를 언니가 애처로운 눈으로 보았다. 힘들면 언제든 연락하라면서 단 한 번도 와보지 않던 친척들이 생각났다. 말없이 떠난 엄마도.

학교를 마치고 오니 앞집에 이삿짐이 들어오고 있었다. 앞집은 근방에선 보기 드문 잘 가꾼 정원과 담장을 따라 얽힌 능소화 넝쿨이 근사한 집이다. 전 주인 할머니가 매일 정성껏 돌봤지만 몇 달 전 할머니가 아파 자식네로 간 후 아무도 돌보지 않아 잡초더미가 무성했다. 대문 양쪽을 열고 이삿짐이 들어갔다. 옷장도 책상도 전자제품 같은 살림들도 하나같이 고급스럽고 기품이 있었다. 동네 사람들이 어디서 뭘 하는 사람이 오는 거냐고 자기들끼리 이러쿵저러쿵 말을 만들어냈다. 거기에 그치지 않고 일꾼들에게 꼬치꼬치 캐물었다. 대부분 모른다는데 트럭 기사 하나가 서울에서 왔다고 입을 열었다.

가족들은 자기 차로 따로 오고 있어요. 사업이 망했나 보더라고요. 한밤중에 대충 몇 가지만 들고 온 거예요.

사람들이 그러면 그렇지, 멀쩡한 사람들이 이런 구질구질한 동네에 오겠냐고 심드렁하게 말했다. 나는 구경을 관두고 집으로 오르는 계단을 밟았다. 짐을 다 내린 트럭이 떠나고 검은색 중형차가 들어와 앞집 담 아래에 섰다. 차에서 가족 네 사람이 내렸다. 중년 부부와 이십대 초반으로 보이는 남자, 내 또래로 보이는 여자애였다. 그들의 말간 차림새는 먼저 내린 짐처럼 골목과 어울리지 않았다. 그들은 경계하는 눈빛으로 골목 사람들과 적당히 인사하고 집으로 들어가버렸다. 사람들은 못내 아쉬운 표정으로 자리를 떴다. 나도 집으로 들어왔다. 씻고 방으로 와 창밖을 보았다. 노을이 지고 있었다. 앞집 마당에서 여자애와 그 애 아버지가 손으로 잡초를 뽑고 있었다. 아버지가 뭐라고 하자 여자애가 까르르 웃었다. 아버지는 웃다가도 잠깐씩 어두웠고 여자애는 마냥 맑고 하얬다. 초록 잎 사이로 허리까지 자란 굽슬굽슬한 머리카락이 흔들렸다.

며칠 후 학교 복도에서 옆 반 담임과 함께 지나가는 그 아이를 보았다. 굽이치는 머리는 양 갈래로 땋아 내렸고 긴장한 듯 볼이 빨갰다. 교복을 입어서 그런지 처음 봤을 때보다 더 마르고 작아 보였다. 그 아이는 옆 반으로 들어갔다. 옆 반이 웅성거렸고 우리 반도 덩달아 술렁였다.

봤어? 인형인 줄 알았어.

쉬는 시간에 옆 반 아이들이 들어와 그 아이에 대해 떠들었다.

걔 뭐냐, 자기 입으로 나 혼혈 아니야, 라니 깜짝 놀랐잖아.

뭐 하러 그랬대, 그냥 맞다 하지, 아니라니까 애들이 더 궁금해서 난리잖아. 몇 대 위까지 올라가고 아휴.

그래서 이름을 일부러 촌스럽게 지은 거 아냐? 숙희가 뭐야. 할머니처럼.

야, 이따 어디 사는지나 물어봐줘. 우리 아파트면 좋겠다. 같이 다니게.

그럴 일은 없을 거라고, 나는 속으로 비아냥댔다. 우리 동네라는 거 알면 바로 팽할 거면서 가난한 동네에 사는 거지새끼라고 욕할 거면서. 슬그머니 심술이 났다. 숙희, 그 아이는 며칠이나 걸릴까. 이틀, 길어야 일주일? 아니, 안 된다. 나랑 같은 동네인 걸 알면 분명 나도 똑같이 괴롭힐 거다. 생각만 해도 지긋지긋하다. 다들 낯선 중학교 생활에 적응하느라 잠잠한 참이었다. 초등학교 땐 언덕 동네에 산다고, 거지새끼라고, 냄새난다고, 이 옮긴다고 아무도 놀아주지 않았다. 학교 가는 것이 괴로웠지만 집에 있는 것보다 나아서 다녔을 뿐이다. 이제 겨우 잠깐 벗어나 조용히 살고 있었는데, 다시 먹잇감이 되기 싫다. 제발 숙희는 들키지 말길 빌었다. 하지만 나의 바람은 바로 그날 버려졌다.

너 우리 앞집에 사는 애 맞지? 집 가는 거면 우리 차 타고 같이 가.

숙희가 하굣길에 말을 걸었다. 길가에 숙희네 차가 서 있었다. 지나가는 애들이 숙희와 나를 번갈아 보더니 쟤들이 왜 같이 있느냐 쑥덕였다. 숙희는 그런 것도 모르고 해맑게 웃었다. 나는 왜 날 붙잡는지, 왜 우리 앞집이라고 콕 집어 말하는지 원망스러웠다. 숙희의 새로 맞춘 교복과 비싼 가방과 신발을 봤다. 꼴사나웠다. 망해서 야밤에 도망친 주제에, 그런 차림은 뭐고 와중에 차까지 끌고 와서 무슨 짓이야. 가난이 숨긴다고 숨겨질 것 같아?

숙희를 쏘아보고 내처 걸었다. 애들이 내 옆을 지나가며 나를 비난했다. 앞집에 사는 애, 라는 말은 듣진 못했는지 나만 욕했다. 거지새끼 뭐 떨어지나 싶어 붙는 거 보라고 낄낄댔다. 확 말해버릴까, 같은 동네 산다고, 쟤도 거지라고. 숙희네 차가 내 옆을 지나갔다. 숙희 아버지가 몰고 있었고 뒷자리엔 숙희와 숙희 어머니가 있었다.

다음 날 아침, 대문을 열었더니 학교 체육복을 입은 숙희가 날 기다리고 있었다.

상미야, 학교 같이 가자.

날 기다린 것도 어이가 없는데 내 이름을 알다니 소름이 돋았다. 재빨리 골목을 내려갔다. 숙희가 나를 따라왔다. 어제는 전학하는 첫날이라 부모님이 데리러 온 거였다고, 이사 온 날 계단에 서 있던 나를 봤으며 동네 친구가 생겨서 기뻤고 같은 학년이길, 같은 반이 되길 빌었다고 혼자 떠들었다.

근데 네 방에서 우리 집 보여?

얘는 이상하다.

아니야?

왜 이렇게 눈치가 없지.

정말 다 보여?

거실만 보여 그것도 딱 유리창 앞만.

자꾸 묻는 게 귀찮아서 답해줬다. 내가 자기 집을 부러 쳐
다볼 거라 생각하나 싶어 기분도 나빴다. 숙희는 계속 따라오
다 교실 앞에서 떨어졌다. 하지만 또 따라 다녔다. 하굣길에도
다음 날에도 또 그다음 날에도, 생각보다 꽤 오래 옆에 있었다.
숙희는 내가 싫어하는 것도 애들이 뭐라고 하는 것도 신경 쓰
지 않았다. 도리어 나에게 더 친근하게 굴었고 쑥덕거리는 애
들에겐 '친절한' 경고도 했다.

얘들아, 다 들려. 뒷담화를 왜 앞에서 해?

숙희의 말에 머쓱하게 돌아서는 애들을 보고 나니 숙희가
더 싫었다. 내가 하지 말라고 할 땐 더 크고 잔인하게 밟던 것
들이 왜 숙희에겐 바로 꼬리를 내리는지 이해할 수 없었다. 그
러던 어느 일요일, 창문을 열다 자기 집 거실 창을 닦는 숙희를
봤다. 숙희는 유리에 입김을 호, 하고 불었다. 뭐가 그리 재밌
는지 눈이 동그래졌다, 가늘어졌다. 키득키득 웃으며 또 불었
다. 유리 위로 하얀 구름이 생겼다 사라졌다. 담장 위 초록 넝
쿨 잎이 유리에 짙게 스며 숙희 얼굴이 선명하게 보였다. 궁궐

밖으로 나와 처음 보는 세상이 신기한 공주 같았다. 자신의 처지도 모른 채, 다시 돌아갈 수 없다는 것도 모른 채 세상 구경 중인 철부지. 숙희와 눈이 마주쳤다. 피해야 한다고 생각했는데 생각만 하고 피하지 못했다. 숙희 역시 그랬다. 얼마나 지났을까, 숙희가 웃으며 손을 흔들었다. 그제야 정신이 들어 황급히 창문을 닫아버렸다. 창문 아래 쪼그려 앉아 무릎에 고개를 파묻었다. 식은땀이 나고 가슴이 콩닥거렸다. 나쁜 짓을 한 것처럼, 거짓말을 들킨 것처럼 너무 부끄러웠다.

그날 이후로 숙희는 날 기다리지 않았다. 우연히 마주쳐도 눈을 돌렸다. 처음엔 다행이다 싶었는데 점점 기분이 나빠졌다. 그렇게 붙어 다니며 귀찮게 하더니 쳐다봤다고 그러나, 창문 닫았다고 저러나. 내다보면 보이는 걸 뭐 어쩌라고. 당황해서 그런 걸 어쩌라고. 나는 잘못한 거 없어. 그런다고 내가 말 걸 줄 알고, 어림도 없다 했다. 그런데 갈수록 나만 초라해졌다.

숙희는 이상했다. 그런데 그를 대하는 사람들은 더 이상했다. 숙희는 매일 교복이 아닌 체육복을 일주일 내내 입고 실내화도 구겨 신었다. 그런데 한 번도 혼나지 않았다. 그렇게 복장 단속에 유별나던 학생 주임마저 교복이 불편하다는 숙희 말에 별다른 말없이 넘어갔다. 수업 시간에 선생님에게 의자에 앉아서 자니 허리가 아프다며 양호실에 가겠다 말해도, 수학 시험 답안을 1로만 채워도 야단맞지 않았다. 전교 꼴등을 해도 교무실로 불려 가지 않았고 그래도 빵점은 없으니 장하다고 위로받기까지 했다. 숙희가 아니었다면, 그게 나였다면 바로 혼났을 텐데 전혀 그렇지 않았다. 나중엔 숙희가 뭘 해도 다들 그러려니 하고 넘어갔다. 숙희 주변엔 항상 아이들이 있었다. 우리 동네에 산다고 해도, 집이 망했다 해도 아무도 놀리거나 괴롭히지 않았다.

나는 억울했다. 가난하다고 부모가 없다고 잘해도 욕먹고 잘못하면 더 혼이 났는데, 말대꾸나 하고 규칙도 어기고 제멋대로인 애가 왜 그렇게 대접받는 건지 이해할 수 없었다. 언니에게 숙희에 관해 쏟아부었다가 되레 질투하냐는 소리를 들었다.

쓸데없는 데 신경 쓰지 마. 너만 생각해.

나는 숙희가 싫었다. 너무 싫었다. 그래서 서로 다른 고등학교에 가게 되었을 때 무척 기뻤다. 속이 후련했다. 하지만 곧 후회했다.

고등학생이 되고 첫 방학이었다. 숙희 가족은 차를 몰고 군복무 중인 오빠를 보러 갔다. 예보에 없었던 비가 왔고 반대편에서 버스가 미끄러지며 중앙선을 넘었다. 숙희의 아버지가 급히 핸들을 꺾었으나 뒤따라오던 트럭과 충돌하고 말았다. 앞자리의 숙희 부모님은 즉사하고 뒷자리에 탔던 숙희는 다리를 크게 다쳐 병원으로 옮겨졌다. 석 달 만에 퇴원한 숙희는 예전의 숙희가 아니었다. 방 안에 틀어박혀 나오지 않았다. 의가사제대를 한 오빠는 다니던 대학에 다시 가지 않고 빈둥대더니 몇 달 후 부모님의 보험금을 몽땅 들고 사라졌다.

숙희가 그 후의 시간을 어떻게 보냈는지 나는 모른다. 언니가 숙희를 걱정하며 많은 이야기를 했는데 하나도 귀담아듣지 못했다. 무서웠다. 그렇게 미워했던 아이가 겪고 있는 일들이 믿을 수가 없었다. 다 내 탓인 것만 같았다. 내가 숙희에게 가졌던 마음이 질투였다는 걸 인정해야 했다. 숙희는 그저 나와 친구가 되고 싶었 한 아이였다. 하지만 그뿐이었다. 나 혼자 북 치고 장구 친 걸 이제 와 뭐, 뭐, 어떡해?

숙희의 집은 고요에 가라앉았다. 집 한가운데 거실등만 종일 켜져 있었다. 가끔 골목 사람이 벨을 눌러보거나 담장을 기웃댔다. 그때마다 언니는 나더러 창밖으로 이불을 털라고 하며 그들을 쫓아냈다. 어떨 땐 그래도 안 가서 내가 기침 소리를 내거나 딴소리를 크게 해서 쫓았다. 그러고 나면 언니는 숙희 집으로 가봤다. 학교를 자퇴했다고, 여기저기 일하고 다니느라 집에 잘 없다고 전해줬다. 주말에 사거리를 지나다 아이스크림 가게에서 숙희를 봤다. 숙희는 분홍색 유니폼을 입고 진열장 너머에서 아이스크림을 푸고 있었다. 가느다란 팔이 바들바들 떨렸다. 뒤에서 사장이 숙희를 못마땅히 쳐다봤다.

어느 밤, 골목에서 누가 고함을 질렀다. 내다보니 골목 끝 집 아저씨였다. 숙희네 집 대문 앞 계단에 누가 널브러져 있었다. 숙희였다. 아저씨는 일어나라며 숙희를 흔들었다. 어린것이 벌써 술을 먹고 다니면 어떡하냐고 쩌렁쩌렁 소리쳤다. 여기저기서 창문과 대문이 열렸다. 사람들이 웅성웅성 하나둘 나타났다.

이놈아, 아무리 힘들어도 죽은 부모 생각해서 똑바로 살아야지 이게 뭐 하는 짓이야. 너 내가 소개해 준 노래방은 왜 갑자기 관뒀어? 그만둘 거면 후임을 구해놓고 나가야지. 내가 얼마나 욕먹은 줄 알아?

그 말을 시작으로 숙희를 비난하는 사람들이 튀어나왔다. 자기는 피시방에 소개해줬더니 한 달 하곤 나갔다, 누구는 고깃집에 소개해줬는데 한 시간 만에 나갔다, 부모가 없이 커서 예의도 없고 책임감도 없고 버르장머리도 없고⋯⋯. 축 늘어져 있던 숙희가 고개를 들었다.

내가 언제 당신들한테 일자리 구해달랬어? 괜찮다는데 억지로 데려갔잖아. 맘대로 집 들락거리려고. 우리 엄마 아빠 옷이랑 가방이랑 신발이랑 냄비에, 그릇에 숟가락, 젓가락까지 다 들고 갔잖아. 그깟 거, 갖고 있어 봐야 뭐하나 싶어서 모른 척했더니 도둑놈들이 부끄러운 줄도 모르네. 왜 그만뒀냐고? 왜 다리 아픈 나를 하루 종일 서 있는 데로 보냈어? 왜 쓰레기 같은 사장 새끼한테 보냈어? 다 꺼져. 내가 술을 먹든 말든 왜 지랄이야. 정신없는 년 놔두고 도둑질하기 딱 좋을 텐데, 아니다. 진짜 돈 되는 게 뭔지도 모르는 놈들이 들어가면 뭐 해. 신발 자국만 남길걸.

끝 집 아저씨가 숙희의 머리를 내리쳤다.

이년 말하는 거 봐. 도둑놈들? 이거 완전 은혜도 모르는 쌍년 아냐?

사람들이 우르르 숙희에게 입에 담지 못할 욕을 퍼부었다. 때리고 쥐어박았다. 언니가 나에게 숙희를 데려오라고 떠밀었다.

우리 집에?

그럼, 저 대로 둬?

언니의 서슬 퍼런 눈빛에 숙희를 데리러 갔다. 숙희를 둘러싸고 있는 사람들을 밀치고 들어가서 왜 때리느냐고 악을 쓰고 있는 숙희를 잡았다. 숙희가 나를 보더니 눈을 끔벅거렸다. 눈알이 빨갰다. 내가 나타나 놀랐는지 사람들이 숙희에게서 물러섰다. 하지만 욕설은 멈추지 않았다.

가자. 우리 집에.

숙희의 손을 잡았다. 숙희는 얌전히 나를 따라 집으로 왔다. 숙희는 현관에 앉더니 운동화도 못 벗고 바닥에 누워버렸다. 숙희에게서 고약한 냄새가 났다. 술도 술이지만 며칠 씻지도 못한 것 같았다. 숙희의 운동화를 벗겼다. 얼마나 오래 신었는지 깔창까지 패여 너덜너덜했다. 숙희를 일으켜 언니 방으로 옮겼다. 언니가 따뜻한 꿀차를 줘서 내가 먹였다. 숙희가 갑자기 낄낄 웃었다.

상미야, 나 임신했어.

봄이 되었다. 숙희의 몸태가 나날이 달라졌다. 그걸 본 골목 사람들이 또 야단을 떨었다. 대체 어느 놈이 그랬냐고 부모님이 무덤에서 통곡하시겠다고 숙희를 볼 때마다 다그쳤다. 노래방에서 일할 때 만난 놈이냐, 치근덕대던 피시방 사장이냐, 아니면 아비가 누군지도 모르는 거냐. 숙희는 아무렇지도 않게 다 맞다고 했다. 사람들이 기함하며 다시는 묻지 않았다. 숙희는 당신들도 포함이라고 말하려다 말았다고 했다. 나는 그 말도 맞지, 생각했다.

열여덟 여름, 숙희는 딸을 낳았다. 내가 아침 7시부터 밤 11시까지 학교에 잡혀 있는 동안, 교복 블라우스에 비치면 야하다는 이유로 끈 러닝셔츠를 입지 못하고 똑같은 발목 양말에 딱딱한 검정 구두를 신고 아침저녁 봉고차에 실려 다닐 동안, 숙희는 엄마가 되었고 아이를 키웠다.

아이의 이름은 내가 지었다. 지어주려고 한 게 아니라 숙희와 언니가 자꾸 예스러운 이름을 들고 와 어떤 이름이 좋으냐 물어서 얼결에 거들었을 뿐이었다. 요즘은 외국인도 발음하기 좋게 받침 없는 이름으로 짓는다며 이나와 리아를 예로 들었다. 숙희가 자신의 성과 붙여 보더니 리아를 골랐다.

이, 리아, 이리야. 리아로 할래. 강하게 키울 거야. 아무도 건들지 못하게.

숙희와 리아는 거의 우리 집에서 살았다. 잠은 언니 방에서 자고 나만 나가면 내 방으로 왔다. 밝아서 좋다 했다. 리아가 첫 뒤집기를 한 것도 내 방이고 첫 발걸음을 뗀 것도 내 방이었다. 숙희는 자주 물건을 흘리고 갔다. 내가 야자를 마치고 와 방바닥에 있던 리아의 물건을 밟은 게 한두 번이 아니었다. 나중엔 아예 내 방에 리아의 물건을 두고 살았다. 기저귀며 옷이며 분유통에 장난감까지. 내 방인지 리아 방인지 모를 정도였다.

나는 공부에만 매달렸다. 하지만 고3이 되자 성적은 더 이상 오르지 않았다. 그 자리를 유지하는 것도 힘들었다. 언니는 나를 들들 볶았다. 조금만 더 열심히 하라고, 그래서 서울에 있는 대학에 가야 한다고 말이다.

언니 나 서울 안 가. 갈 수도 없고. 서울 방세가 얼마나 비싼 줄 알아?

방을 왜 구해 기숙사 들어가면 되지. 학비는 장학금 받으면 되고. 왜 해보지도 않고 포기해?

기숙사라니, 언니는? 나 혼자 가라고? 됐어. 나 여기서 장학금 받고 다닐 거야.

언니가 무슨 상관이야. 네 인생인데. 너 꼭 서울 가야 해. 이런 작은 도시에서 뭘 할 수 있는데? 나중에 후회하지 말고 언니 말 들어.

언니가 처음으로 미웠다. 가뜩이나 학원도 못 다니고 혼자 공부하는 것도 버거운데, 서울이 뭐라고. 하지만 언니는 고집을 꺾지 않고 나를 계속 다그쳤다. 성적이 뚝 떨어졌다. 언니와 사이가 냉랭해졌고 자주 싸웠다. 숙희는 자기 집으로 짐을 조금씩 옮기더니 원서 쓸 무렵엔 완전히 가버렸다. 내 성적은 더 떨어졌다. 결국 언니가 바라는 서울도 내가 원하는 인근 대학도 못 갔다. 그저 그런 대학의 그런 걸 배워 뭐하나 싶은 과에 갔다. 우린 서로를 원망했다. 나는 아르바이트를 찾았고 언니는 숙희 집만 들락거렸다. 나도 언니도 서로 마주치지 않는 시간을 골라 다녔다. 때때로 언니는 집을 들어오지 않았다. 숙희 집에서 자겠거니 했다. 나는 대학에 들어가고선 더 바빴다. 돈도 벌어야 했고 공부도 해야 했고 사이사이 연애도 해야 했다. 언니는 냉장고를 채우는 것으로 나는 그걸 비우는 것으로 존재를 확인했다. 나는 가끔 골목에서 숙희와 리아를 봤다. 리아가 유치원에 가는 걸 보고 앞니가 빠진 걸 보고 숙희가 다리가 아파 절뚝이는 걸 봤다. 복지센터에 가서 기초생활 수급자 등록을 하라고 했다. 나는 대학 졸업 후 근처 시멘트회사에 들어갔다. 하는 일이라곤 전화 받기와 장부 정리가 다였고 월급은 형편없었다. 리아는 초등학생이 되었다. 그 무렵부터 숙희를 거의 보지 못했다. 종종 골목에서 마주치는 리아는 숙희의 얼굴로 인사했다.

안녕 이모.

처음엔 낯설어 쭈뼛거리며 으응, 소리로 대답했고, 다음엔 손을 흔들어줬고 이제는 나도 인사한다.

안녕 리아야.

한창 매미 소리가 요란한 날이었다. 일을 마치고 돌아오니 언니가 숙희네 담장 앞에 서 있었다. 담장에 능소화가 피어 있었다. 그냥 지나치려는데 언니가 나를 불렀다.

상미야.

왜?

나는 능소화가 싫어.

…….

능소화가 피면 장마가 지거든.

일기예보에 비 온단 소리 없던데.

아니야 비 올 거야.

언제?

곧.

곧?

그래, 곧.

…….

우산 갖고 다녀.

비는 바로 오지 않았다. 능소화가 흐드러지게 피어 가지마다 주렁주렁 매달려도 오지 않았다. 그러다 갑자기 왔다. 언니는 밖으로 나와 능소화를 보았다. 빗발에 능소화가 떨어지면 그 앞에 앉아 옷이 젖거나 말거나 바닥에 떨어진 그 붉은 꽃을 오래오래 보았다.

싫다면서 왜 그러고 보는 거야.

빗속에서 떨어지는 게 이쁘잖아.

상미야, 왜 능소화는 꽃송이째 떨어지는 걸까?

…….

나도 그러고 싶다.

언니의 모습이 옅어졌다. 눈에 뭐가 들어갔나, 눈을 깜빡였다. 언니는 아까와 똑같은 자세로 앉아 있었다. 바닥의 능소화가 빗물에 흘러갔다. 언니의 생기 없는 눈이 그것을 좇았다. 언니를 보며 막연한 두려움을 느꼈다. 나에게 왔을 때처럼 홀연히 사라지는 건 아닐까. 먼저 간다며 집으로 올라왔다. 언니는 따라오지 않았다.

창밖에서 까마귀가 깍깍거렸다. 여느 날처럼 방 깊숙이 해가 들었다. 나는 이불을 머리끝까지 올렸다. 머리맡의 휴대전화를 찾아 쇼핑 앱을 열었다. 암막 커튼을 대충 골라 장바구니에 담았다. 장바구니에 먼저 담아놓은 커튼이 있었다. 너무 얇고 예쁘기만 한 새하얀 레이스 커튼이었다. 내가 고른 건 아닌데, 언니가 담아놨나? 암막 커튼만 결제했다.

며칠 후 커튼이 도착했다는 택배 문자를 받고 내려갔다. 숙희가 대문 앞에 쓰레기를 내놓고 있었다. 여름이면 늘 입던 꽃무늬 원피스에 조리 차림이었다. 쟤는 어째서 맨날 똑같은 옷만 입는 걸까.

그 상자 나 줘.

숙희가 길을 천천히 건너왔다. 내가 상자를 내려놓자 숙희는 송장을 단번에 뜯어내 나에게 건네고 상자를 열어 비닐 포장된 커튼을 꺼냈다. 숙희는 커튼을 들더니 나를 가만히 쳐다봤다. 내가 커튼을 잡았으나 놓지 않았다.

반찬 좀 줄까?

아니.

가라.

숙희가 커튼을 놓았다. 나는 눈으로 숙희의 발길을 따라갔다. 대문이 닫히고 숙희가 매일 모아 쌓은 상자 더미에 지금 가져간 상자를 퍽, 올리는 소리가 났다. 숙희가 집 안으로 들어간 후에도 나는 그 자리에 서 있었다. 왜 갑자기 말을 걸었을까. 언니에게 무슨 일이 있는 걸까. 언니는 정말 저 집에 있는 걸까. 골목이 조용했다.

커튼을 달려고 의자를 밟고 올라섰다. 창밖이 어둑했다. 그동안 골목은 많이 변했다. 다들 세를 놓는다며 마당을 없애 평수를 넓히고 층을 올렸는데 숙희 집만은 그러지 못했다. 유일한 단층집으로 남아 내 방이 계속 해 드는 방이 될 수 있게 해 줬다. 해는 늘 같은 길을 걸었다. 아침엔 날 깨우고 저녁엔 주홍빛을 흩뿌리며 먼 산을 넘었다. 그 빛 속에서 연락 한 번 하지 않는 엄마를, 돌아올까 무서운 아버지를 잊었다. 그 아래 저마다의 초록을 빛내는, 숙희 아버지가 돌본 정원도 나를 위로해줬다. 연둣빛에서 초록으로 거침없이 번져가던 잎들이 서서히 익어 떨어지고 다시 움트는 생명력을 좋아했다. 마당 구석 숙희 어머니가 반들반들 닦고는 했던 오종종한 장독들에도 마음을 주었다.

하지만 이제 그곳은 변했다. 홀로 남은 숙희는 거실 앞과 대문까지 다니는 길의 잡초만 겨우 쳐내고 살았다. 아무도 돌보지 않는 정원은 한 덩어리가 되었다. 제멋대로 자라 삐죽삐죽 솟은 나무는 어디서 나타났는지 모를 넝쿨에 싸이고 그 속은 온갖 잡초와 쓰레기와 알수 없는 것들로 채워졌다. 나무였지만 나무가 아니고 초록이지만 초록이 아니었다. 겨울마다 거미줄처럼 꺼졌다가 봄이면 또 덩어리가 되었다. 나무에 새순이 돋자마자 아니, 돋기도 전에 잡초와 넝쿨이 순식간에 틀을 짜고 속을 채웠다.

나는 무서웠다. 속에 다른 무언가가 크고 있는 건 아닐까. 그것이 갑자기 저 덩어리를 찢고 튀어나오는 건 아닐까. 그 덩어리를 안고 있는 숙희를 이해할 수 없었다. 여기서 내려봐도 이렇게 무서운데 어떻게 옆에 두고 살 수 있지. 말을 안 해서 그렇지, 숙희도 사실은 그 덩어리가 무서울 거라고 믿었다. 언니랑 웃고 떠들다가도 어두워지면 입을 다물 거라고, 굳은 얼굴로 조용히 지낼 거라 믿었다. 그래야 설명이 되지 않을까. 숙희가 집 가운데에 자리한 거실에서만 살면서 종일 전등을 켜두는 것이.

나는 그 집을 보았다. 밝은 거실 바닥에 숙희와 리아가 나란히 누워 있었다. 숙희는 휴대전화를 만졌고, 리아는 동화책을 읽었다. 언니는 보이지 않았다. 잠시 후, 리아가 들고 있던 책을 스르륵 떨어뜨렸다. 숙희가 리아를 살펴보더니 집을 나왔다. 대문을 열고 길을 건너 우리 건물 아래, 반지하로 들어갔다. 동시에 리아가 일어났다. 유리창에 바싹 붙어 눈 옆에 양손을 대고 숙희가 사라진 반지하를 보았다. 그러곤 거실 불을 껐다.

나는 창문을 열었다. 축축한 바람이 불었다. 반지하에서 나오는 불빛에 능소화가 붉게 흔들렸다. 아래에서 전 굽는 냄새가 올라왔다. 웅얼웅얼 사람들 소리도 들렸다. 못 보던 차가 반지하 작은 방 앞을 막고 있었다. 나는 암막 커튼을 달지 못했다.

비가 쏟아졌다. 집 근처 강이 넘쳐 도로가 잠겼다는 소식에 서둘러 퇴근했다. 사거리에서 버스를 내리자 비는 앞을 보기 힘들 정도로 세차게 내렸다. 골목길 앞에서 쏟아지는 물줄기를 봤다. 도저히 그 물을 헤치고 올라갈 수 없었다. 골목 윗길로 가서 내려가려고 언덕 반대편으로 돌아갔다. 그곳엔 완만한 경사로 골목과 연결된 길이, 언덕배기 초등학교와도 맞닿아 있다. 마침 초등학생들이 하교 중이었다. 여기도 길가로 물이 흘렀고 아이들은 길 가운데로 내려왔다. 나는 그들을 피해 길가의 물길을 거스르며 올랐다. 물이 발목까지 올라왔다. 먼

길을 돌아 골목 위에 도착해보니 밑에서 본 것보다 더 많은 물이 흘러내리고 있었다. 물은 언덕 경사 아래쪽인 숙희네 집 방향으로 치우쳐서 흘렀다. 우리 집 쪽 빗물도 그리로 흘렀다. 길이 이렇게까지 기울어 있었다는 걸 처음 알았다. 바람이 거세게 불어 우산이 꺾이려 했다. 몸을 움츠려 우산을 낮게 잡았다. 집 앞에 왔더니 대문 앞 계단에 누가 비를 맞고 앉아 있었다. 리아였다.

리아야.

리아가 고개를 들었다. 입술이 파랬다. 리아에게 우산을 씌우고 숙희 집을 돌아봤다. 대문 밑 계단이 안 보일 정도로 물이 차 있었다. 담 아래 하수구에선 물이 솟구쳤다.

엄마는? 집에 있어?

내 말에 리아가 손을 들어 반지하를 가리켰다. 반지하 창문에 불이 켜져 있었다. 물이 차지도 않은 입구엔 모래주머니를 내 허리만큼 쌓아놨고 얼마 전에 본 차가 작은 방 창문을 가리고 있었다. 우산을 리아에게 주고 반지하로 다가갔다. 창문이 조금 열려 있었다. 요란하게 떨어지는 빗소리 속에서 사람들의 목소리가 들렸다.

몇 점이야, 계산 똑바로 해.

빨리 패 돌려.

이모 여기 맥주 좀 줘, 땅콩도.

그 속에 숙희의 목소리가 있었다. 온몸에 피가 빠져나가는 것 같았다. 매캐한 담배 냄새와 기름진 음식 냄새, 음울하게 퍼지는 불안의 기운. 리아를 돌아보았다. 리아는 입술을 꽉 깨문 얼굴로, 덜덜 떨며 온몸으로 전했다. 저 속에서 숙희가 무얼 하고 있는지 이미 알고 있었다고. 숙희 집을 보았다. 대문 안까지 물이 넘실대고 있었다. 등신들, 모래주머니는 저기다 쌓았어야지.

우리 집에 가자.

나는 일단 리아를 집으로 데려왔다. 리아가 씻는 동안 입힐 만한 옷을 찾아보았다. 혹시나 했지만 역시였다. 내 옷은 리아에겐 커도 너무 컸다. 어쩔까 하다가 언니 방에 숙희 옷이 남아 있지 않을까 하는 생각이 들었다. 숙희 옷이라면 얼추 맞을 거다. 그 핑계로 언니 방을 열었다. 쾌쾌하고 묵은 먼지 냄새가 났다. 옷장 서랍을 열었다. 위의 서랍은 텅 비었고 맨 아래에 숙희 옷이 있었다. 똑같은 티셔츠가 세 개, 똑같은 바지가 세 개. 매일 똑같은 옷만 입어대던 게 이런 방식이었다니. 헛웃음이 났다. 옷 밑에는 조그마한 상자가 있었다. 열어보니 아가 리아의 물건이었다. 배냇저고리와 탯줄과 손발 도장, 사진 그리고 통장. 통장을 열어봤다. 리아의 통장이었다. 리아가 태어난 후로 한 달에 몇만 원씩 들어가 있었다. 생각 없이 사는 줄 알았더니 리아를 위해 돈도 모아두고, 기특했다. 이걸 여기다 두고 간 건 그렇지만. 그대로 넣어두고 숙희 옷만 꺼냈다.

그런데 위의 서랍들은 왜 비었을까, 언니가 짐을 다 들고 간 건가. 방을 둘러봤다. 낡은 옷장 하나 이불장 하나 조각난 거울이 달린 화장대 하나. 엄마가 남기고 간 그대로였다. 다 열었다. 아무것도 없었다. 거울에 붙인 투명 테이프가 누렇게 말라비틀어졌을 뿐, 언니의 흔적은 없었다. 거울의 깨진 조각, 조각마다 내가 희뿌옇게 비쳤다. 손으로 먼지를 쓸었다. 내가 좀 더 선명히 보였다. 아니 내가 아니었다. 언니였다. 언니가, 아니 언니의 얼굴을 한 내가 있었다. 거울 속의 내가 말을 했다. 울지 말라고, 그런다고 달라질 것 없다고 말했다. 수많은 벌레가 꿈틀거리며 내 몸을 기어 올라왔다. 그것은 송충이, 검은 털을 세운 아버지의 눈썹. 밖으로 나오지 않는 비명을 지르며 몸부림을 쳤다. 창밖이 번쩍하더니 천둥이 울렸다. 우수수 검은 털이 내 몸속으로 숨었다. 살을 찌르는 고통에 숨을 참았다. 거울 속에 언니가, 아니 내가 학교에 다니고, 일을 하고, 공부하고, 혼자가 된 숙희를 데려왔다. 숙희가 죽고 싶다고 했다. 나는 울었다. 언니의 얼굴로 울었다. 울면서 숨을 쉬었다.

거울로 손을 뻗었다. 조각조각 나뉘었던 형상들이 하나로 모였다. 거울 속 손이 내 손과 닿았다. 나였다. 이제 내가 너와 살 거야, 라던 언니 얼굴의 나였다.

방문이 열리고 거울에 숙희가 비쳤다.

이모. 나 뭐 입어요?

아니, 리아였다.

리아가 내 휴대전화로 숙희에게 전화했다. 한참을 울리고야 숙희가 받았다. 리아는 스피커를 켰다. 숙희 주변이 시끄러웠다. 아직도 반지하였다.

엄마, 나 이모 집에 있어.

리아야, 밥 먹었어?

엄마, 나 상미 이모 집에 있어.

엄마 지금 바빠, 아이참, 내 차례야. 리아야 이따 갈게 먼저 자.

전화가 끊어졌다. 리아는 마른 눈으로 울었다. 고집스럽게 닫힌 입은 절망을 삼켰고 흐르지 않는 눈물로 증오를 뿜었다.

그 어린 마음을 나는 위로할 수 없었다. 세상에 홀로 남겨진 초라함을 아니까. 밥을 차렸다. 반찬이라고는 마트에서 산 김치와 나물, 볶은 멸치와 조미김이 전부였다.

멸치는 내가 볶은 거야. 파는 것보다 맛있어.

리아는 눈을 내리깔고 숟가락을 들었다.

달걀 구워줄까?

이모.

응?

리아가 고개를 들어 나를 똑바로 봤다.

우리 엄마 이상해요.

뭐가 이상한데?

집에 나랑 엄마밖에 없는데, 자꾸 혼자 화내고 울어요. 그래, 너 잘났다. 나는 중졸에 무식하고 아파서 돈도 못 버는데 너는 대학도 나오고 회사 다니며 월급 받아 좋겠다. 네가 뭔데 나더러 네 집에 그냥 있으래. 네가 뭔데 날 거지 취급해. 그렇게 소리 지르다 막 울어요. 그러면서 나도 돈 벌 거다. 돈 많이 벌어서 정원도 손질하고 차도 사서 리아 학교에 데려다줄 거다, 하고는 9시가 되길 기다려요. 9시가 되면 집을 나가요. 내가 어디 가냐고 물으면 깜짝깜짝 놀라요. 그래서 요즘은 자는 척해요. 무섭다고 하루 종일 불 못 끄게 하더니 이젠 내가 불을 꺼도 몰라요. 밤새 반지하에서 있다가 아침에 들어와서 자요. 나 학교 가는 것도 모르고 자요.

목구멍이 조이는 것 같았다. 리아는 담담하게 말했다.

엄마가 하수구에서 생선 썩은 내가 나면 비가 온댔어요. 근데, 엄마한테서 자꾸 그 냄새가 나요.

나는 또 아무 말 하지 못했다. 깊이를 알 수 없는 그 암담함을 나는 아직도 지우지 못했다. 그래서 리아에게 해줄 수 있는 말이 없었다.

이모, 이모는 성이 뭐예요?

응?

나는 이리아예요.

아, 나도 이 씨야. 이상미.

리아의 입꼬리가 살짝 움찔했다. 그리고 나를 쳐다보았다.

나랑 같은 편이다.

리아는 만족한 얼굴로 밥을 먹었다. 멸치도 먹었다. 리아의 얼굴이 다르게 보였다. 어린 내가 떨칠 수 없었던 초라함이 보이지 않았다. 리아는 울지 않았다. 엄마의 선택을 원망하거나 증오하지 않았다. 그저 엄마, 숙희의 상태를 내게 알려줬을 뿐이다. 그리고 같은 편이라는 말로 나를 선택했다. 암담함에 빠지지 않고, 절망을 떠올리지 않고 오롯이 자신이 할 수 있는 걸 했다. 내가 잘못 보았다. 리아는 내가 아니고, 숙희도 아니었다. 나와 리아는 다르다는 것을, 다를 수 있다는 것을 잊었다.

따뜻한 꿀차를 먹이고 리아를 재웠다. 리아는 금세 잠이 들었다. 세찬 바람에 빗줄기가 쉴 새 없이 창문을 두드렸다. 번개가 번쩍하더니 바로 천둥소리가 쾅 울렸다. 밖이 환해지고 우르르 무너지는 소리가 났다. 리아가 잠깐 눈을 떴다가 다시 감았다. 나는 일어나 창밖을 보았다. 숙희의 집이, 그 커다란 덩어리가 검게 타들어가고 있었다. 쏟아지는 빗속에서 천천히 가라앉아 검은 재만 남았다. 반지하의 변함없는 불빛이 담장의 흐드러진 능소화에 머물렀다. 바람에 꽃이 우수수 떨어졌다. 업신여길 능에 하늘 소. 가장 덥고 거친 비가 몇 날 며칠을 내리는 한여름에 보란 듯 피는 꽃. 송이째 떨어질지언정 흩어지지 않는 꽃.

한 번에 떨어지고 싶다던 언니는 나였을까, 숙희였을까.

유리창에 언니가 보였다. 예전처럼 나를 애처롭게 보았다. 내가 말했다.

언니, 나 이제 혼자가 아니야.

언니는 가만히 웃었다. 한쪽 뺨에 보조개가 패었다.

리아 곁에 누웠다. 리아가 내 품을 파고들었다. 리아에게서 따뜻한 햇빛 냄새가 났다.

소년에서 먼 빛까지

타라재이

소년 대수를 상상한다. 야무지게 여문 밤톨 같은 뒤통수가 보인다. 또래보다 키가 작지만 몸통이 굵고 다부진 아이. 그 아이가 뒤를 돌아본다. 투명한 콧물을 소매로 훔치며 코를 찡긋거린다. 소매가 훑고 지나간 자리에 붉게 긁힌 흔적이 남는다. 그 아래 지그시 다문 입술. 그 입술을 가만히 쳐다본다. 도톰한 아랫입술이 무언가 못마땅한 듯 뾰로통하다. 마음 상한 일이라도 있었던 걸까. 화가 난 걸까. 아니다.

대수의 눈은 슬프다. 여섯 살 아이의 눈빛이 소리 없이 고요하다. 고요한 슬픔을 알기에는 아직 너무 어린데……. 그래서 그 눈빛을 알고 나면 그냥 지나칠 수가 없다. 몸속 어딘가가 시큰해지는데, 그게 어디인지 정확히 알 수 없다. 알 수가 없어서 오랫동안 생각한다. 내가 골똘히 생각에 빠져 있는 동안, 아이는 잠을 자고 밥을 먹고 키가 큰다. 여전히 또래보다 키가 작지만, 딱 벌어진 어깨와 굵은 허리, 장딴지에 알근육이 선명한 열여덟의 소년이 된다. 어른이 되기 전에 이미 어른이 되었구나. 나는 생각에서 빠져나와 우두커니 서 있는 거뭇한 소년 대수를 바라본다. 여전히 지나칠 수 없는 고요한 눈빛을 한 그를.

대수에 관한 상상은 실제와 허구 어디쯤엔가 있다. 내가 알고 있는 그는 아흔의 노인이지만, 내가 경험한 그는 열여덟의 소년이다. 노인과 소년은, 실은 다른 인물이다. 살아남은 그 소년은 내 기억의 일부가 되었고, 그가 겪은 일들은 내 과거가 되었다. 노인과 나는 각기 다른 소년 대수를 기억할 뿐이다. 내가 기억하는 소년은 그날의 일들이 모두 진짜였다고 말할 수 없다. 그러나 거짓은 아니다. 증명할 길이 없다고 애초부터 없던 일이 되는 것은 아니다. 이미 태어난 장면은 사라지지 않는다. 그 장면을 몇 번이나 돌려본 내가 있고, 그 장면을 완성하기 위해 수없이 같은 대사와 동작을 반복한 대수가 있기 때문이다. 내게 소년 대수는 그런 인물이었다. 사라지지 않고 언제나 그 자리에서, 희미한 먼 빛처럼 아무리 걸어가도 닿을 수 없는.

영화 제작은 결국 무산되었다. 업계에서는 흔한 일이었다.

투자를 받지 못하고 영화계에서 떠돌다가 소리 소문 없이 사라지는 시나리오가 부지기수였다. 3년간 공을 들인 내 시나리오도 그중 하나에 불과했다.

"공 감독도 잘 알잖아. 코로나 풀리고 이 바닥 돈줄이 싹 말라붙은 거. 이왕 이렇게 된 거, 제대로 준비해서 다음번에는 확실히 도장 찍자고."

"……."

나는 말없이 고개를 푹 숙였다. 장 대표가 외투를 챙기며 말했다.

"자자, 나가서 술이라도 한잔하자고. 오늘은 내가……."

"제가…… 제대로 준비하지 않았다는 뜻인가요?"

고개를 들고 장 대표의 눈을 똑바로 쳐다보았다.

"아니, 그게 아니고……."

"그게 아니면요?"

날 선 말투에 장 대표는 처음에는 당황한 듯했지만, 곧 싸늘한 태도로 돌변했다.

"공 감독, 지금 뭐 하자는 거야? 영화가 엎어진 게 내 탓이라는 건가? 아니면, 책임을 전가할 사람이 필요한 건가?"

한쪽 입꼬리만 올라간 그의 냉소는 이제껏 내가 알던 장 대표의 얼굴이 아니었다.

"그 얘기가 아니잖아요."

"그게 아니면?"

장 대표가 짜증스러운 듯 물었다. 나는 대답 대신 한숨을 푹 쉬며 또다시 고개를 떨어뜨렸다. 테이블 건너편 장 대표가 앉았던 자리에는 빈 커피잔과 내가 쓴 시나리오가 놓여 있었다. '소년에서 먼 빛까지'라고 쓰인 굵은 제목 위에 덜 마른 커피 자국이 보였다. 커피가 종이에 반쯤 스며들어 그 부위만 우글쭈글했다. 저 안에 대수가 있는데, 그 아이가 있는데 먼저 든 생각은 그거였다. 나는 손을 뻗어 시나리오를 집어 들었다. 그때 옆에 놓여 있던 커피잔이 바닥에 떨어지며 쨍그랑 맑은 소리를 냈다. 꽤 비싸 보이던 잔이 형체를 알아볼 수 없도록 산산조각이 났다. 밖에서 그 소리를 들은 직원이 뛰어들어와 괜찮으세요 하고 물었다. 직원은 나와 장 대표의 얼굴을 번갈아 보고는 빗자루를 챙겨온다며 밖으로 나갔다. 장 대표는 말없이 더운 숨을 푹푹 내뱉었다. 그사이 나는 시나리오 표지에 남아 있는 커피 자국을 손으로 닦아내고 숄더백에 집어넣었다. 그러고는 곧장 사무실을 빠져나왔다.

어디로 가야 하나. 한동안 미동 없이 차 안에 앉아 있었다.

방금까지 장 대표에게 쏘아붙이던 기세는 어디로 가고 시동 버튼을 누를 작은 힘조차 남지 않았다. 이렇게 끝인가. 3년간 쏟아부은 시간과 노력의 대가가 겨우 이건가. 깊은 한숨이 새어 나왔다. 술 생각도, 위로받고 싶은 사람도 없었다. 그저 사라지고 싶다, 그런 생각만 머릿속에 맴돌았다. 어디서부터 잘못된 걸까. 어쩌다 내 인생이 이렇게 꼬인 걸까.

영화아카데미 졸업작품으로 국제독립영화제 비경쟁 부문에 진출하며 젊은 나이에 신예 감독으로 주목을 받았다. 하지만 내 필모그래피는 거기에서 멈췄다. 가능성을 능력으로 착각한 결과였다. 당시 나를 부러워했던 동기들은 이제 이름만 대면 알 만한 영화감독이 되었다. 내가 고사한 작품들이 그들의 손에서 천만 영화가 되는 모습을 지켜보며 질투가 났지만, 머지않아 그 자리에 내가 있게 될 거라고 확신했다. 직접 쓴 오리지널 시리즈로 세계를 깜짝 놀라게 하겠다는 독기로 이를 악물며 버텼다. 매일 밤 쓰고 지우기를 반복하며 10년이 훌쩍 지나갔다. 그렇게 몇 권의 책을 완성했지만 업계의 반응은 차가웠다. 내 필모그래피도, 영화적 상상력도 13년 전 졸업작품에 멈춰 있다는 것을 인정해야 했다. 첫 영화로 해외에 레드카펫을 밟은 건 다시없을 행운이었다. 그 운을 실력으로 만들지 못한 건 순전히 내 욕심 탓이었다.

다시 힘을 낼 수 있었던 것은 3년 전 대수를 만나면서였다. 지인의 소개로 구청의 인문학 교실에서 자서전 그림동화 프로그램의 강사로 참여하며 그와 인연을 맺었다. 다 죽고 나만 살았어. 그의 첫 마디는 강렬했다. 대수는 73년 전, 한국사에 기록되지 않은 학살 사건에 대해 이야기했다. 그의 증언을 바탕으로 시나리오를 집필하면서 이번엔 좀 다르다는 걸 직감했다. 흥행 감독이 되고 싶다는 욕심보다 세상에 필요한 이야기를 잘 만든 영화로 선보이고 싶다는 마음이 컸다. 3년간 두문불출하며 완성한 시나리오를 영화사마다 메일로 뿌리고, 초조한 마음으로 결과를 기다렸다. 얼마 지나지 않아 장 대표로부터 연락이 왔다. 오랜만에 설렜고 어느 때보다 간절했다. 다시 기회가 주어진다면 운에 기대지 않고, 자만하지 않으며 최선을 다하리라 다짐했다. 그러나 이번에도 실패였다. 단 하나 남은 희망마저 꺾였다.

나는 핸들에 고개를 파묻었다. 정적이 감돌던 주차장에 자동차 경적 소리가 길게 울려 퍼졌다. 눈물이 뺨을 타고 코끝에 맺혔다.

고것이 뭐라고. 지나믄 암시렁 안 혀.

어디선가 대수의 목소리가 들렸다.

아무것도 모르면서…….

암것도 모르는 건 너여.

그 목소리를 안다. 지난 3년간 하루도 빠짐없이 나를 찾아왔던 목소리다. 목소리는 글자가 되었다가 공백이 되고, 같은 말을 수없이 반복하면서도 단 한 번 싫은 기색 없이 조잘조잘 자신의 이야기를 들려주었다. 나는 코를 훌쩍이며 소매를 끌어당겨 눈물을 닦았다. 조수석에 놓인 숄더백에 시선이 멈췄다. 두툼한 종이 모서리가 가방 입구에 삐죽 솟아 있었다. 장 대표의 사무실에서 챙겨온 시나리오였다. 가방에서 시나리오를 꺼내 두 손에 쥐고 가만히 내려다보았다. 손으로 문질러 닦은 커피 자국이 번져 표지 전체가 마른 낙엽처럼 올록볼록했다.

가야 할 곳이 생각났다. 잊고 있던 약속이 있었다. 나는 시나리오를 조수석에 내려놓고 혼잣말을 했다.

가자. 데려다줄게.

안전벨트를 매고 차에 시동을 걸었다. 내비게이션에 너릿재를 입력하자 데굴데굴너릿재 유아숲체험원이라는 지명이 가장 먼저 나왔다. 너릿재에 가기 위해서는 너릿재가 아닌 너릿재 유아숲체험원을 택해야 했다. 내비게이션에서 목적지가 정해졌다는 알림음이 흘러나왔다. 총 이동 시간은 네시간 남짓. 길이 막히지 않는다면 그곳에서 노을을 볼 수도 있을 것이다. 브레이크에서 발을 떼자 차가 천천히 움직이기 시작했다.

주차장을 빠져나가는데 문득 데굴데굴에 관한 모양이 떠올랐다. 데굴데굴 자동차 바퀴가 굴러간다. 떼굴떼굴 흰 옷 입은 사람들이 떨어진다. 데구루루, 시체 묶인 널빤지가 흙길에서 끌려온다. 개굴개굴, 눈이 녹고 개구리가 울어댄다. 드르륵, 포클레인이 땅을 판다. 데굴데굴, 아이들이 미끄럼틀을 타고 내려온다. 까르륵 웃음소리가 공중에 퍼져 나간다. 데굴데굴 너릿재 유아숲체험원이라는 단어는 아마도 그렇게 만들어졌을 것이다.

방금까지 절망에 빠져 눈물을 흘리던 나는, 아무렇지 않게 그런 생각을 하고 있었다. 차는 어느새 고속도로에 진입했다. 속도를 높이자 차체를 휘갈기는 바람 소리가 요란했다. 나는 조수석에 놓인 시나리오를 흘끗 쳐다보았다. 소년 대수가 내 옆에 앉아 있는 것 같았다. 아니, 실은 그곳에 있었다. 하얀 종이 위에 인쇄된 문장들 속에, 작은 손짓 하나하나 모조리 외워버린 장면들로. 그는 내 상상의 기억 속에 열여덟 소년으로 살아 있었다.

고속도로를 달리는 동안 눈앞에 영화가 펼쳐진다. 익숙한 얼굴, 대수가 보인다. 그는 거친 숨을 들이켜며 걸음을 재촉하고 있다. 육촌형이 아직 살아 있다는 소식을 전하기 위해 부모님의 심부름으로 광주에서 화순 사평으로 가는 길이다. 대수는 해가 떨어지기 전에 고개를 넘어야 한다. 잰걸음으로 너릿재 초입에 들어서는데, 등 뒤에서 낯선 사내의 음성이 들린다.

손들어.

대수는 걸음을 멈추었다. 차가운 총구가 등 뒤에서 느껴지자 머리끝이 쭈뼛했다.

뉘, 뉘시오?

대수가 뒤를 돌아보려고 하자, 장정 하나가 대수의 등에 총구를 찔러 넣었다. 대수는 장정의 팔에서 붉은 완장을 보았다.

잔말 말고 시키는 대로.

대수는 두 손을 들고 떨리는 발걸음을 옮기며 앞으로 나아갔다. 발을 헛디딜 때마다 등에 총구가 더욱 깊숙이 그의 살갗을 파고들었다. 산 중턱에 이르자, 총을 든 장정 여럿과 손발이 묶인 채 고개를 파묻고 있는 세 명의 포로가 있었다. 장정 하나가 대수의 종아리를 툭 찼다. 대수는 그대로 바닥에 고꾸라졌다. 옆에서 떨리는 숨소리가 들렸다. 고개를 돌리니 머리가 하얗게 샌 노인이 옅은 신음을 내고 있었다. 잠시 후, 붉은 완장을 찬 사내가 다가와 대수의 다리를 노인의 다리와 함께 각반으로 꽁꽁 묶었다. 어찌나 단단히 묶었는지 처음에는 다리만 저려왔지만, 시간이 지나자 온몸에 피가 돌지 않아 감각이 없었다. 포로는 세 명에서 그치지 않았다. 오후가 되자 다섯 명의 포로가 더 잡혀 왔다. 이십대로 보이는 젊은 처자와 중년 여성, 그 밖에 세 명의 남자를 포함해 총 아홉 명의 민간인들이 영문을 모른 채 붙잡혀 왔다.

가장 높은 지휘관으로 보이는 장교의 입에서 명령이 떨어졌다. 전원 처형. 후퇴 중인 인민군의 위치가 발각되면 누구도 살려둘 수 없다는 원칙 때문이었다. 소총을 든 사내들이 포로들을 일으켜 세웠다. 사람들은 고개를 숙이고, 묶인 다리를 끌며 걷기 시작했다. 대수는 곁눈질로 소총의 방아쇠에 걸린 손가락을 보았다. 언제 당겨져도 이상하지 않아 보였다. 나는 저 총에 죽는구나. 생에 마지막 길을 걷고 있다고 생각하니 걸음 걸음마다 굵은 눈물이 뚝뚝 떨어졌다. 굉음을 내뿜으며 검은 연기를 내뱉던 거대한 기차가 떠올랐다. 그 기차가 뻥 뚫린 가슴을 향해 달려오는 것 같았다.

여섯 살 대수에게는 모든 것이 신기했다. 어무니, 이거 타믄 아부지 있는 께로 가는 거여? 어머니는 말없이 고개를 주억거렸다. 대수의 가족들은 함경북도 해암동으로 아버지를 만나러 가는 길이었다. 아버지는 자원 일꾼으로 차출되어 아오지 탄광에서 강제 노역이나 다름없는 생활을 하고 있었다. 3년 만에 집에 도착한 편지에는 식구들이 거처할 곳을 마련했으니 아이들을 데리고 이곳으로 오라는 내용이 적혀 있었다. 어머니는 그길로 광주 살림집을 정리하고 아이들을 데리고 기차에 올랐다.

광주에서 출발한 기차는 이미 만석이었다. 사람들은 복도나 연결 구간 어디든 엉덩이를 붙일 데가 있으면 비집고 자리를 잡았다. 창틈으로 찬바람이 숭숭 들어왔고, 지린내가 진동했다. 대수는 기차가 터널 안으로 들어갈 때마다 숨을 힘껏 들이켜고 눈을 꽉 감았다. 더 이상 참지 못하겠다 싶을 즈음, 기차는 하얀 세계로 나왔다. 그러면 참았던 숨을 터뜨리며 타는 듯한 가슴을 쓸어내렸다. 처음에는 괴로웠지만, 나중에는 그것이 기차 안에서 혼자 할 수 있는 유일한 놀이가 되었다. 그렇게 며칠이 지나고 네 식구는 하얀 눈이 수북이 쌓인 해암동 기차역에서 거뭇한 얼굴을 지닌 아버지와 상봉을 했다.

해암동에서의 겨울은 길었다. 두 번의 겨울을 나고 기왓장 같던 얼음 아래로 물 흐르는 소리가 들릴 즈음, 대수의 어머니는 해산을 했다. 그러나 여동생은 태어난 지 100일을 넘기지 못하고 세상을 떠났다. 밤낮없이 이어지던 갓난아이의 울음소리가 긴 침묵으로 바뀐 밤, 대수는 어디선가 엄마가 울고 있다는 것을 알았다. 소리가 들리지 않아도, 눈물이 보이지 않아도 알 수 있었다. 너무 깊은 슬픔은 소리를 내지 않는구나. 그즈음 대수는 혼자서 슬픔을 배웠다. 슬픔을 가슴에 품고 고요한 밤을 건넜다.

아홉 살이 된 대수는 어떻게든 가계에 도움이 되고자 일본인 사택에 신문 돌리는 일을 시작했다. 자신의 몸집만 한 신문 뭉치를 들고 동네를 돌며 문틈으로 신문을 찔러 넣었다. 그러나 그 일은 오래 하지 못했다. 한창 신문을 돌리고 있는데 누군가 대수야 하고 그의 이름을 불렀다. 순간 돌멩이처럼 단단한 것이 대수의 명치에 콱 박혀버렸다. 그 길로 정신을 잃은 그는 며칠간 깨어나지 못하고 사경을 헤맸다. 대수는 밤낮없이 울어대는 동생의 울음소리를 들었다. 그 울음소리가 뚝 그쳤을 때 어디선가 엄마가 울고 있다는 것을 알았다. 눈을 떠보니 그건 진짜였다. 그날 대수를 깨운 것은 엄마의 뜨거운 눈물이었다.

철컥하고 쇠가 부딪히는 소리에 대수가 눈을 번쩍 떴다. 일렬로 선 인민군이 포로를 향해 일제히 총을 겨누고 있었다. 눈앞에 총구가 동굴처럼 검고 커다랗게 보였다. 어디선가 굉음을 뿜으며 기차가 달려오는 듯했고, 귀가 먹먹해지는 것 같았다. 기차 안에 진동하던 냄새가 코끝에 닿는 듯했다. 대수는 있는 힘껏 숨을 참았다. 기차가 검은 굴속을 향해 달려가던 그때처럼 눈을 꽉 감았다. 심장이 머리에 달린 듯 쿵쾅거렸고, 가슴이 빡빡하게 조여왔다. 총구에서 화약이 뿜어져 나오는 순간, 다시는 그때처럼 하얀 세계를 보지 못할 것이다. 대수는 온 힘을 다해 눈을 질끈 감았다.

장면을 멈춘다. 나는 이 장면을 다른 버전으로 상상해본다. 두 눈을 질끈 감은 대수가 있다. 그의 가슴팍에 깊고 어두운 터널이 뚫려 있다. 굵은 기차가 규칙적인 소리를 내며 터널을 통과한다. 잠시 후, 기차의 꼬리 칸이 터널 밖으로 빠져나온다. 기차는 무심하게 대수에게서 멀어져간다. 덩그러니 남은 대수의 몸은 딱딱하게 굳어간다. 그는 병정 인형처럼 부자연스러운 차렷 자세를 하고 말없이 서 있다. 터널은 여전히 깊고 어둡다. 플레이. 다시 영화가 이어진다.

사격 중지! 어디선가 다급한 목소리가 들려왔다. 너릿재 아래 군용차량 한 대가 보인다는 소식이 전해졌다. 인민군은 장전한 총을 거두고 부산스럽게 움직였다. 장교는 모두 숨을 죽이라고 명령했다. 총구가 다시 포로들의 등 뒤를 향했다. 대수는 두 손으로 입을 틀어막고 몸을 웅크렸다. 너릿재 아래 빈 들판에는 군용차량에서 내린 의용경찰 두 명이 휘발유가 든 드럼통을 옮기려고 애를 쓰고 있었다. 그러나 두 사람으로는 힘에 부쳤는지 드럼통을 그대로 두고 떠나버렸다. 장교가 손짓하자, 인민군 중대가 달려 내려가 개미 떼처럼 드럼통 주위에 몰려들었다. 한참 동안 수색을 마친 그들이 내린 결론은 하나였다. 곧 더 많은 경찰이 이곳에 들이닥칠 것이다. 서둘러 퇴각해야 한다.

아홉 명의 포로들은 기다시피 송전탑 아래로 끌려갔다. 두 무릎 사이에 머리를 박은 채 시간이 어떻게 흐르는지 몰랐다. 대수가 고개를 들었을 때는 어두운 숲속에 쓸쓸한 귀뚜라미 소리가 가득했다.

저…… . 소피가 급하오.

여자가 인민군 사내를 향해 말했다. 그녀의 얼굴에 식은땀이 흐르고 있었다. 사내들은 잠시 수군거리더니 여자의 다리에 묶인 결박을 풀어주었다. 여자는 두 손만 앞으로 묶인 채 수풀 속으로 걸어 들어갔다. 그리고 잠시 후, 한 남자가 여자를 뒤따라 들어갔다.

아악. 여자의 비명이 들려왔다. 비명은 어둠을 찢는 듯한 신음으로 바뀌었고, 오랫동안 흐느끼는 소리로 이어졌다. 대수는 어금니를 꽉 깨물었다. 깨문 어금니가 부들부들 떨려왔다. 어찌 인두겁을 쓰고. 사람도 아니여. 짐승만도 못한 거여. 여기저기에서 나지막한 탄식이 들려왔다. 잠시 후, 사내가 수풀 밖으로 나왔다. 그는 턱을 바깥쪽으로 까딱 움직이며 동료에게 신호를 보냈다. 그러자 다른 사내가 씨익 웃으며 수풀 안으로 몸을 수그리고 들어갔다. 대수는 다리 사이로 고개를 깊이 파묻어 귀를 막았다. 흐억흐억, 숨을 크게 들이켜도 여자의 울음소리가 귀를 파고들었다. 흐억흐억, 미안헙니다. 흐억흐억, 죄송헙니다. 대수는 주문처럼 같은 말을 되뇌었다. 그것 말고는 할 수 있는 것이 없었다. 여자의 울음소리는 냄비에 남은 마지막 물 한 방울처럼 지글지글 끓다가 사라졌다.

검은 개 각시여.

노인이 무겁게 입을 열었다. 검은 개는 검은 정복을 입은 순경을 뜻했다.

능주역 앞에 살어. 누구든 살어서 여그를 나가면은 식구들 헌티 소식을 전해줍세.

사람들은 말이 없었다. 이 중 누구 하나가 살어서 나간다는 것은 기적이나 다름없었다. 잠시 후, 한 사내가 입을 열었다. 나는 고흥서 왔소. 그러자 옆에 있던 사내가 고개를 들었다. 나는 장성에 사는 사람이오. 나이 지긋한 여자는 사평에서 점방을 했소, 하고 말했다. 대수도 한마디 더했다. 저는 광주 학강정에 삽니다.

소년 대수의 얼굴 위로 노인 대수의 얼굴이 끼어든다. 인문학 교실에서 자서전에 들어갈 내용을 그림으로 그리던 날이었다. 대수는 크레파스를 손에 쥐고, 한동안 멍하게 허공을 바라보았다.

"선생님, 도와드릴까요?"

대수에게 다가가 물었다. 그는 내 얼굴을 빤히 쳐다보았다.

"스물다섯. 젊어."

눈앞에 생생한 장면을 보고 있는 듯했다. 그 장면 속의 주인공이 검은 개 각시라는 사실은 나중에야 알았다.

"아마 죽었을 거여. 살려둘 수 없으니께, 죽였을 거여."

그의 목소리에는 서러움과 덧없음이 섞여 있었다.

나는 그녀가 등장하는 장면을 수없이 쓰고 지우기를 반복했다. 써야 하는 이유와 지워야 하는 이유가 매일 다퉜다. 대부분은 지워야 하는 쪽의 승리였다. 누군가의 비극에 대해 어떤 연대나 책임도 질 수 없다는 이유였다. 같은 아픔을 겪어보지 않은 이상, 내게는 그럴 자격이 없다고, 그건 너무 잔인한 일이라고 여겼다.

그라믄, 누가 그이를 알아준데? 아무도 모르믄, 아무 일도 아닌 게 되는 거여. 소년 대수의 목소리가 들려왔다. 불편한 건 누구인가. 그이를 지우려는 사람은 누구인가. 진실을 알고 있는 사람이다. 나는 그들과 같지도 다르지도 않다. 알면서 지나치고 싶다. 아무도 모르믄, 아무 일도 아닌 게 되는 거여. 그게 젤로 끔찍한 거여. 소년 대수가 말했다. 그 말이 나로 하여금 계속해서 쓰게 만들었다. 검은 개 각시는 아무리 지워도 다음 날 아침이면 다시 그 자리로 돌아왔다.

대수가 눈을 떴을 때, 멀리서 동이 터오고 있었다. 앞에 분주하게 움직이고 있는 사내들이 보였다. 한 사내가 침을 퉤 뱉으며 성질을 냈다. 밤새 분열이 있었던 모양이었다. 사복을 입은 사내들은 붉은 완장을 찼지만, 정식 인민군 부대가 아니었다. 전쟁 통에 신분을 바꾼 이들이 대부분이었다. 굶어 죽지 않기 위해 군에 가담한 이도 있었고, 감옥에서 탈출해 숨어든 이도 있었다. 중대장은 인민군으로 정식 훈련을 받은 이들만 선발대로 퇴각한다는 결정을 내렸다. 후발대에게는 포로를 명의에 의해 처리하라는 명령을 내렸다. 군복을 입은 이들이 긴 줄을 만들며 우르르 너릿재 아래로 뛰어 내려갔다. 눈 깜짝할 사이 주위가 고요해졌다. 후발대로 남은 인민군은 다섯 명이었다. 포로들의 몰골은 처참했다. 하루를 꼬박 굶은 데다 새벽이슬을 맞고, 자리에서 소변을 지린 탓이었다. 인민군은 2인 1조로 움직이며 포로들을 감시했다. 그들은 후발대로 남겨진 사실에 불만을 품고 어떻게든 포로들을 빨리 처치하기를 원했다. 한 사내가 너릿재 아래로 망을 보며 건너편 사내에게 신호를 보냈다. 그러자 다른 사내가 말했다.

한 명씩 일어나 따라오도록.

이번에는 틀림없이 죽일 것이다. 대수는 죽음이 등 뒤에 바짝 다가왔음을 확신했다. 사람들은 숨을 죽인 채 고개를 떨어뜨렸다. 담배 하나만 주시오. 지난밤, 말없이 달을 쳐다보고 있던 사내가 말했다. 상급자로 보이는 남자가 미간을 찌푸리다가 눈을 깜빡였다. 뜻을 알아차린 수하가 사람들의 입에 담배를 하나씩 물려주고 불을 붙여주었다. 대수는 난생처음 담배를 물었다. 담배 끝이 빨간 불에 타들어가자 목이 매웠다. 기침이 나고, 눈물 콧물이 쏟아졌다. 연기가 피어오르는 동안 여기저기에서 흐느끼는 소리가 들려왔다. 잠시 후, 담배를 요구했던 사내가 번쩍 일어났다. 대수는 지난밤에 그가 했던 말이 떠올랐다. 나는 여수서 왔소. 실은, 여그 죽으러 왔소. 전쟁이 원수요. 나 때문에 아내가 죽었소. 애비로 살아갈 자신이 없어 아이들을 버렸소. 근디 이 목숨이 질겨 죽지도 못허고 전국을 떠돌았소. 이제 죽여줄 사람이 있으니 죽을라오.

사연은 알 수 없지만, 사내가 원하는 것은 그저 짧은 고통과 긴 죽음이었다. 대수는 죽음의 문턱을 향해 성큼성큼 걸어가는 사내의 뒷모습을 바라보았다. 전쟁이 원수요. 그 말이 잊히지 않았다. 잠시 후, 탕! 허공을 찢는 총성이 들렸다. 송전탑에 앉아 있던 까마귀 세 마리가 날개를 퍼덕이며 하늘 높이 날아올랐다.

다음.

상급자의 명령이 떨어지기 무섭게 총구가 대수의 등을 찔렀다. 대수는 일어나려다가 그만 주저앉았다. 다리에 힘이 들어가지 않았다. 빨리빨리 안 움직여? 인민군이 그의 엉덩이를 걷어찼다. 대수는 또다시 앞으로 고꾸라졌다. 그의 눈앞에 커다란 검은 구덩이가 보였다. 방금까지 살아 있던 사내가 저 안에 있다. 그 위에 내 몸이 겹쳐지고 또 다른 시체들이 겹겹이 쌓인다. 이제 죽음은 대수의 등 뒤에 있지 않았다. 그의 눈앞에, 검은 구덩이 속에 있었다.

대수는 어금니를 꽉 깨물었다. 어차피 죽을 목숨, 이래 죽으나 저래 죽으나 매 한 가지다. 그는 밤새 헐겁게 만들어둔 결박에서 손목을 빼냈다. 비탈길 아래로 냅다 달리기 시작했다. 그러나 머지않아 돌부리에 걸려 넘어졌다. 순간, 세상이 거꾸러졌다. 뱅글뱅글 돌아가는 회오리 속으로 온몸이 빨려 들어가는 듯했다. 탕! 탕! 두 발의 총성이 허공에 메아리치며 울렸다. 정신을 차려야 한다. 지금 멈추면 영영 끝이다. 대수는 몸을 일으켜 달리고 또 달렸다. 심장이 쿵쾅거리고, 귓가가 먹먹했다. 머리에서 끈적이는 것이 흘러내렸다. 자꾸만 눈이 감기며 어지러웠다. 멈추면 안 된다. 지금 멈추면 영영 끝이다. 누구든 살어서 여그를 나가면은 식구들헌티 소식을 전해줍세. 노인의 목소리가 귓가에 맴돌았다. 살아야 한다. 살아서 나가야 한다. 대수는 후들거리는 다리에 의식을 집중했다. 하지만 다리는 점점 무거워졌다. 두 다리가 아니라면 두 팔로 기어서라도 가야 한다.

민둥산이나 다름없는 너릿재에서 살아남는 유일한 방법은 개천이 흐르는 다리 밑에 숨어드는 것이었다. 대수는 넘어지고 일어서기를 수차례 반복하며 마침내 개천에 도달했다. 벌떡거리는 몸을 차가운 물 속에 푹 담갔다. 숨을 크게 들이켜고 몸을 웅크렸다. 도저히 숨이 차서 견딜 수 없을 때만 수면 위로 몸을 일으켜 숨을 가눴다. 멀리서 또다시 총성이 들렸다. 단발의 총성이었다. 대수가 아닌 포로를 향해 쏜 것이 틀림없었다. 이제야 사정권에서 벗어났다. 대수는 무거운 팔과 다리를 휘저으며 앞으로 걸어 나갔다. 떨리는 몸을 다리 밑에 숨기고 입을 틀어막았다.

얼마나 시간이 지났을까. 더 이상 총성은 들리지 않았다. 대수는 조심스럽게 개천 밖으로 걸어나갔다. 물먹은 옷자락이 바닥에 끌리자 몸은 사시나무처럼 떨려왔다. 뒤를 돌아보니 너릿재는 저만치 멀리 있었다. 그래도 아직 안심할 수 없다. 대수는 너릿재에서 조금 떨어진 고갯길로 향했다. 숨이 턱 끝까지 차오르고, 몸이 중심을 잡지 못하고 흔들거렸다. 그래도 가야 한다. 멈추면 안 된다. 대수는 입술을 깨물며 정신 줄을 붙잡았다. 비탈길을 오르는 동안 추웠던 몸이 덥혀졌다. 체온이 오르자 온몸에 피가 도는 것 같았다. 꼭대기에 도착하자마자 너릿재 방향으로 몸을 낮췄다.

눈앞의 광경은 처참했다. 살아남은 사람은 하나도 보이지 않았고, 구덩이에는 수북이 사람이, 아니 시신이 쌓여 있었다.

다 죽었구나. 다 죽었어…….

대수는 고개를 떨어뜨렸다. 젖은 머리에서 차가운 물방울이 떨어졌고, 그의 얼굴에서는 뜨거운 눈물이 흘러내렸다. 그는 자리에서 일어나 너릿재를 향해 큰절을 두 번 올렸다. 부디 좋은 곳으로 가십시오.

그런 이야기를 누가 좋아해? 유 선배의 첫 마디는 그거였다. 시대물인 데다가 인민군이 등장하고, 죄 없는 사람들이 죽어가는 이야기를 사람들이 왜 굳이 봐야 하는데? 방송국 PD로 있는 그는 빙빙 돌려서 말하는 법이 없었다. 그러니까 나는……, 그러니까 이 얘기는……. 나는 제대로 답하지 못했다. 남의 돈으로 예술이라도 하고 싶은 건가? 이어지는 그의 질문에 불쾌감이 들었지만, 내 대답은 여전히 그게 아니고 나는……, 그러니까 이 얘기를 통해서……, 였다. 그때 전화가 걸려왔다. 유 선배가 밖에서 통화하는 동안 나는 화장실 핑계를 대고 자리에서 일어났다. 집으로 돌아오는 내내 머릿속에는 그러니까 이 얘기는……, 뿐이었다. 한동안 워드프로그램을 켜지 못하고 이불을 싸맨 채 끙끙 앓았다. 그러니까 이 이야기는 도대체 무엇인가. 한국전쟁 시절 기록되지 않은 학살 사건의 생존자 이야기가 지금에 와서 무슨 소용인가. 그러니까 나는……, 그게 아니고 이 얘기는……. 그러다가 꿈을 꿨다. 꿈에 여섯 살배기 여자아이가 보였다.

아이는 수풀 사이에 몸을 웅크린 채 숨을 죽이고 있다. 커다란 눈망울에는 공포가 가득 서려 있다. 얼마나 울었는지 뺨에는 하얀 눈물 자국이 그대로다. 아이는 스윽스윽 풀이 눕는 소리에 귀를 기울인다. 멀리서 사람의 발소리가 들린다. 그 소리가 점점 가까워진다. 아이는 눈 한번 깜빡이지 않고 길모퉁이를 바라본다. 총을 든 아저씨 눈에 띄면 절대 안 된다. 엄마의 말을 떠올리며 침을 꼴깍 삼킨다. 검고 기다란 총이 보이면 숨을 꾹 참아야 한다.

아이의 눈에 들어온 사람은 소년 대수다. 한쪽 이마에는 아직 마르지 않은 핏자국이 선명하다. 대수의 곁에는 검고 기다란 총이 없다. 숨을 참지 않아도 된다. 아이는 몸 안에 얼어붙은 목소리를 조심스럽게 꺼내본다. 오빠……. 대수는 바람보다 옅은 그 목소리를 알아채지 못한다. 아이는 조금 더 용기를 내본다. 오빠……. 대수는 흠칫 놀라 걸음을 멈춘다. 그리고 빠르게 주위를 둘러본다. 수풀에서 부스럭거리는 소리가 들린다. 저쪽이다. 대수는 마른침을 삼키고 천천히 수풀 쪽으로 걸어간다. 아이는 두 손으로 입을 틀어막는다. 숨을 훅 들이킨다.

너, 누구여?

아이는 대수를 올려다본다. 금방이라도 울음을 터뜨릴 것 같은 눈이다. 대수는 아이를 찬찬히 살펴본다. 단발머리에 어깨끈이 달린 검정 원피스를 입고 있는 여자아이. 산길에서 길을 잃은 것으로 보이지 않는다.

어째 너 혼자여?

아이는 입술을 삐죽인다. 대수는 아이를 향해 손을 뻗는다. 아이는 경계하며 그의 손길을 피한다. 대수는 더 멀리 손을 뻗어 아이의 머리에 붙어 있는 마른 풀잎을 떼어낸다.

이거.

그 순간 아이가 대수의 목에 매달린다. 아이는 서럽게 울기 시작한다.

오빠, 흐억흐억, 오빠……, 우리 어무니가…….

나는 울다가 잠에서 깼다. 얼마나 울었는지, 베갯잇이 흥건했다. 꿈속에서 내 역할은 여자아이도, 소년 대수도 아니었다. 그러나 꿈 밖에서 아이를 대신해 울고 있는 사람은 나였다. 써야 한다. 나는 눈물을 닦고 자리에서 일어나 책상에 앉았다. 아직 이야기가 끝나지 않았다. 써야 할 이야기가 남아 있었다.

대수는 아이를 업었다.

가자. 오빠가 집꺼정 데려다줄 테니께.

언제 또다시 인민군이 들이닥칠지 모르니 서둘러야 했다. 물이 찬 신발이 벌컥거려 불편했다. 대수는 신발을 벗어버리고, 맨발로 흙길을 걸었다. 아이의 체온 덕분에 등이 따뜻했다. 숨이 찼지만, 이상하게도 혼자일 때보다 힘이 났다.

오빠, 우리 어무니는 언제 와?

어무니? 여그까지 느 어무니랑 같이 왔냐?

아이는 고개를 끄덕였다.

너그 집이……, 능주역이여?

대수는 좋지 않은 예감이 들었다.

능주역?

기차가 지나가냐는 말이여.

지더런 기차. 웅! 칙칙폭폭, 빠앙 하고.

그려. 지더런 기차……. 알제. 오빠가 너그 집까지 델다주마.

대수는 애써 웃으며 답했다. 아이는 곧 집에 간다는 말에 기분이 좋아졌는지 어깨를 으쓱거렸다. 대수는 말없이 코를 훌쩍이며 눈물을 삼켰다. 새벽녘까지 이어지던 검은 개 각시의 지글지글 흐느끼는 소리가 아직 들려오는 듯했다. 그 소리를 잠재운 것은 등 뒤에서 잠든 아이의 숨소리였다. 아이의 코끝에서 대수의 귓가에 전해지는 숨소리 덕분에 대수는 다시 힘을 내서 걸을 수 있었다.

어느새 중천에 올랐던 해가 떨어지고 주위는 어둑해졌다. 멀리서 기차의 기적 소리가 들려왔다. 꽉 물었던 대수의 아래턱이 스르르 풀렸다. 조금만 더 정신을 차려야 한다. 그러나 소용없었다. 눈꺼풀이 무겁게 내려앉으며 눈앞이 아득해왔다. 어디선가 학생! 학생! 하는 소리가 들려왔다. 대수는 나지막한 목소리로 아이를 향해 다 왔다……, 하고 말했다. 감은 두 눈에 검은 터널이 보였다. 저 멀리에서 기차가 달려오고 있었다. 아이의 목소리가 들려왔다. 지더런 기차. 칙칙폭폭, 빠앙 하고. 검고 기다란 기차는 강렬한 하얀 불빛을 내며 대수를 향해 돌진해왔다.

대수가 놀라 눈을 떴다. 한밤중이었다. 머리가 깨질 듯 아파왔다. 손으로 더듬거리며 머리를 짚어보니 된장 한 덩이에 광목천이 칭칭 감겨 있었다. 집이구나. 대수는 집에 돌아왔다는 사실에 깊은 안도의 숨을 내쉬었다. 그는 어머니를 보자마자 그 애는 어찌 됐어요? 하고 물었다.

누, 누구 말이여?

내가 업고 온 여자애 말여요.

여자애라니? 허깨비라도 봤는갑네.

분명히 내가 업고 왔어라. 어무니 잃어부렀다고, 능주역전에 산다고.

대수가 몇 번이고 되물었지만, 아무도 그 아이에 대해 알지 못했다. 다음 날, 대수는 머리에 광목천을 감은 채로 능주역으로 향했다. 스물다섯 먹은 처를 둔 경찰관을 찾는 것보다 부인의 사망 소식을 전하는 일이 더 어려웠다. 입이 떨어지지 않았다. 경찰관은 아내의 소식을 전해 듣고 한동안 망연자실했다.

저…….

대수는 아직 물어야 할 것이 있었다. 아이의 행방이었다.

대여섯 먹은 여자애인디, 요래 끈 달린 검정 치마를 입었어라. 그 애를, 참말로 모르셔요?

대수는 간절한 눈빛으로 경찰을 쳐다보았다.

"정말 못 보셨어요?"

기자가 묻는다. 소년 대수는 보이지 않는다. 소년이 있던 자리에 아흔의 노인이 된 대수가 앉아 있다.

"못 봤소. 살믄서 한 번은 만나고 싶었는디. 참말로 구신이었는가, 허깨비였는가."

"그때 그 약속은 어떻게 되었나요? 이 중에 단 한 사람이라도 살아남으면 가족에게 소식을 전해주기로 했다는."

대수는 카메라를 향해 손가락 세 개를 펼쳐 보인다.

"시 명헌티 전하지 못혔지. 장흥 사람, 여수 사람, 고흥 사람. 긍께, 내가 집에 찾아갔는디, 집이 불에 타버리고, 마을이 쑥대밭이여."

대수는 마른 입술을 혀끝으로 적신다. 혼잣말을 하듯, 마지막 대사를 읊는다.

"참말로, 그 시절 그렇게 살았소."

아무리 퍼내도 우물물처럼 고였던 말들이 이제야 제 갈 길을 찾아간 듯 후련한 표정이다. 화면 가득히 대수의 얼굴이 담긴다. 검고 깊은 그의 눈동자가 커지며 화면이 서서히 어두워진다. 엔딩크레디트 없이 암전된 화면 밖으로 기차 소리가 들린다. 칙칙폭폭, 빠앙 하고 기적 소리가 멀어진다.

저녁 6시가 넘어서야 긴 여행을 마치고 너릿재에 도착했다. 긴 그림자가 내려앉은 데굴데굴너릿재 유아숲체험원은 조용하다 못해 적막했다. 나는 자동차 시동을 끄고, 조수석을 돌아보며 말했다.

다 왔다.

소년 대수는 말이 없었다. 나는 시나리오를 품에 안고 차에서 내렸다. 천천히 걸음을 옮겨 너릿재 옛길로 향했다. 발걸음을 뗄 때마다 이상한 기분이 들었다. 마치 소년 대수의 대리인이 된 것 같았다. 너릿재 초입에 들어서는데 등 뒤에서 철컥하는 총소리가 들려오는 듯했다. 비탈진 길을 오르는 동안 지글지글 흐느끼던 검은 개 각시의 뒷모습이 어른거렸다. 숨이 차오르자 등에 업혀 곤히 잠들었던 아이의 쌔근대는 숨소리가 떠올랐다.

고개 중턱에 이르러 숨을 고르며 하늘을 올려다보았다. 막힘없이 넓게 펼쳐진 하늘에 노을이 지고 있었다. 새털 조각처럼 펼쳐진 구름 사이로 붉고 노란빛이 은은하게 퍼져 있었다.

나는 품에 안고 있던 시나리오를 내려다보았다. 고것이 뭐라고. 지나믄 암시렁 안 혀. 그건 내가 대수의 목소리를 빌려 스스로에게 한 말이었다. 지난 3년간 나를 살게 한 것은 좋은 영화를 만들겠다는 목표보다 내 안에서 끊임없이 말을 걸어주었던 소년 대수의 목소리였다. 대수를 살리고 흔적 없이 사라진 그 여자아이처럼.

휴대전화에서 대수어르신이라고 입력된 번호를 찾아 통화 버튼을 눌렀다. 긴 통화 연결음 끝에 대수의 밝은 목소리가 들려왔다.

"선생님, 연락이 늦었습니다. 잘 계셨죠?"

"이게 누구여. 공 선상, 잘 지냈는가?"

"저야 뭐……."

"바쁘지? 그려, 젊은 사람이 바쁘게 지내야지."

대수는 내가 하는 말이 잘 들리지 않는 듯했다.

"직접 찾아뵙고 말씀 드려야 하는데……."

"별일 없고?"

"저……, 그게……."

3년 전, 대수에게 약속했었다. 당신이 살아오신 이야기로 반드시 좋은 영화를 만들겠다고. 첫 시사회 때 최고로 좋은 좌석에 초대하겠노라고. 하지만 그 약속은 지키지 못하게 되었다. 모두 내 능력이 부족한 탓이었다.

"아이고, 공 선상이 고생이 많구먼."

"그보다 영화가······."

"사람헌티 젤로 중헌 거는 말이여."

"네?"

"살어 있는 거여."

"······."

"고생도 살어서 허고, 미워도 살어서 만나고."

대수는 창을 하듯 음률을 넣어 말했다. 그게 다 무슨 소용입니까, 삶이 이렇게 괴로운데. 이 말이 목 끝까지 올라왔다. 내 인생은 한 번의 성공과 연속된 실패의 기록이었다. 모든 열정과 시간을 오로지 영화에 쏟아부었지만, 알아주는 사람은 없었다. 그래서 아무도 알아주지 않은 대수의 이야기가 마치 내 인생 이야기처럼 들렸는지 모른다. 이번에는 다르다고, 그렇게 부여잡은 희망이 오늘 사라졌다. 내일부터는 무얼 위해 살아야 하나, 어떻게 살아야 하는 건가. 목이 메었다. 그때 대수가 말했다.

"살아 있다는 건 말이여, 살아간다는 거여. 다른 건 없어."

살아 있다는 건, 살아간다는 것이다……. 다른 건 없다. 올라왔던 길을 되돌아가는데, 대수의 마지막 말이 귓가에 맴돌았다. 대수는 그렇게 살았다……. 그래서 살아갈 수 있었던 것이다. 누구든 살아서 여그를 나가면은 식구들헌티 소식을 전해줌세 했던 그 약속을 지킬 수 있었던 것이다.

이제 보내줄 때인가. 나는 구겨진 시나리오를 내려다보았다. 고개를 들었을 때, 저 멀리 잠든 아이를 업고 맨발로 산길을 내려가는 소년 대수의 뒷모습이 보였다. 그는 발길을 멈추고 나를 향해 돌아보며 말없이 고개를 끄덕였다. 그는 자신의 인생을 찾아가는 중이었다. 나는 짧은 묵례를 했다. 목소리가 들려왔다.

아무도 알아주지 않아도, 살아서 살아가는 것이다.

그건 누구에게도 들려준 적 없는, 오래된 나의 목소리였다.

내러티브온   미안해 솔직하지 못한 내가
4 소설

ⓒ공현진·김노랑·김소이·김채원·박민경·서고운·성수나·예소연·전지영·타라재이, 2023

초판 1쇄 발행 2023년 10월 20일

지은이 공현진·김노랑·김소이·김채원·박민경·서고운·성수나·예소연·전지영·타라재이

펴낸곳 (주)안온북스 펴낸이 서효인·이정미 출판등록 2021년 1월 5일 제2021-000003
호 주소 서울시 마포구 월드컵로14길 28 301호 전화 02-6941-1856(7)
홈페이지·웹진 www.anonbooks.net 인스타그램 @anonbooks_publishing
디자인 석윤이 제작 제이오
ISBN 979-11-92638-21-8 04810   979-11-975041-0-5 (세트)